ÉRASE

UNA VEZ

UN

SOLDADO

MARY JO PUTNEY

ÉRASE

UNA VEZ

UN

SOLDADO

TITANIA

Argentina • Chile • Colombia • España
Estados Unidos • México • Perú • Uruguay

Titulo original: *Once a soldier*
Editor original: Kensington Publishing Corp, New York
Traducción: Ana Isabel Domínguez Palomo y M.ª del Mar Rodríguez Barrena

1.ª edición Abril 2019

Plaza de los Reyes Magos, 8, piso 1.º C y D – 28007 Madrid
www.titania.org
atencion@titania.org

ISBN: 978-84-16327-72-0
E-ISBN: 978-84-17545-95-6
Depósito legal: B-6.679-2019

Fotocomposición: Ediciones Urano, S.A.U.

Impreso por Romanyà Valls, S.A. – Verdaguer, 1 – 08786 Capellades (Barcelona)

Impreso en España – *Printed in Spain*

Hace tiempo que no hablo de lo mucho que me gustan las bibliotecas
y los bibliotecarios...

1

Portugal, 1809

Caos, los gritos de las mujeres y de los niños que se movían con torpeza en el agua. Una monja muy alta con un fusil a la espalda que trataba de salvar a un grupo de colegialas. Las crueles tropas francesas cada vez más cerca...

—¿Está muerto?

Unos dedos presionaron con fuerza la garganta de Will. Intentó zafarse de ellos y solo consiguió que le doliera horrores la cabeza. El dolor lo ayudó a pensar con un poco de claridad, y comprendió que alguien estaba buscándole el pulso.

—Todavía no —respondió una voz que le resultó conocida. Los dedos desaparecieron—. Tiene un buen golpe en la cabeza. No sé si es grave. Pero lo conozco. Se apellida Masterson.

—Déjalo dormir —dijo otra voz malhumorada—. Si no está despierto, no le apetecerá beber un trago de este brandi tan malo.

Mientras pensaba que bastante dolor de cabeza tenía sin beber el pésimo brandi, Will abrió los ojos y descubrió que se encontraba en un lugar húmedo y oscuro, un sótano tal vez, con atestadas estanterías a lo largo de las paredes de piedra. De una viga del techo colgaba un farol cuya luz bastaba para iluminar la cara del hombre inclinado sobre él. Pelo rubio enredado y una barba descuidada, de un tono más oscuro que el pelo. Ropas desastradas, pero ojos de mirada alerta y cautelosa.

Will entornó los párpados para mirarlo.

—Te conozco, ¿verdad?

—Me llamo Gordon. Hace muchos años fuimos al mismo colegio. ¿Te duele la cabeza? Tienes un buen chichón.

Will se tocó la dolorida sien y dio un respingo por el dolor. También sintió el tacto pegajoso de la sangre. Pero el cerebro parecía funcionarle con normalidad. Reconoció a Gordon, aunque ese no era el nombre que usaba por aquel entonces cuando estudiaban en la Academia Westerfield. Dado el mal comportamiento que exhibía en aquel entonces, no era sorprendente que hubiera decidido cambiarse el nombre.

—¿Dónde estoy? —preguntó Will con voz ronca.

Gordon se apartó de él y siguió acuclillado a su lado.

—En Vila Nova de Gaia, en el sótano de una casa con vistas al río Duero —contestó—. ¿Recuerdas el puente de barcos? ¿La gente que se ahogaba mientras trataba de escapar de Oporto a Gaia, y que el improvisado puente se fue al cuerno al separarse los barcos? —Su voz adoptó un tono sarcástico—. Fuiste todo un héroe. Lideraste la carga para evitar que un grupo de monjas y de colegialas acabaran siendo violadas y posiblemente asesinadas.

La monja altísima. Las niñas asustadas y con los ojos como platos. Al recordarlo, Will preguntó:

—¿Escaparon?

—Sí, al menos en aquel entonces. —Quien contestó fue un hombre de pelo oscuro y facciones endurecidas que estaba apoyado en la pared opuesta con los brazos cruzados por delante del pecho—. A saber qué pasó cuando las perdimos de vista.

Con la esperanza de que al menos un grupo de inocentes hubiera sobrevivido a la carnicería, Will intentó incorporarse. Gordon lo ayudó sin mediar palabra, y de esa forma logró sentarse con la espalda apoyada en la húmeda pared de piedra. Le dolía todo el cuerpo, pero no parecía haber sufrido heridas de gravedad.

No llevaba uniforme. Iba vestido como cualquier portugués humilde. Puesto que hablaba portugués, español y francés y había pasado una buena temporada en Oporto, su comandante lo había enviado para

que averiguara lo que se cocía en la ciudad. Nada bueno, según había descubierto.

Echó un vistazo por la oscura estancia, en la que había tres hombres además de Gordon y de él. Todos estaban igual de maltrechos.

Gordon los señaló con un gesto brusco de la cabeza.

—Permíteme presentarte a nuestros compatriotas espías. El que está apoyado en la pared es Chantry. Hawkins es el que está empinando la botella de brandi, y el de la izquierda es Duval.

—Me desagrada que me metan en el mismo saco que a vosotros, los espías ingleses —comentó Duval con un tono de voz lánguido y un leve acento—. Yo soy un monárquico francés.

—Pero ¿no eres espía? —le preguntó Will.

—Ciertos oficiales franceses cortos de miras podrían considerarme así —admitió el francés—. La verdad, solo soy un calavera incorregible.

—¿Incorregible? Este es un momento estupendo para hablar de la contrición —apostilló Hawkins con gesto pensativo. Era el hombre de voz malhumorada cuyas greñas castañas le ocultaban la cara—. Si no fuéramos a morir por la mañana, ¿intentaríamos redimir nuestros pecados o nos encogeríamos de hombros y los repetiríamos?

Gordon frunció el ceño.

—Creo que intentaría ser mejor persona. Siempre he supuesto que tendría tiempo para convertirme en un hombre honorable. No esperaba que se me acabara el tiempo tan pronto. —Le quitó la botella de brandi a Hawkins y bebió un buen trago, tras lo cual se la ofreció a Will.

—Yo no sé ser bueno —admitió Chantry con un deje chulesco—. Iré al infierno de todas formas cuando muera. Que será dentro de pocas horas.

Will se preguntó si había oído bien.

—¿Qué es eso de morir?

—Nos van a fusilar al amanecer —contestó Duval—. Así que reza tus oraciones para que *le bon Dieu* se muestre piadoso contigo. —Torció el gesto—. Yo no espero misericordia alguna. Pero, dado el frío que hace en este sótano, asarme en el infierno tiene cierto atractivo.

Will probó el brandi con recelo. Horroroso, ciertamente, pero agradeció el calor abrasador que le bajó por la garganta mientras intentaba asimilar el hecho de que iba a morir delante de un pelotón de fusilamiento. Se había enfrentado a la muerte en la batalla muchas veces, pero la frialdad de una ejecución resultaba... inquietante.

Después de un segundo trago de brandi le devolvió la botella a Gordon.

—¿No hay manera de salir de este sótano?

—Lo hemos registrado. Al menos, esperábamos encontrar más botellas en alguna de las estanterías, pero no hay nada de utilidad y la única salida es esa puerta —contestó Hawkins señalándola—. Esa gruesa puerta, que está cerrada con llave y atrancada por el otro lado.

—Además también hay dos soldados armados —añadió Duval—. No son mala gente. Nos dieron dos botellas de brandi porque creen que un hombre no debe enfrentarse sobrio a la muerte. —Esbozó una sonrisa torcida y estiró el brazo en busca de la botella—. Se han disculpado por la calidad del brandi, pero la verdad es que me da lo mismo. Apuramos la primera botella mientras estabas inconsciente, así que te llevamos ventaja en lo de la embriaguez.

—*In vino veritas* —murmuró Hawkins—. Mientras contemplo el poco tiempo que me queda de vida, recuerdo a todos aquellos a los que les he hecho daño por mi desinterés o mi egoísmo. —Le quitó la botella a Duval y bebió un trago—. Si por algún milagro sobrevivimos a esta sentencia de muerte, juro que seré mejor persona. Que prestaré más atención. Que seré... más solícito.

—Un buen propósito —replicó Gordon con el ceño fruncido—. Si sobrevivo, juro no acostarme con más mujeres casadas. Solo causan problemas.

Eso suscitó unas cuantas carcajadas entre dientes.

—Si no vas a acostarte con mujeres casadas, es mejor que mueras —terció Chantry. Tras unos momentos de reflexión, siguió, hablando muy despacio—: Pero si por casualidad sobrevivo, juro que aceptaré las responsabilidades que he estado eludiendo. Una promesa prudente que me permite enfrentarme con tranquilidad al pelotón de fusilamiento.

—¿Y tú, Masterson? —preguntó Gordon—. A menos que hayas cambiado mucho, tu alma no debería estar en grave peligro cuando te enfrentes a la muerte por la mañana. En el colegio te comportabas de maravilla y eras de natural agradable.

—No confundas los modales exquisitos con el buen comportamiento —replicó Will con sequedad—. Llevo años intentando redimir mis pecados y todavía me queda mucho para que la balanza se incline a mi favor. —Ni siquiera sabía si la redención era posible.

Hawkins suspiró de repente.

—Una lástima que los soldados no nos hayan dado más brandi. Habría estado bien tener una botella para cada uno. Aunque solo con dos botellas, podríamos habernos bebido media cada uno si no te hubieras despertado, Masterson.

—Siento mucho haberte privado del brandi —replicó Will, contrito.

Hawkins miró la botella con seriedad y después se inclinó para dársela a Will.

—Para ser justos, deberías apurarla tú, ya que nosotros nos hemos bebido la otra.

Aunque el brandi estaba malísimo, Will aceptó la botella y la apuró de un trago. Pero, ¡ay!, no bastaba para emborracharse.

Deseó de nuevo que las monjas y las colegialas se hubieran puesto a salvo. Eso al menos le daría un sentido a su muerte. Bien sabía Dios que había visto bastantes muertes sin sentido.

En un arrebato de furia por la brutalidad de la guerra, estampó la botella vacía contra la pared. Su intención era la de golpear una parte sin estanterías; pero, en cambio, la pesada botella se estrelló contra uno de los listones que sujetaba una inestable estantería. La estantería se desplomó y levantó una polvareda en cuanto las vasijas de loza y los demás trastos cayeron al suelo.

—¡Por Dios, Masterson! —exclamó Chantry, indignado, mientras se apartaba de un brinco y golpeaba el farol con la cabeza, de manera que empezó a balancearse—. ¿Estás intentando matarnos antes de tiempo?

La polvareda hizo que Will empezara a toser y, cuando se le pasó un poco, dijo:

—Lo siento. He errado el tiro.

Mientras contemplaba el polvo que rodeaba la estantería que yacía en el suelo, vio que la errática luz del farol iluminaba unas líneas rectas excavadas en la piedra que antes quedaba oculta por la estantería. Apenas eran visibles, pero el diseño le resultó conocido. Frunció el ceño mientras se incorporaba y atravesaba el sótano a la carrera.

—¿Alguien sabe quién es el dueño de esta casa?

Duval se encogió de hombros.

—Me han dicho que pertenece a un inglés cuya familia comercia con vino en Gaia desde hace varias generaciones, pero desconozco el apellido. ¿Acaso importa? El dueño actual y la servidumbre huyeron en cuanto los franceses confiscaron la casa.

—Parece que la construyó un masón. —Will llegó a la pared y acarició con un dedo las líneas rectas que confirmaron sus palabras—. La masonería surgió de los gremios medievales de constructores, de manera que sus símbolos son las herramientas del oficio. Esto es un compás sobre una escuadra, el símbolo masón.

—¿Y? —terció Hawkins con su voz gruñona.

—Los masones no siempre gozan de mucha popularidad. Es bien sabido que muchos construyen vías de escape alternativas en sus hogares por si acaso una turba trata de matarlos. Tal vez eso es lo que hizo el dueño de esta casa.

El polvoriento mortero que rodeaba el bloque de piedra parecía igual que el resto del mortero de los cimientos, pero era más ancho que en cualquier otro sitio. Si su suposición era correcta... Siguió su instinto y le echó un vistazo a la estantería. Era lógico que los constructores hubieran dejado las herramientas necesarias para acceder a la vía de escape cuando hiciera falta.

¡Sí! Uno de los listones se había partido en dos y parecía contener algún útil afilado de metal. Cogió uno de los trozos y descubrió un cincel estrecho. Perfecto para escarbar. Lo acercó al mortero del lado derecho de la piedra y, nada más tocarlo, se deshizo como si fuera azúcar.

—¡Que me parta un rayo! —exclamó alguien mientras los demás se ponían en pie y se acercaban a él. La tensión era palpable.

Hawkins cogió sin decir nada el otro trozo del listón y empezó a rascar el mortero de la parte izquierda de la piedra. Gordon se agachó para apartar de la pared los restos de los objetos y de la estantería.

Duval preguntó:

—¿Eres masón y por eso sabes tanto de ellos?

—Soy un ingeniero a tiempo parcial —contestó Will—. El cuerpo de zapadores siempre necesita gente, así que a veces destinan al cuerpo a los oficiales con experiencia, como me ha pasado a mí. Es muy educativo.

—Si hay un túnel por el que escapar... —Hawkins dejó la frase en el aire un instante—. ¿Sabéis adónde nos puede llevar? Esta casa está llena de soldados franceses y toda la zona está atestada de patrullas.

—Supongo que el túnel acabará entre algunos edificios exteriores donde pase desapercibido —contestó Will—. No tiene sentido tomarse todo este trabajo para que al final te atrapen en el exterior.

Una vez que hubieron limpiado casi todo el mortero, Will le dijo a Hawkins:

—Apártate. —Después introdujo la parte más ancha de su cincel en el hueco que había quedado alrededor de la piedra. Aunque la tentación era la de empujar con fuerza, no quería dañar la herramienta.

La piedra se movió. Tras soltar el aliento que ni siquiera se había dado cuenta de que había contenido, empezó a recorrer todo el perímetro de la piedra hasta que logró separarla lo bastante como para introducir los dedos. Nada más tirar, la piedra se movió. Hawkins introdujo los dedos por el otro lado y lo imitó. De repente, la piedra se soltó, cayó al suelo y a punto estuvo de aplastarle el pie izquierdo a Will.

Detrás de la piedra descubrieron un túnel lo bastante ancho como para que un hombre saliera gateando por él.

—¡Aleluya! —exclamó Chantry en voz baja.

Las piedras del túnel estaban húmedas y, por lo poco que se veía en la penumbra, tenía un trazado ascendente con surcos en los que apoyarse para gatear. Will lo examinó con los ojos entrecerrados. Un hombre normal podría moverse con libertad por el interior. Pero él era más corpulento que la media. Se guardó ese pensamiento y dijo:

—Ha llegado el momento de descubrir si lleva a la superficie.

—Y si hay ratas, escorpiones o cadáveres... —añadió Duval con sequedad—. Yo voy primero. No soy tan grande como vosotros, ingleses grandullones, y además hablo francés como un nativo por si acaso al salir nos encontramos con algún soldado.

—Dos razones de peso. —Will señaló el túnel—. Buena suerte.

—No te envidio por tener que entrar a ciegas ahí dentro —comentó Gordon mientras le ofrecía un trozo de loza curvado—. No es mucho, pero puede ser útil contra una rata o contra algún soldado.

Duval aceptó la improvisada arma y se lo agradeció con un gesto de la cabeza.

—Regresaré para informar de lo que encuentre.

Will estaba seguro de que no era el único que rezaba para que Duval tuviera éxito mientras ascendía por el túnel y empezaba a arrastrarse. Los cuatro que se quedaron en el sótano guardaron silencio y aguzaron el oído para captar los débiles sonidos de Duval mientras avanzaba. En un momento dado lo oyeron maldecir en francés y, después, todo quedó en silencio.

—Debe de ser un túnel largo —dijo Gordon, que tenía la vista clavada en el suelo para ocultar su expresión.

—Cuanto más largo sea, más probabilidad de salir de aquí sanos y salvos. —Chantry se frotó un costado—. Tengo una o dos costillas rotas. No creí que mereciera la pena vendármelas para que me disparasen por la mañana, pero ahora será mejor que haga algo si quiero arrastrarme por ahí.

Gordon se quitó el harapiento gabán que llevaba.

—Voy a hacerlo jirones para vendarte. —Usó un afilado trozo de loza para hacer tiras de la tela.

Todos colaboraron para vendarle las costillas a Chantry, ya que era una forma de distraerse. Will acababa de atar el último nudo cuando oyeron ruidos en el túnel.

Al cabo de un momento, apareció la cabeza de Duval.

—¡Estamos salvados! —anunció con alegría—. El túnel llega hasta una vieja choza de piedra que forma parte de un grupo de edificios exteriores. Me he asomado y no he visto ninguna patrulla cerca. Está lloviendo, así que, si son listos, se habrán resguardado.

Mientras Will ayudaba a llegar al suelo al francés, que estaba cubierto de barro, Hawkins dijo con voz tensa:

—En ese caso, ya podemos escapar. Chantry, ¿podrás lograrlo con las costillas rotas?

—¿Qué es un dolorcillo de nada comparado con lo que nos espera al amanecer? —respondió el susodicho con una sonrisa torcida—. Lo lograré.

—Vosotros primero —dijo Will—. Si el túnel es demasiado estrecho para mí, no quiero bloquearlo e impedir que podáis escapar.

Duval frunció el ceño mientras examinaba la anchura de sus hombros.

—Será difícil, pero no creo que sea imposible. A lo mejor deberías quitarte el gabán y la camisa. Esa pequeña diferencia puede ser crucial. Yo te llevaré las prendas.

—Buena idea.

Cuando Will se quitó el gabán y la camisa, Gordon, Chantry y Hawkins ya reptaban por el túnel en busca de la libertad. Chantry jadeó por el dolor cuando Hawkins lo ayudó a subir al túnel, pero no se quejó, y se limitó a avanzar poco a poco.

Duval dobló la camisa y el gabán de Will y los ató con la corbata, tras lo cual se colocó el bulto a la espalda.

—El túnel es estrecho y en algunos puntos está deteriorado, pero creo que podrás conseguirlo. Yo no estaré muy lejos. Si te encuentras en apuros, avísame. Daremos con la manera de liberarte.

Will dudaba de que eso fuera posible, pero le agradeció la intención.

—Si acabo atorado y sin posibilidad de liberarme, alejaos a toda prisa, por el amor de Dios. Es ridículo que muramos todos.

—Masterson, no vas a librarte de mí así de fácil —replicó Duval—. Nos vemos en la superficie. —Trepó hasta el túnel y empezó a reptar.

Will tomó una honda bocanada de aire y lo siguió. No le gustaban mucho los espacios cerrados y verse obligado a arrastrarse por ese sitio tan oscuro y estrecho le provocaría pesadillas durante años, en el hipotético caso de que sobreviviera. Aun sin el gabán ni la camisa, y con el torso resbaladizo por el agua y el lodo acumulados en las piedras, hubo momentos en los que pensó que se había quedado atascado sin remedio. Aprendió a encoger los hombros y el torso todo lo posible, y de esa forma logró avanzar.

El lugar más estrecho se encontraba casi al final, al llegar a la choza. Tras dos intentos, Will aceptó con pesar su destino.

—No puedo avanzar —dijo sin más—. Marchaos sin mí.

—Maldita sea, claro que vas a salir —replicó Gordon—. Retrocede unos metros y cúbrete la cabeza mientras agrandamos este agujero.

Will echó mano de todas sus fuerzas para retroceder unos metros y se cubrió la cabeza con las manos antes de que empezara a caerle tierra. Unos minutos después, Gordon anunció:

—¡Camino despejado! —Y extendió un brazo hacia el túnel.

Agradecido por la ayuda, Will logró reptar la corta distancia que lo separaba del suelo de la choza, frío y embarrado. Se levantó al instante y se puso la camisa y el gabán que Duval había llevado, agradecido por el poco calor que las prendas le ofrecían.

—Rápido —dijo Chantry—. Queda poco para que amanezca y debemos alejarnos. Tenemos suerte. El edificio de la derecha es un establo y Hawkins ha liberado cinco caballos. Más o menos sé dónde nos encontramos y puedo llegar a campo abierto. En cuando salgamos, silencio y ningún ruido. ¿Preparado, Masterson?

En cuando Will asintió con la cabeza, Chantry abrió la puerta de la choza. La lluvia torrencial hacía que la oscuridad fuera casi impenetrable, pero Will distinguió las siluetas de los caballos justo al lado de la puerta. Hawkins se las había arreglado para ensillarlos después de robarlos.

Montaron sin pérdida de tiempo, y Hawkins ayudó a Chantry a subirse a su montura. A Will le dejaron el caballo más corpulento. Fue Chantry quien lideró la lenta marcha, para no llamar la atención. Will estaba seguro de que todos compartían el deseo de emprender el galope, pero sabía que Chantry hacía lo correcto al mostrarse prudente.

En algunas casas empezaban a verse luces en las ventanas a medida que la gente se levantaba para comenzar con los quehaceres diarios. Sin embargo, las casas fueron espaciándose a medida que avanzaban y llegaban a las afueras de la ciudad. Chantry azuzó a su caballo hasta ponerlo al trote, y después lo azuzó un poco más. Por más fría, húmeda e incómoda que resultara la cabalgada, Will la prefería al túnel por el que había escapado del sótano. Si le disparaban en ese momento, al menos moriría libre.

Ya se habían alejado varios kilómetros de Gaia cuando amaneció y dejó de llover, aunque el cielo seguía encapotado. Chantry los guio hasta un bosquecillo y se detuvo. Desmontó con dificultad, frotándose las costillas.

—Caballeros, ha llegado el momento de separarnos.

Los otros también desmontaron y se reunieron en un círculo sin soltar las riendas de sus caballos. Gordon miró al cielo y dijo:

—Nunca creí que un día tan lluvioso y gris pudiera ser tan bonito. Saber que ahora mismo debería estar muerto y no lo estoy le da alegría a la mañana.

Desde luego. Mientras Will miraba las caras de sus compañeros, comprendió que habían colaborado en la huida de forma generosa. Apenas los conocía, pero sentía un vínculo con ellos forjado en el peligro que habían compartido.

—Todos contribuimos a nuestro exitoso escape —dijo Duval meditabundo—. Afrontar la muerte crea un interesante lazo de hermandad, ¿no es cierto?

—Aunque nos hayamos autoproclamado calaveras, sois los hombres que me gustaría tener a mi lado si en el futuro volviera a encontrarme en un aprieto.

—Los calaveras tal vez sean más útiles en un aprieto que los hombres honorables —replicó Hawkins con tono jocoso. Después, añadió con seriedad—: Enfrentarse a la muerte era sencillo, pero ahora nos enfrentamos a la cruda realidad de nuevo. ¿Cuántos vamos a intentar redimir los pecados tal como prometimos? Yo pienso hacerlo.

Gordon esbozó una sonrisa torcida.

—Yo lo intentaré.

Chantry tenía el rostro demudado por el dolor, pero dijo con voz firme:

—Dije que asumiría las responsabilidades que he eludido durante mucho tiempo y quiero pensar que soy un hombre de palabra.

Duval suspiró.

—A lo hecho, pecho. Tal vez al menos sea posible la reconciliación si no lo es la expiación. Debería intentarlo cuando menos.

Después de haber compartido una tétrica noche y la amenaza de una muerte inminente, a Will le resultaba raro pensar que nunca más vería a esos hombres. Raro e inapropiado.

—Si esta guerra llega alguna vez a su fin —dijo con tiento—, tal vez aquellos que logremos sobrevivir podamos reunirnos de nuevo en Londres e intercambiar mentiras sobre nuestras heroicas hazañas y nuestras expiaciones.

—¡La Hermandad de los Calaveras Redimidos! —exclamó Duval con voz grandilocuente—. Me gusta la idea, pero necesitamos una dirección en Londres para enviar mensajes y así poder acordar un encuentro.

Will lo pensó un instante.

—La librería de Hatchard en Piccadilly. Conozco al dueño. —De hecho, él era uno de sus mejores clientes—. Le diré que guarde cualquier carta que reciba dirigida a los Calaveras Redimidos y que se las entregue para leerlas a cualquiera de nosotros que pase por la librería. Le daré los nombres que hemos usado esta noche.

Chantry sonrió.

—¿Porque es posible que hayamos mentido sobre nuestras identidades? Me gusta esa mente tan suspicaz. —Con un gesto de dolor, extendió un brazo hacia el centro del círculo conformado entre todos—. ¡Que volvamos a encontrarnos en circunstancias más favorables!

Will aferró la mano de Chantry. Los demás lo imitaron y fue como si los cinco se estrecharan las manos a la vez. Cuando se soltaron, Will montó de nuevo en su caballo mientras pensaba que estaba agradecido de haber conocido a esos hombres en semejantes circunstancias.

Deseó que todos sobrevivieran para poder encontrarse de nuevo algún día.

2

Sudoeste de Francia, a las afueras de Toulouse, abril de 1814

La noticia de la abdicación del emperador suscitó una revoltosa celebración en el campamento militar. Dado que a Will Masterson no le gustaba la sensación de estar borracho, se mantuvo más o menos sobrio y pasó la noche deambulando entre las tiendas de campaña para asegurarse de que ninguno de sus hombres mataba a otro por culpa de las emociones exaltadas.

Por la mañana, los juerguistas se habían quedado sin bebida y estaban durmiendo para paliar los excesos. Will durmió un par de horas y se despertó con la certeza de que, dado que no había conseguido que lo mataran, habían llegado el momento de volver a casa. La guerra era execrable, y ya estaba harto. En el fondo de su corazón ya no era un soldado. Estaba listo para regresar a la vida de civil en la que se había criado. De hecho, ansiaba hacerlo. Durante años, ni siquiera había creído que fuera posible.

Le estaba escribiendo una carta a su hermano, que seguía en Londres, para anunciarle su regreso cuando su ordenanza, el sargento Thomas Murphy, rascó en la lona de la tienda de campaña, junto a la entrada abierta, para llamarle la atención.

—El coronel desea verlo en su tienda, mayor.

Will empolvó la última frase y soltó la escribanía antes de ponerse en pie. Sería la oportunidad perfecta para decirle al coronel Gates que vendería su comisión en cuanto le fuera posible. Su miríada de habilidades ya no era necesaria una vez alcanzada la paz.

El campamento estaba en silencio mientras Will se dirigía a la tienda del coronel, aunque un par de infatigables irlandeses disputaban una carrera de burros en la periferia. Will no recordaba haber sido así de joven alguna vez.

La entrada de la tienda del coronel estaba levantada, de modo que Will entró.

—Buenos días, señor. ¿Es un buen momento para decirle que abandonaré el ejército a la mayor brevedad posible?

El coronel Gates sonrió y señaló una silla de campaña.

—Siéntese, Will. Me alegro de oír que va a vender la comisión. Una vez derrotado Bonaparte, el ejército se reducirá drásticamente y harán falta menos oficiales. Cuantos más diletantes como usted se vayan, más sitio habrá para oficiales de carrera como yo. ¿Le apetece una taza de café?

Will se echó a reír.

—Me alegra comprobar que mi marcha lo complace. Una taza de café me vendrá muy bien. —Se sentó en la silla de campaña—. ¿Está al tanto de las condiciones de la abdicación? Supongo que no van a fusilar al emperador; porque, de lo contrario, no habría accedido a irse sin hacer ruido.

—Intentó abdicar en su hijo con la emperatriz como regente, pero los aliados se negaron en redondo. —Gates llenó una taza de café y se la ofreció.

Will bebió un sorbo, agradecido. Se había aficionado al café durante sus años en el ejército, aunque seguía siendo lo bastante inglés como para disfrutar del té en la misma medida.

—Es imposible imaginarse una regencia con Napoleón en las sombras, a la espera de aprovechar la oportunidad de regresar a Francia.

—Precisamente. —Gates se sirvió una taza de café—. Será exiliado a Elba, una isla cerca de Italia. Allí podrá tener su corte y su propia guardia, pero de reducidísimas dimensiones.

Will enarcó las cejas.

—¿Es seguro encarcelarlo tan cerca de Europa? Preferiría verlo deportado a Botany Bay.

—La marina real patrullará alrededor de la isla, lo que debería evitar que Bonaparte cause más problemas. —Gates levantó la taza—. ¡Por el fin de una era!

Will brindó con el coronel.

—Para bien o para mal. No me arrepiento de los años que he pasado en el ejército, pero estoy listo para volver a casa.

—Y volverá, mayor Masterson. —El culto acento inglés pertenecía a un hombre delgado y de pelo oscuro que entró en la tienda en ese momento—. ¿Les importa que me una a ustedes?

—Por favor... —Gates se bebió el resto del café y se puso en pie—. Will, el coronel Duval es el principal motivo por el que he reclamado su presencia esta mañana. Pertenece a la inteligencia militar y desea hablar con usted acerca de una misión especial. Estoy al tanto de las generalidades, pero les dejaré para que hablen en privado.

Will miró al recién llegado un instante, preguntándose si su memoria le estaba jugando una mala pasada. No, nunca olvidaría a los hombres que conoció aquella noche. Se levantó y le tendió la mano.

—A menos que tengas un gemelo francés, creo que ya nos conocemos.

—Así es. —Un brillo guasón apareció en los ojos de Duval antes de hablar sin rastro de acento francés—. Una noche memorable.

Después del apretón de manos, Will volvió a sentarse.

—No mencionaste que pertenecieras al ejército, y hoy pareces más inglés.

—Medio francés y medio inglés —explicó Duval mientras se servía una taza de café—. No mencioné el ejército, de la misma manera que tú no mencionaste ser un par del reino, mayor lord Masterson.

—Los títulos nobiliarios no parecen relevantes cuando están a punto de ejecutarte. —Will lo observó con detenimiento mientras pensaba que seguro que tenía muchas anécdotas de los años que habían transcurrido desde entonces—. ¿Debería preocuparme que tengas una misión especial para mí?

—Nada demasiado alarmante —le aseguró Duval—. ¿Te suena el nombre de San Gabriel?

—Un diminuto país situado en las montañas entre España y Portugal. El reino más pequeño de Europa, ¿cierto? —replicó Will—. Pero nunca he estado allí ni sé mucho más al respecto.

—Los gabrieleños han sido aliados infatigables en la guerra contra Napoleón —explicó Duval—. Han cedido unas tropas de primera al ejército angloportugués a las órdenes de Wellington. Ahora quieren volver a casa.

—¿Qué hombre en su sano juicio no querría hacerlo? —preguntó Will—. Supongo que hay algún problema, porque, de lo contrario, no estarías hablando conmigo.

Duval asintió con la cabeza.

—Sus divisiones de infantería se desplegaron en lo más cruento de la batalla de Toulouse y sufrieron muchas bajas, de modo que no podrán marchar de vuelta a San Gabriel hasta dentro de varias semanas. Pero también cuentan con una pequeña tropa de caballería gabrieleña que está preparada para volver ahora mismo. Necesitan que un oficial se haga cargo y evite que se metan en problemas en el camino de vuelta.

—¿Por qué yo? —le preguntó Will—. Hablo español y portugués, pero ni siquiera sé qué se habla en San Gabriel.

—Es un dialecto a caballo entre esos dos idiomas. No tendrás problemas —le aseguró Duval—. El comandante gabrieleño al mando, el coronel Da Silva, tendrá que darte el visto bueno, pero lo hará.

—¿Y qué más? Porque seguro que hay algo más.

Duval frunció el ceño.

—Nos preocupa la situación de San Gabriel, y me gustaría tener información de primera mano. Nunca ha sido un país rico, pero bajo el mandato de la familia Alcántara ha vivido una época estable y ha estado bien gobernado y, tal como he dicho, han sido firmes aliados en la lucha contra los franceses. Pero el verano pasado, el general francés Baudin arrasó las defensas de San Gabriel y lo saqueó y lo destruyó. También capturó a su líder, el rey Carlos, y a su hijo Alexandre, el príncipe heredero, cuando salieron a parlamentar con bandera blanca. Baudin colocó a un familiar viejo y senil, el príncipe Alfonso, como regente de la princesa María Sofía, que consiguió escapar.

—¿El país se ha sumido en el caos o en el pillaje sin sus líderes?

—La verdad es que no lo sé —contestó Duval—. Me han llegado muy pocas noticias de San Gabriel. He de suponer que el país tiene problemas muy graves. Como aliados británicos, se merecen nuestra ayuda para la reconstrucción. Espero que estés dispuesto a liderar a la caballería gabrieleña de vuelta a casa y a pasar un par de semanas evaluando la situación.

—¿No están de camino el rey y su hijo? Sin duda, los prisioneros de guerra de los franceses están siendo liberados.

—No sabemos qué ha sido de ellos —replicó Duval con expresión adusta—. Me temo que están muertos, pero pienso averiguar la verdad. Mientras tanto, San Gabriel no tiene un liderazgo firme. Ahora que la guerra ha terminado y que los guerrilleros españoles ya no tienen que enfrentarse a los franceses, me preocupa que algunos de dichos guerrilleros intenten hacerse con el poder. La residencia de los Alcántara, Castelo Blanco, es una fortaleza medieval formidable. Si una banda de saqueadores se instala allí, costará mucho echarlos.

Muy ciertas sus palabras. Will titubeó. Una vez terminada la guerra, ansiaba regresar a casa lo más rápido posible. Aceptar la misión de Duval supondría un retraso de varias semanas, tal vez de meses.

Sin embargo, nunca había olvidado el tema de la redención que surgió durante aquella larga y tensa noche en Oporto. Aceptar esa tarea no lo redimiría, pero sí sería algo para lo que él estaba bien preparado. Y aunque prefería volver a casa lo más rápido que fuera posible, la larga marcha a través de España y de Portugal sería su forma de despedirse de su vida militar. Además, así podría visitar a su amigo Justin Ballard antes de dejar la península Ibérica, seguramente para siempre.

—Muy bien, si el comandante gabrieleño lo aprueba, conduciré a sus hombres a casa.

El coronel Da Silva era un hombre enjuto de pelo oscuro veteado de canas y que tenía la pierna y el brazo derechos vendados. Estaba sentado en una silla de campaña en su tienda y daba la impresión de que incluso eso le suponía un enorme esfuerzo, pero sus ojos adoptaron una expresión penetrante cuando Duval le presentó a Will.

—Mayor Masterson, el coronel Duval ha dicho que usted tal vez estaría dispuesto y que sería la persona indicada para conducir a mis hombres de vuelta a casa. —Hablaba un inglés fluido, aunque con un fuerte acento.

—Eso lo tiene que decidir usted, señor —dijo Will en su lengua—. ¿De cuántos hombres se trata? Además, ¿les molestará que un oficial británico los comande?

—Habla usted bien español —lo felicitó Da Silva—. Duval también me ha dicho que habla usted portugués, y que sabe cómo pelear. Esas habilidades le aseguran el beneplácito. Tenemos poco más de veinte hombres capaces de montar a caballo. Los heridos se quedarán hasta haberse curado lo suficiente para volver a casa. —Su expresión se ensombreció—. He perdido a muchos de mis hombres a lo largo de los años. Muchos seguirían vivos si la noticia de la abdicación del emperador hubiera llegado a Toulouse antes de la batalla por el control de la ciudad.

—Con la ayuda del Señor, no habrá más batallas innecesarias —dijo Will en voz baja.

Da Silva se santiguó con la mano izquierda. Sin embargo, los años de soldado enseñaban a los hombres a no pensar en lo que no se podía cambiar, de modo que el coronel continuó:

—Ninguno de los oficiales que han sobrevivido está en disposición de volver a casa, de modo que los hombres están bajo el mando del sargento de mayor antigüedad, Gilberto Oliviera. El muchacho entiende la necesidad de mantener el orden mientras se cruza España. Su padre es el chambelán de Castelo Blanco, de modo que el sargento Oliviera conoce bien a los integrantes de la casa real.

—¿Cómo le va a San Gabriel sin el rey Carlos?

Da Silva titubeó antes de contestar:

—Poco después de que Baudin saqueara mi país, un mensajero trajo noticias del príncipe Alfonso. En el mensaje decía que habían sufrido muchos daños materiales, pero que la mayoría de la población había sobrevivido y que él cuidaría de San Gabriel hasta que el rey Carlos regresara sano y salvo a casa, Dios mediante.

—Parece prometedor.

—Dudo que la misiva la escribiera el príncipe Alfonso. —El coronel escogió con tiento sus siguientes palabras—: El príncipe es un anciano y está... enfermo. Tal vez la escribiera la princesa María Sofía en su nombre.

—¿Sabrá reinar la princesa si sube al trono? —le preguntó Will sin rodeos.

—Cuando dejé San Gabriel era una niñita dulce y bonita, muy amiga de mi hija. Su hermano, el príncipe Alexandre, era un hombre preparado y no había motivos para suponer que su hermana pequeña sería la sucesora. En circunstancias normales, si llegara a reinar, tendría a buenos consejeros que la ayudarían. Ahora... —Meneó la cabeza—. No conozco bien la situación en mi país. Si pudiera partir mañana, lo haría. Dado que no puedo, rezo para que Duval haya acertado al recomendarlo a usted.

Will se preguntó hasta qué punto era acuciante la situación en San Gabriel.

—La princesa pronto tendrá a los consejeros que necesita. Tal vez, Dios mediante, el rey Carlos y su hijo ya han sido liberados de la cárcel y van de camino a casa.

—Incluso la gracia divina tiene sus límites, mayor Masterson —repuso Da Silva con voz queda—. ¿Cuándo puede partir? ¿Mañana por la mañana?

¿Tan pronto? Pues que así fuera.

—Tengo que consultarlo con mi oficial al mando, pero si no tiene objeción sí, mañana —respondió Will—. Supongo que todos sus hombres tienen buenas monturas.

—Las tienen, sí, gracias a los franceses derrotados. —Los dientes de Da Silva relucieron mientras componía una mueca que no se parecía en nada a una sonrisa—. También le voy a pedir que le lleve unos mensajes a mi esposa, y que le asegure que tanto yo como nuestro primogénito nos encontramos bien. Es uno de mis capitanes y resultó herido en la batalla, pero se está recuperando. Los dos volveremos pronto a casa.

—Será un placer transmitir tan buenas noticias —le prometió Will.

Y así, en un abrir y cerrar de ojos, se zanjó la cuestión. El coronel Gates dio su aprobación a la marcha de Will, de modo que Tom Murphy empezó a hacer el equipaje de inmediato, organizando cosas y deshaciéndose de lo innecesario.

Esa noche, Will se despidió de sus amigos del campamento. Aunque no echaría de menos la guerra, sí echaría de menos la intensa camaradería que se había forjado debido a las privaciones y a los peligros compartidos. Se preguntó qué podría reemplazar semejante vínculo, si acaso eso era posible.

Al amanecer del día siguiente, Will se puso al mando de su pequeña tropa para recorrer por última vez las tierras de España.

3

Reino de San Gabriel, abril de 1814

Las noticias recorrieron Europa cual tormenta estival. El emperador había abdicado. ¡Napoleón se había ido! ¡La larga guerra había llegado a su fin!

Y mientras se desvanecía la euforia inicial, los más juiciosos se preguntaban: «Y ahora ¿qué?»

Atenea Markham se encontraba trabajando en su gabinete de Castelo Blanco, preguntándose de dónde demonios iba a sacar ese pequeño país asolado por la guerra el dinero para sobrevivir y reconstruirlo todo, cuando la princesa María Sofía del Rosario de Alcántara, acompañada de varios otros personajes menos relevantes, entró en tromba en la estancia, tan emocionada que apenas podía hablar.

—¡Atenea, la guerra ha acabado! ¡Han obligado a Napoleón a abdicar!

Atenea apartó la vista de los libros de cuentas, y la ansiedad desapareció al instante nada más oír las buenas noticias.

—¡Alabado sea el Señor! El final se preveía desde hace tiempo, pero Bonaparte es tan traicionero y ambicioso que casi esperaba que se sacara otro as de la manga. ¿Acaba de llegar un mensaje desde Oporto?

—Sí, en cuanto el mensajero proclamó la noticia en el patio de armas, la gente se abalanzó sobre él para que la repitiera una y otra vez. Cuando por fin pudo zafarse del gentío, se lo comunicó al tío Alfonso y después vino aquí. —Sofía rio entre dientes—. Invitar a los mensajeros a detenerse en San Gabriel para disfrutar de comida y alojamiento ha sido una de tus mejores ideas.

—En épocas de inseguridad, es vital mantenerse bien informados. —Atenea solo deseaba que el verano anterior los hubieran puesto sobre aviso de que las tropas del general Baudin atravesarían San Gabriel mientras se retiraban hacia el este, huyendo del ejército de Wellington.

Incapaz de estarse quieta, Sofía revoloteaba por la estancia cual mariposa. Menuda, de pelo oscuro y preciosa, aparentaba diecisiete años en vez de los veinticuatro que tenía.

—¿Papá y mi hermano regresarán pronto, ahora que el emperador ha sido derrocado?

Atenea suspiró y se apoyó en el respaldo de su asiento mientras acariciaba de forma distraída a *Sombra*, el gato gris atigrado que dormitaba sobre la mesa.

—No lo sé, Sofi. No tenemos noticias suyas desde que el general Baudin asoló San Gabriel y los hizo prisioneros. Lo lógico es que se produzca una liberación de prisioneros de guerra como tu padre.

—A menos que hayan muerto —replicó Sofía, que dejó de bailar para mirar por la ventana con los hombros tensos—. Atenea, tienen que estar vivos. Napoleón no solía matar los reyes de los países, por más pequeños que fueran, como es el caso de San Gabriel.

—Eso es cierto del emperador, pero su general era un hombre brutal, y tu padre y tu hermano no son dados a amilanarse ante nadie —le recordó Atenea con delicadeza—. No es una buena señal que no hayamos tenido noticias suyas desde que los capturaron.

—Crees que están muertos —repuso Sofía sin más.

Era la primera vez que la princesa admitía esa posibilidad. Hasta ese momento, hablaba de ellos como si fueran a regresar a San Gabriel en cuanto la guerra acabase.

Si estaban muertos, Sofía se convertiría en la reina de San Gabriel. Consciente de que había llegado el momento de hablar con franqueza, Atenea replicó:

—No hay que abandonar la esperanza de que regresen, pero es muy probable que no lo hagan.

—No soy lo bastante fuerte como para reinar en San Gabriel —afirmó Sofía en voz baja—. ¡Hay muchas cosas que desconozco!

—Una deficiencia que estamos intentado corregir desde que llegué —señaló Atenea—. Has hecho grandes progresos en cuanto a la forma de gobernar y, puesto que las costumbres del país prohíben que una mujer pueda proclamarse reina hasta cumplir los veinticinco años, todavía cuentas con un año para aprender mientras el príncipe Alfonso ejerce la regencia.

Sofía se dio media vuelta para mirarla con expresión socarrona.

—El regente oficial, mi pobre tío. Lo intenta, pero sin ti San Gabriel se derrumbaría. Es una lástima que no puedas asumir el título de regente, ya que estás haciendo todo el trabajo.

Atenea se echó a reír.

—Pamplinas, yo solo soy la dama de compañía demasiado alta y demasiado inglesa de Su Alteza Serenísima, la princesa María Sofía. Tu pueblo te adora, Sofi. Es a ti a quien acuden en busca de guía. Gobernarás bien si la tarea recae sobre tus hombros.

—Me gustaría estar tan segura como tú. —Sofía empezó a juguetear con la pulsera que llevaba—. Sé que es muy egoísta por mi parte, pero lo peor de ascender al trono es que tendré que casarme por razones políticas. Eso es lo que hacen las princesas. Pero mi padre siempre me ha dicho que podré elegir a mi futuro marido, dentro de unos límites razonables. En cambio, tendré que casarme con algún duque de linaje real feo y con los ojos saltones que querrá apartarme del poder y gobernar mi país como le plazca.

—¡Sofi, es muy improbable que te veas en esa tesitura! —exclamó Atenea con firmeza—. No hace falta que te preocupes ahora por eso. La guerra ha llegado a su fin y deberíamos celebrarlo. Es posible que tu padre y tu hermano ya estén de regreso.

—Ojalá pudiera creerte. —Sofía cogió a *Sombra* de la mesa y abrazó al gato unos minutos antes de alzar la vista y mirar a Atenea con expresión sombría—. Prométeme que no me abandonarás mientras te necesite, Atenea. ¡Por favor!

Atenea titubeó. Su intención nunca había sido la de quedarse tanto tiempo en San Gabriel. Su corazón añoraba los verdes prados y la paz de Inglaterra. Pero no podía abandonar a Sofía ni a San Gabriel.

Mientras se preguntaba si alguna vez regresaría al hogar que llevaba en su corazón, aunque jamás la hubiera acogido con los brazos abiertos, contestó en voz baja:

—Me quedaré aquí, Sofi. Mientras me necesites.

4

El camino que atravesaba las montañas para llegar desde España a San Gabriel era antiquísimo y transcurría por una especie de hondonada. Will se preguntó si los ejércitos romanos habían marchado a través de esas montañas rocosas y de esos pasos. Tal vez no, dado que los caminos romanos solían ser más anchos y nivelados.

Cuando su grupito de gabrieleños salió del angosto camino, el sargento Gilberto Oliviera azuzó su caballo.

—¡San Gabriel! ¡Estamos en casa! —exclamó el sargento, con voz emocionada. Acto seguido, tiró de las riendas y se echó a reír—. ¡Nuestro querido hogar está sumido en la niebla para que no podamos verlo!

Will y el resto de los jinetes se reunieron con el joven sargento para mirar hacia delante. Y sí, el largo valle ovalado que había más abajo estaba cubierto de nubes blancas. Hacia el extremo más alejado, una colina redondeada apenas se alzaba sobre la niebla.

Oliviera se lo explicó a Will:

—Sucede a veces, aunque normalmente en invierno. Si estuviera despejado, podría ver todo San Gabriel desde aquí. El río que atraviesa el valle, el castillo, la ciudad, los pueblos, los campos de labor, los árboles y los viñedos. —Soltó un leve suspiro—. Estamos en casa.

—Yo también ansío ver mi casa. —Will rio entre dientes—. La niebla es mucho más habitual que aquí. —Alzó la voz para hacerse oír—: Sé que estáis impacientes, pero tened cuidado. Vuestras familias se enfadarán mucho si os partís el cuello en la puerta, ¡y no quiero que me echen a mí la culpa!

Entre carcajadas y presa de la emoción, la tropa empezó a descender el camino a una velocidad razonable. Tenía un ancho suficiente para una carreta o dos jinetes en paralelo, de modo que Will se colocó junto a Oliviera. El sargento había huido de casa para luchar contra los franceses a una edad tempranísima. Aunque seguía siendo muy joven, casi había vivido tantos años de guerra como Will. Comandaba a sus hombres tan bien, que Will sospechaba que su presencia como oficial no era necesaria. El interés real de Duval debía de ser la información sobre la situación en San Gabriel.

Will le preguntó:

—¿Qué es lo que más te apetece hacer después de saludar a tu familia?

Oliviera se lo pensó.

—Después de mi familia..., ¡el vino gabrieleño! Es el mejor vino que beberá en la vida, mayor. Un trago y sabré que por fin estoy en casa. Compartirá el vino conmigo, porque tiene que quedarse con mi familia. Mi padre es el chambelán del castillo y vivimos entre sus muros. Habrá espacio de sobra para usted y para el sargento Murphy.

Vivir en el castillo sería una forma estupenda de conocer el país. Mientras se preguntaba qué iba a encontrarse, replicó:

—Gracias, acepto la invitación con sumo gusto.

Martínez, el jinete que iba en punta, gritó:

—¡El altar de la Virgen de las Rosas está ahí delante! ¡Tenemos que darle las gracias a Nuestra Señora por haber vuelto sanos y salvos! —Azuzó el caballo, presa de la emoción.

Will entrecerró los ojos y atisbó la silueta de una torre entre la niebla. El contorno de la pequeña estructura se solidificó a medida que se fueron acercando. Por delante de ellos, Martínez se detuvo delante del altar y gritó, angustiado.

Sus camaradas respondieron al grito saliendo al galope. Cuando Will se acercó, se dio cuenta de que la torre estaba en ruinas. La fachada estaba derrumbada y apenas quedaban piedras de la estructura para sostener la torre. Más allá, yacían los restos de un pequeño edificio totalmente destruido.

Oliviera emitió un gemido quedo al tiempo mismo que desmontaba.

—El altar se erigió para darles la bienvenida a los viajeros procedentes de España. Había agua y un pequeño refugio para descansar. Y ahora... —Escupió—. ¡Que los franceses se pudran en el infierno por esto!

El resto de gabrieleños contemplaba las piedras ennegrecidas y las vigas quemadas con expresión desolada. Will supuso que la destrucción del altar los hizo darse cuenta de lo que San Gabriel había tenido que soportar. Si habían destruido un altar, ¿qué les había pasado a sus casas y a sus familias?

Will desmontó y examinó el interior que quedaba al descubierto. De cerca, podía ver que habían intentado despejar el templo de las vigas quemadas e imponer algo de orden.

—El enemigo tal vez haya destruido el edificio, pero no pudo destruir su carácter sagrado —dijo en voz baja al reconocer una silueta que le resultaba conocida en el interior de la estructura en ruinas.

Entró y apoyó una mano en las dos vigas quemadas que habían clavado para formar una cruz tan alta como él.

—Vuestros compatriotas han hecho lo que han podido. Pronto habrá tiempo y manos para reconstruirlo por completo. —Señaló la imagen bastamente tallada que había delante de la cruz—. Una cruz y una imagen de la virgen y de su hijo. ¿Qué más necesita un altar?

Oliviera tragó saliva con dificultad.

—Tiene razón. Esos salvajes infieles no han destruido el espíritu sagrado de este lugar. —Se arrodilló y se santiguó.

Will retrocedió mientras los demás lo imitaban. Uno de los soldados rezó dando las gracias por haber vuelto sanos y salvo a casa.

Sin embargo, cuando se pusieron en pie, uno a uno, vio que sus caras habían perdido la alegría de hacía un instante. Se estaban preparando para ver los daños que podría haber sufrido su país.

Los gabrieleños se mostraron muy serios mientras descendían hasta el valle. Empezaba a anochecer. La oscuridad que se cernía sobre ellos, junto con la niebla, hizo que Will tuviera la sensación de estar atravesando una tierra maldita.

El camino los condujo a un bosquecillo, y oyó juramentos cuando los hombres vieron los árboles ennegrecidos. Uno de ellos gruñó:

—¡Esos malnacidos han quemado los alcornoques!

Otro hombre dijo:

—Los alcornoques se recuperan del fuego mejor que otros árboles. Mira, ya hay nuevos brotes. —Escupió—. ¡Que los franceses que lo hicieron paguen sus pecados no pudiendo beber buen vino en lo que les queda de vida!

Will esbozó una sonrisilla. En esa parte del mundo donde el vino tenía tanta importancia, esa maldición tenía más peso que la de pudrirse en el infierno.

Medio kilómetro más adelante, un joven llamado Ramos dijo con voz tensa:

—Pronto llegaremos a mi casa. ¡Rezo a Dios para que estén todos bien!

Ramos azuzó su caballo para adelantarse. Cuando llegó al camino de entrada a una granja, lo enfiló. La casa que había al final parecía abandonada, no había luz ni indicios de vida.

Cuando la tropa siguió a Ramos, Will vio que la estructura era bien sólida, construida con piedra local, pero que uno de los extremos estaba calcinado y que el tejado de esa sección se había hundido. Ramos salió al galope mientras gritaba:

—¡Mamá! ¡Papá!

Con gesto adusto, Will sacó su rifle ligero y de gran precisión de la funda de la silla a medida que se acercaba a la granja. Aunque la casa parecía desierta, un soldado que quisiera sobrevivir sabía que no debía dar nada por sentado.

Las contraventanas de una ventana se abrieron un poco, derramando dos haces de luz. Una mujer gritó:

—¡Julio, hijo mío!

Empezaron a salir personas de la casa, y Ramos se apeó de un salto sin dejar de gritar:

—¡Mamá! ¡Mamá!

En cuanto el muchacho tocó el suelo, se vio rodeado de su familia. Will suspiró, aliviado, y se acomodó en la silla. Esa historia no acabaría en tragedia.

El padre de Ramos le dio un largo abrazo a su hijo mientras lloraba en silencio. Después, se apartó para que el resto de la familia pudiera recibir a su hijo pródigo.

Will desmontó y condujo su caballo junto al patriarca de la familia y le dijo:

—Me alegro de presenciar esta reunión, señor Ramos. Hemos visto huellas de la guerra de camino al valle. ¿Cómo le va a San Gabriel? Sus soldados casi no han recibido noticias de casa.

El hombre se volvió y, al reconocer la casaca roja de Will, lo saludó con un gesto respetuoso de la cabeza.

—Ha sido difícil desde que ese cerdo francés de Baudin saqueó nuestro valle. Muy difícil. —Miró a su hijo con el alma en los ojos—. Pero ahora que están volviendo nuestros jóvenes, seguro que podremos reconstruirlo y volver a ser fuertes.

Eso parecía más fe que optimismo. Will replicó:

—Es solo el principio. En cuestión de semanas, el resto de sus soldados volverá a casa.

Se despidió del señor Ramos y volvió a montar antes de reunir al resto del grupo y reemprender la marcha. Dado que la noche se estaba volviendo muy fría, se envolvió con el gabán, que era muy abrigado y tenía muchos bolsillos, además de estar diseñado para montar a caballo.

El gabán y él habían vivido muchas cosas juntos. Con suerte, no tendría que dormir con él puesto esa noche. Sin embargo, mientras se internaba a caballo en el nebuloso valle, se preguntó qué iba a encontrar en Castelo Blanco.

Pasaron varias semanas desde la abdicación de Napoleón hasta que llegó la noticia a San Gabriel. Por desgracia, después no llegaron noticias acerca del rey y del príncipe capturados. Había ocasiones en las que la falta de noticias era algo bueno, pero esa no era una de ellas.

Incapaz de dormir, Atenea se levantó de la cama y se puso la bata y las pantuflas de pelo de oveja para combatir el frío. Aunque su habitación contaba con una chimenea, la leña escaseaba y no debía usarse sin motivo.

Abrió su cuaderno de notas, que abultaba cada vez más con el paso de los días. Tenía listas de lo que había que hacer, ordenadas por prioridad, seguidas de notas acerca de las posibles soluciones.

Había otras listas, más cortas, de recursos. Aislado entre las montañas, San Gabriel siempre había sido bastante autosuficiente. No había reservas de dinero en bancos extranjeros. Casi toda la reserva del país se había destinado a pertrechar a los soldados que fueron a la guerra. El general Baudin había robado todos los objetos valiosos a los que pudo echarles las zarpas. No quedaba mucho dinero.

Además, enviar a tantos hombres a la guerra había provocado una tremenda falta de mano de obra. Los gabrieleños que se habían quedado, mujeres, niños y personas mayores, habían trabajado duro, pero no había suficientes personas para realizar todos los trabajos de plantación, recolección y mantenimiento.

Miró el cuaderno de notas con el ceño fruncido mientras se moría por saber la cantidad de soldados que regresarían sanos y salvos. Si bien luchar contra el Ogro de Ajaccio era una causa noble y valiente, Atenea, como mujer que era, no dejaba de pensar que quedarse en casa y realizar el anodino trabajo de cultivar y trabajar los campos de labor y los viñedos habría sido mucho más útil.

¿Adónde se podía recurrir en busca de ayuda para un remoto y diminuto reino que la mayoría de los europeos ni siquiera había oído mencionar? Su asignación anual le permitía ser independiente y también viajar, pero no servía de mucho en un lugar con tantas necesidades. El pasado invierno pidió por anticipado la asignación de todo el año a fin de comprar víveres.

Apretó los labios al pensar en su padre. Podría ayudar si quisiera, pero nunca lo haría. Eso lo había dejado claro hacía mucho tiempo.

Si los soldados de San Gabriel regresaban pronto, ¿llevarían algunos consigo botines de guerra con los que ayudar a sus familias y amigos?

La idea le arrancó una sonrisa torcida. De repente, un grito hizo que se tensara. Al grito lo siguieron más, así como ladridos y chillidos, como si se estuviera librando una batalla en mitad del castillo. ¿Habrían entrado bandidos? El castillo era prácticamente impenetrable, pero en esa época más tranquila el único guardia de la puerta era un niño de doce años, el hijo menor del señor Oliviera.

Atenea cogió su fusil, convencida de que el altercado tenía lugar en los aposentos de los Oliviera. Comprobó a toda prisa que el arma estuviera cargada, se colgó la bolsa con munición al hombro y salió corriendo en dirección a las escaleras.

Sofía también salió de su habitación, parpadeando somnolienta y con expresión preocupada.

—¿Qué pasa?

—No lo sé —le soltó Atenea—. ¡Pero quédate aquí y prepárate para salir corriendo si hace falta!

Voló por el primer tramo de escaleras y dobló en el primer descansillo para enfilar el segundo tramo. Atenea no era un ejército, pero sí lo que más se le parecía dentro del castillo.

Cuando Will y los otros dos jinetes que seguían acompañándolo por fin llegaron a Castelo Blanco, había presenciado muchas reuniones felices, pero todas palidecían al lado del recibimiento del sargento Oliviera. Cuando llegaron a la garita situada en la muralla exterior por la que se accedía al patio de armas, los recibió un jovencísimo Oliviera, que montaba guardia. El niño se asomó al ventanuco que había en la puerta y después la abrió de par en par.

—¡Gilberto! —gritó con voz tan aguda que casi no se le entendió.

Entre carcajadas, el sargento se inclinó sobre la silla y subió a su hermano al caballo para darle un abrazo enorme.

—¡Casi no te he reconocido, Albano! Cuando dejemos los caballos en las caballerizas, ¿puedes darles de comer y cepillarlos mientras yo llevo a mis amigos dentro? Hemos hecho un viaje muy largo.

—¡Sí, claro! —Con una sonrisa de oreja a oreja, Albano no dejaba de dar botes sobre la pierna de su hermano mientras rodeaban el castillo para acceder a las caballerizas que había detrás.

Will se alegró de desmontar y ansiaba dormir en una cama de verdad en un edificio de verdad. Después de desensillar su caballo, se colgó las alforjas de un brazo y cogió el rifle con la mano libre. No era un objeto que se dejara en unas caballerizas. Acto seguido, los tres se dirigieron al interior del castillo, guiados por el sargento.

Los Oliviera ocupaban los aposentos de la planta baja, que disponían de una entrada justo enfrente de las caballerizas. Dado que Albano estaba fuera, no habían cerrado con llave la puerta, de modo que Gilberto los condujo a un amplio vestíbulo. Había seis palmatorias con pantallas de cristal sobre una mesa, pero solo una vela estaba encendida. La vela apenas si proporcionaba luz para revelar unas gruesas puertas en cada una de las tres paredes, y en el extremo derecho más alejado se atisbaban unas escaleras entre las sombras.

Gilberto cruzó la estancia para abrir la puerta situada en la pared de la izquierda y revelar una espaciosa y bien iluminada cocina.

—¡Mamá, estoy en casa! —gritó, como si hubiera pasado el día fuera en vez de años.

Su anuncio provocó una respuesta que hizo palidecer los reencuentros que Will había presenciado hasta el momento. Una marea de Olivieras entró en la cocina y se congregó a su alrededor con una enorme algarabía. Había tías, ancianas y abuelos, y también un par de niños muy pequeños que se aferraban a las rodillas. Una mujer, que debía de ser su madre, emitió un chillido ensordecedor e ininteligible de alegría mientras abrazaba a su hijo como si no quisiera soltarlo jamás.

Otros imitaron el grito de la madre. De no estar viéndolo con sus propios ojos, Will habría creído que alguien estaba perpetrando una masacre. Un enorme perro de hocico gris se unió al grupo, ladrando como un loco mientras se lanzaba sobre las piernas de Gilberto de tal forma que estuvo a punto de tirarlo al suelo. Los Oliviera eran una familia muy atractiva. Una muchacha, seguramente hermana del sargento, era tan guapa que Murphy solo atinaba a mirarla, boquiabierto.

La delirante felicidad de la cocina resultaba tan agotadora como emocionante. Murphy siguió a Gilberto por los aposentos, sin apartar la vista de la muchacha, pero Will se quedó en el vestíbulo. Esperaría a que la algarabía cesara antes de presentarse.

Cruzó la estancia para estirar las piernas mientras admiraba el intrincado diseño del suelo. No sabía lo bonitas que podían ser las baldosas hasta que llegó a la península Ibérica. Sin embargo, los muebles eran espartanos. Salvo por la mesa del comedor, solo había dos sillas de aspecto destartalado que bien podrían romperse si intentaba sentarse.

El dibujo que había en el centro del vestíbulo era un escudo de armas, seguramente el del país o el de la familia real. Estaba admirando la maestría del diseño cuando oyó pasos en la escalera. Al percatarse de que dejó de escucharlos, se dio la vuelta... y vio que la luz de la vela iluminaba el cañón de un fusil que le apuntaba al pecho desde las sombras.

—¡Suelte el arma! —le ordenó una voz en el dialecto gabrieleño—. Con mucho cuidado. —Le repitieron la orden en francés.

Will replicó en voz baja en gabrieleño:

—No tengo malas intenciones. El sargento Oliviera ha vuelto con su familia y yo soy un oficial británico que ha venido acompañándolo. —Dejó que las alforjas cayeran al suelo y se agachó muy despacio para soltar el rifle encima.

—Desde luego que no es de por aquí —gruñó la voz—. Diga algo en inglés.

—Como guste —le dijo, en inglés—. Si me permite quitarme el gabán, puedo mostrarle mi uniforme.

El cañón no se movió un ápice.

—Quítese el gabán despacio —le ordenó la voz en un inglés muy seco—. Como haga ademán de coger un arma, disparo.

Sin movimientos bruscos, Will se quitó el gabán. El uniforme estaba bastante ajado y remendado, pero lucía el inconfundible rojo británico.

—Me llamo William Masterson y soy de Oxfordshire.

Tras un tenso silencio, bajaron el cañón del fusil y una magnífica amazona salió de las sombras. Dado que el fusil ya no lo apuntaba, Will se dio cuenta de que la voz ronca pertenecía a una mujer.

Un ramalazo de energía le recorrió el cuerpo y ciertas partes adormiladas durante mucho tiempo cobraron vida. La miró, anonadado. La amazona medía cerca del metro ochenta y tenía la tez clara propia de los países del norte. Incluso envuelta en una bata oscura que la cubría hasta los tobillos era muy atractiva, con facciones fuertes y marcadas, una trenza de lustroso pelo castaño que le caía por la espalda y unos peligrosos ojos verdosos con motitas doradas.

Además, manejaba el fusil como una experta. No era una guerrera amazona sin más, era la reina de las Amazonas. Tomó una honda bocanada de aire antes de decir:

—¿Debo entender que también es inglesa?

—Atenea Markham, de procedencia insignificante, pero sí, inglesa. —Su voz tenía un acento culto—. Siento haberlo amenazado, pero hemos pasado por un año turbulento, y los gritos parecían de un ataque.

—Me han parecido lo mismo. —Miró hacia la puerta que conducía a los aposentos de los Oliviera. La algarabía había disminuido un poco—. Me alegro de que no haya abierto fuego.

—Aprender a disparar es más fácil que aprender cuándo no hacerlo. —Observó su uniforme—. Un mayor del 52.º de Infantería. Como parte del Batallón Ligero, seguro que ha visto todas las grandes batallas de la península Ibérica.

—Sí, y tantas escaramuzas que he perdido la cuenta —convino él—. Con Napoleón derrotado, vuelvo a casa, y San Gabriel está en mi camino. ¿Vive aquí?

—Durante los últimos cinco años. —Sus ojos relucieron—. Y usted es el hombre más alto que he visto en dicho tiempo.

Will se echó a reír.

—Los gabrieleños suelen ser enjutos y bajos. Me siento como Gulliver en Lilliput.

—Así me he sentido yo desde que llegué. Estoy segurísima de que soy la mujer más alta de San Gabriel.

—¿Es guardia de palacio? —le pregunto, medio en serio.

—No, lady Atenea es mi dama de compañía —contestó una voz femenina muy aguda en inglés, con apenas acento—. O mi institutriz. O la verdadera regente de San Gabriel.

Una muchacha menuda y muy guapa, de pelo y ojos oscuros, apareció en la escalera, por detrás de Atenea Markham, con una pistola entre las manos. A diferencia de su dama de compañía, no parecía muy ducha con las armas, pero sí decidida. Por suerte, apuntaba al suelo.

—Te dije que te quedaras arriba y te preparases para huir —dijo la señorita Markham, aunque no parecía sorprenderse por el hecho de que la hubiera desobedecido.

La muchacha alzó la barbilla.

—¿Y dejarte sola para que te enfrentes al peligro? ¡Tengo que ser valiente!

Will se atrevió a lanzar una suposición:

—¿Es usted Su Alteza Real la princesa María Sofía?

—Lo soy —contestó la muchacha con aire regio—. No me he enterado de a qué viene este escándalo. No parece que estén asesinando a los Oliviera.

—Están celebrando el regreso de su primogénito, el sargento Gilberto Oliviera —le explicó Will—. Ha llegado sin previo aviso.

—¿Gilberto está en casa? ¡Pues claro que hay que celebrarlo! —La princesa soltó la pistola en la mesa del comedor con tantas prisas que se deslizó por la madera mientras entraba corriendo en los aposentos de los Oliviera. Fue una suerte que el arma no se disparase.

Will la vio desaparecer en mitad de la alegre algarabía.

—Me siento muy mayor, muy aburrido y muy británico.

—Sé muy bien cómo se siente, mayor Masterson. —La señorita Markham, aunque tal vez debería decir lady Atenea, sonrió mientras encendía las otras velas que había en la mesa. Después de recoger la pistola de la princesa, dijo—: Supongo que necesita una cama para pasar la noche, y a mí me encantaría enterarme de las últimas noticias. Acompáñeme a la planta de la familia, le buscaré una habitación. Si no está demasiado cansado, también le ofreceré vino y queso, siempre y cuando me cuente lo que sucede en el mundo exterior.

—Estaré encantado de aceptar cama y comida —le dijo mientras recogía las alforjas y el rifle. En Inglaterra, sus palabras se habrían considerado indecentes. Allí solo eran el mero reconocimiento entre dos adultos que se encontraban muy lejos de su hogar, solo que daba la casualidad de que eran un hombre y una mujer.

Al menos, eso se dijo Will mientras seguía a la señorita Markham a lo largo de dos tramos de escaleras hasta los aposentos de la familia. También se dijo que un caballero no admiraría de forma tan evidente cómo su voluptuoso cuerpo se movía bajo la bata o cómo la titilante luz de la vela bailoteaba sobre sus curvas ocultas.

Por suerte, ella no podía ver lo poco caballeroso que era.

Cuando llegó a la planta en cuestión, lo condujo por un pasillo a la izquierda. Pasaron por delante de varias puertas hasta abrir la que había al fondo. Mientras entraba, le dijo:

—El castillo cuenta ahora con pocos sirvientes, dado que se necesita su trabajo en otra parte, pero la habitación debería estar limpia. Tal vez haya un poco de polvo, pero es la que mejores vistas tiene.

Usó la vela para encender la lamparita que había en el escritorio. Otra habitación con pocos muebles, ya que la estancia solo contaba con una cama con dosel, un armario, un escritorio, dos sillas de madera y un lavamanos, pero bajo sus pies había otro maravilloso mosaico de baldosas.

Comprobó que el aguamanil del lavamanos tuviera agua.

—Ojalá que se encuentre cómodo en esta habitación. Puede que San Gabriel pase por una mala racha, pero su tradición de hospitalidad es inquebrantable.

Will dejó las alforjas en el suelo.

—No tiene que disculparse. Es el mejor sitio en el que voy a dormir desde hace meses. —Se acercó a la ventana para admirar el valle. Estaba lo bastante alto como para ver sobre la niebla, que parecía un manto blanco y esponjoso sobre el valle. En el cielo brillaban un puñado de estrellas y la luna creciente—. Me encantará ver el valle a la luz del sol.

—Una vez que se haya acomodado, tendrá vino esperándolo en el salón familiar. Buscaré algo de comida para acompañarlo.

—Y luego vendrán las preguntas. Para ambos. —Colgó el gabán de un perchero de madera—. Me reuniré con usted en breve. ¿Debo suponer que los Oliviera le buscarán habitación a mi ordenanza, el sargento Murphy?

—Pues sí. Aunque pongo en duda que alguien vaya a dormir mucho ahí abajo esta noche. —Sonrió y cerró la puerta tras ella, aunque antes de hacerlo la luz de la vela de Will le arrancó destellos cobrizos a su trenza.

Comprobó el viejo armario, que tenía una buena cerradura con su llave. Eso mantendría sus armas lejos de los niños curiosos. Metió las alforjas y el rifle en el armario antes de cerrar la puerta con llave. Después de lavarse la cara y de lavarse el pelo, que llevaba más largo de la cuenta, sopesó la idea de descansar en la cama unos minutos, pero decidió no hacerlo, porque sabía que se quedaría dormido. Mejor ir en busca de la señorita Markham y empezar la conversación, porque tenía muchas preguntas que hacerle a su magnífica anfitriona.

5

Atenea bajó a las cocinas del castillo y cogió una cesta con pan, queso y otras viandas que no necesitaban preparación. Añadió aceitunas y almendras, al mismo tiempo que oía cómo añadían música a la fiesta de los Oliviera.

Tanta alegría era contagiosa, y sonrió durante el camino de vuelta a la planta alta. El salón familiar llevaba siglos usándose para celebrar reuniones íntimas, según sospechaba, y los muebles llevaban la impronta del uso de incontables Alcántaras y sus amigos. A diferencia de los grandiosos salones de la parte pública del castillo en la planta inferior, esa estancia era acogedora y cómoda.

Alterada por su encontronazo con el mayor Masterson, se concentró en partir el queso, las salchichas y el pan. Una comida sencilla con un vino fantástico.

Acababa de servir los platos y de colocar las servilletas cuando el mayor entró en el salón. Parecía tan firme, tan guapo y tan... ¡inglés!, que sintió deseos de abrazarlo.

Hasta ese momento, no era consciente de lo mucho que ansiaba ver a un compatriota. Hacía muchos años que no veía a un hombre tan apuesto en la península Ibérica. Ni siquiera en Inglaterra había conocido muchos hombres a los que tuviera que mirar echando hacia atrás la cabeza.

Pero si había algo más atractivo que esos anchos hombros, era la expresión alegre e inteligente de sus ojos. Ojalá se quedara unos cuantos días.

Consciente de que no debía comérselo con los ojos, bajó la vista y sirvió dos copas de vino.

—Supongo que necesitará más el vino que la comida. A menos que esté tan acostumbrado a que lo apunten con un arma que ya ni lo afecte.

—Cualquiera que afirme no sentirse afectado después de que lo hayan encañonado con un arma miente. —Enarcó las cejas después del primer sorbo de vino—. El sargento Oliviera no mentía al afirmar que el vino era excepcional.

Renuente a pensar en el futuro de la producción vinícola en San Gabriel, Atenea señaló los platos llenos de comida.

—No tengo mucho que ofrecerle, pero el vino es un buen acompañamiento para los quesos de la zona y las salchichas.

—Es ambrosía. —El mayor se sentó y se sirvió un poco de todo en su plato—. Intentaré no parecer un lobo famélico. Ha sido un día muy largo.

Mientras daba buena cuenta del queso y del pan, Atenea se sentó enfrente.

—Mi primera pregunta, y la más importante, es si el rey Carlos y el príncipe Alexandre vienen de regreso. ¿Ha tenido noticias suyas?

Masterson negó con la cabeza mientras cortaba en trocitos una cebolla encurtida.

—No tuvimos ninguna noticia antes de salir de Toulouse. La suerte que hayan corrido es un misterio, aunque el hombre que me envió aquí está investigando qué les ha sucedido. El asunto no pinta bien.

—Eso me temía —replicó Atenea, deseando que su pesimismo hubiera sido infundado—. Poca gente sabe de la existencia de San Gabriel, así que ¿quién lo ha enviado? Y ¿por qué?

—Fue un oficial del servicio de inteligencia británico quien me pidió que viniera, porque le preocupaba la situación.

—Me alegra saber que alguien se preocupa por San Gabriel —repuso Atenea con aspereza—. ¿Qué misión le ha encomendado ese oficial?

—Ver cómo se recupera el país después de los estragos causados por los franceses —fue su sucinta repuesta—. Y en caso de que se necesite ayuda, organizarla de forma apropiada.

Atenea lo miró atentamente. Esos ojos grises tan serios y claros eran muy ingleses.

—¿De verdad alguien quiere ayudarnos? La situación es difícil, y no sabíamos a quién recurrir.

—San Gabriel contribuyó enormemente a la lucha contra Napoleón, sobre todo habida cuenta del tamaño del país —adujo Masterson—. La guerra es cara en todos los sentidos. Se cobra vidas, dolor y fortunas. Ahora que Napoleón no está, ha llegado el momento de reconstruir las ruinas. Puesto que no ha habido batallas en suelo inglés, nos encontramos en mejor situación para ayudar a nuestros aliados.

—Un sentimiento noble y generoso —replicó Atenea, esperanzada pero recelosa—. ¿Y no hay ningún tipo de beneficio personal en esto?

Masterson esbozó una pequeña sonrisa.

—En política siempre hay algún tipo de beneficio personal. El hombre que me ha enviado teme que, si San Gabriel se debilita más de la cuenta, se convierta en el objetivo de los guerrilleros que siguen luchando aunque la guerra ha acabado. Que un valioso reino aliado acabe en manos de unos criminales no es una idea agradable.

Atenea se mordió el labio.

—Ya se me había ocurrido esa posibilidad. Su oficial del servicio de inteligencia tiene razón. Con el rey y el príncipe encarcelados, o posiblemente muertos, San Gabriel es vulnerable. ¿Se ha visto amenazado en algún momento mientras atravesaba la península Ibérica por algún grupo de esos bandidos que ha mencionado?

—Solo los idiotas atacarían a un ejército tan bien armado y disciplinado, y los guerrilleros que he conocido no son tontos. Pero nos han llegado noticias de pueblos remotos que han sido atacados —añadió con seriedad—. Precisamente echamos a una banda de un pueblo situado al oeste de Vitoria.

Atenea se estremeció al recordar el ataque de las tropas francesas.

—He rezado para que las montañas nos protegieran, pero no bastaron para salvarnos de Baudin.

—Eso cambiará cuando el resto de las tropas de San Gabriel regrese al cabo de unas semanas —le aseguró Masterson para tranquilizarla—. Son soldados bien entrenados y su comandante, el coronel Da Silva, parece muy competente. A menos que usted crea que pueda instigar un golpe de estado para apartar del trono a la princesa.

—¡Qué idea más espantosa! —exclamó Atenea—. Hace tiempo que no veo al coronel Da Silva, pero tanto él como su familia son leales a la corona y al país. Tendría que haber cambiado como de la noche al día para que eso sucediera.

—No parece un hombre que esté tramando derrocar el sistema de gobierno de su país —convino Masterson—. Y, hablando de su familia, prometí visitar a su esposa cuando llegara. Me dijo que vivían a las afueras de la ciudad, ¿es posible?

Atenea asintió con la cabeza.

—No está lejos. Mañana por la mañana lo acompañaré.

—Gracias. Después de visitarla, ¿tendrá tiempo para enseñarme el resto del valle? Quiero ver en persona las condiciones en las que se encuentra.

—Será un placer. Pero antes de que vaya a visitar a la señora Da Silva, debería hacerle una visita de cortesía al regente.

—Por supuesto. Lo haría ahora mismo, pero supongo que se ha retirado a sus aposentos. —Titubeó antes de añadir—: Tengo entendido que el príncipe Alfonso es mayor y no goza de buena salud, ¿es cierto?

—Por decirlo con elegancia, sí —contestó Atenea—. Es muy mayor y a veces se le va la cabeza. —Muchas veces, a decir verdad—. Confunde a Sofía con su madre. Y a mí, con la mía.

—¿Será una buena reina la princesa Sofía si asciende al trono?

Ese era un tema de conversación que Atenea había tratado con asiduidad. Más bien estaba obsesionada con él.

—Sofía es inteligente y sabe juzgar bien a las personas. Además, posee un firme sentido del deber. No eludirá sus responsabilidades. Pero tiene un carácter sensible y no la han educado para gobernar, ya que parecía improbable que heredara la corona. Está trabajando duro para remediar las lagunas en su educación, y el pueblo la quiere mucho, pero todavía no está lista para gobernar. Según las leyes del país, no puede ascender al trono hasta que cumpla los veinticinco años, para que lo que falta algo más de un año. Para entonces estará preparada.

—Tiene suerte de contar con usted. —Masterson levantó el decantador del vino y rellenó las copas—. El fusil cargado hizo que las presentaciones fueran breves. ¿Cómo debo llamarla? ¿Señorita Markham, señora Markham o lady Atenea? —Esbozó una sonrisa que la dejó sin aliento—. Atenea, la diosa de la sabiduría y de la guerra. Es un nombre que le va como anillo al dedo.

La calidez de su sonrisa le provocó una punzada de anhelo por algo imposible. Atenea decidió hablar con firmeza para dejar claras las distancias entre ellos.

—A veces me llaman lady Atenea porque acostumbro a dar órdenes. Algo que sería adecuado si fuera hija legítima, pero como no lo soy, lo mejor es que se dirija a mí como señorita Markham.

Esperaba ver su asombro o su disgusto, pero el mayor se limitó a colocar el último trozo de salchicha en una rebanada de pan sin pestañear siquiera.

—Todos los niños son legítimos. Lo que sus padres hicieran o dejaran de hacer es irrelevante para la vida de un niño.

Asombrada, Atenea replicó:

—Una opinión con la que no muchos están de acuerdo.

Él le ofreció una sonrisa torcida.

—Ellos son los que se equivocan, no yo. Mi pariente favorito es ilegítimo, y que yo sepa, no tiene cuernos ni pezuñas.

Atenea sintió que la tensión que sentía en el pecho se evaporaba.

—Su actitud es un soplo de aire fresco, mayor Masterson.

—Llámeme Will. —Cogió unas cuantas aceitunas del plato—. Así es como suelen llamarme, a menos que sea su comandante.

Atenea sonrió y se rindió a la familiaridad que parecía haberse establecido entre ellos.

—En ese caso, debería llamarme Atenea, aunque carezca de la sabiduría que se le atribuye a mi nombre.

Él la miró con expresión pensativa.

—¿Atenea, cómo ha acabado aquí? Si lleva viviendo cinco años en San Gabriel, debió de llegar en 1809, cuando la guerra asolaba esta parte de Europa. ¿Tiene una vena aventurera y alocada?

—Cuando llegué, la situación era mucho más peligrosa de lo que creía —admitió—. ¿Quiere que le cuente la historia completa de mi mala cabeza y de lo cerca que estuve de la muerte o prefiere un resumen?

—Desde luego que quiero que en algún momento me cuente la historia completa. —Se llevó una mano a la boca para cubrir un bostezo—. Pero esta noche me conformaré con el resumen, porque sería imperdonable por mi parte quedarme dormido en mitad de la emocionante y larga narración.

Atenea sopesó por dónde empezar.

—La familia Alcántara siempre ha tenido fuertes lazos con Gran Bretaña. Puesto que mi madre tenía amistades aquí, de pequeña visité San Gabriel. Lo bastante como para aprender el idioma y hacer amistades. Hace cinco años, el tío Carlos, el rey, me escribió para decirme que su esposa había muerto y para preguntarme si podía venir a San Gabriel, porque quería una dama de compañía y una tutora inglesa para Sofía. Alguien que también conociera San Gabriel. —Esbozó una sonrisilla—. Sospecho que no conocía a nadie más que encajara en esa descripción. La carta llegó en mitad de un frío y húmedo invierno inglés, así que acepté de inmediato. El plan era quedarme con Sofía tres años, hasta que cumpliera los veintiuno y estuviera lista para el matrimonio.

—Los planes cambian a menudo por la intervención de la vida misma. —El mayor probó las almendras y dio cuenta de ellas con la ayuda de un sorbo de vino—. ¿Se ha convertido San Gabriel en su hogar?

Atenea titubeó al reconocer que el mayor le hacía preguntas sobre asuntos que no había tenido ocasión de reflexionar.

—Me encanta el lugar y la gente. Sofía es como la hermana pequeña que nunca he tenido. Pero San Gabriel está muy lejos del mar. Creía que a estas alturas ya habría regresado a casa.

—¿Y ahora la necesitan demasiado como para marcharse?

—Exacto. —Atenea era consciente de la ironía. Uno de los principales motivos por los que había aceptado la propuesta de Carlos era porque ansiaba sentir que la necesitaban—. Pero imagino que no me necesitarán siempre.

—El mundo recuperará la estabilidad —convino Will—, aunque supongo que ese es poco consuelo si está deseando regresar a Inglaterra con su familia.

Ella rio a regañadientes.

—Mi familia jamás reconocería la mancha en el blasón familiar que soy yo, pero tengo amistades que quiero ver de nuevo y echo de menos Inglaterra.

—Echaré de menos el sol de la península Ibérica, que no así el calor estival —comentó él a la vez que reía entre dientes—. ¿Le ha parecido suficiente aventura?

Atenea asintió con la cabeza.

—He visto más mundo que la mayoría de las mujeres. Ya ha llegado el momento de plantar mi propio jardín y de verlo crecer. ¿Y usted? ¿La vida normal será un aburrimiento después de haber pasado años luchando en la guerra?

—Como dice la Biblia: «Hay un momento para todo». —Clavó la vista en el último trozo de queso y se lo colocó en el plato cuando Atenea le hizo un gesto para que se lo comiera—. He tenido mi momento para luchar y, puesto que sorprendentemente he sobrevivido, ahora ha llegado el momento de volver a casa y asumir las responsabilidades que he desatendido durante demasiados años.

Atenea captó algo en su tono en voz y le preguntó:

—¿Quería morir?

Se produjo un silencio largo mientras él cortaba en finas lonchas el trozo de queso.

—Al principio, sí —reconoció en voz baja cuando acabó de cortar el queso—. Me casé joven. Mi mujer murió un año después, mientras daba a luz. No me imaginaba que alguna vez volvería a tener algo, o alguien, por lo que mereciera la pena seguir viviendo. Así que me alisté en el ejército pensando que, al menos, así haría algo útil.

Atenea se compadeció de él. No era tan mayor, suponía que debía rondar los treinta y cinco.

—Lo siento mucho. Espero que se haya reencontrado con las ganas de vivir.

Will colocó con meticulosidad las lonchas de queso sobre una rebanada de pan antes de alzar la vista y replicar con voz alegre de nuevo:

—Nada mejor que tener a una multitud de desconocidos disparándote para reencontrarse con el deseo de vivir. He sido muy afortunado y tengo la intención de no desaprovechar mi buena suerte. —Su mirada denotaba cierta calidez. Admiración, incluso.

Admiración y deseo. Atenea casi no reconoció el deseo, porque hacía mucho tiempo que no lo veía. O, tal vez, no se había permitido verlo.

Y había pasado mucho más tiempo desde que lo sintió. En ese momento, lo experimentó e imaginó esos brazos fuertes y cálidos a su alrededor. Un beso... ¡Oh! Estaba segurísima de que el mayor besaría muy bien. Un hombre capaz de disfrutar de una comida tan sencilla debía de tener un carácter sensual.

Si ella se pareciera en algo a su madre, se levantaría, le regalaría una sonrisa tentadora y lo invitaría a pasar la noche en su dormitorio. Tendrían un apasionado romance durante una semana o dos, hasta que él se marchara de San Gabriel. Estaba segura de que se mostraría dispuesto.

Pero no se parecía a su madre. Así que se levantó y dijo:

—Me alegro de oírlo, Will. Buenas noches. Espero que duerma bien.

Él se puso en pie y le hizo una reverencia.

—Estoy seguro de que lo haré. Hasta mañana, Atenea.

Ella cogió la palmatoria y abandonó la estancia, deseando fervientemente parecerse un poco más a su madre durante los próximos días.

6

La cama era tan acogedora que invitaba al pecado, razón por la cual tal vez Will tuviera sueños pecaminosos. Cuando el sol naciente lo despertó, se quedó tumbado, saboreando las borrosas imágenes de una mujer cálida y dispuesta entre sus brazos. Una dama preciosa y alta, inteligente e ingeniosa. En suma, irresistible y que podría igualar su pasión y su fuerza...

Los rescoldos del sueño desaparecieron cuando alguien llamó a su puerta. Murphy dijo:

—¿Señor?

—Adelante. —Con un suspiro por los sueños perdidos, Will se levantó de la cama mientras Murphy entraba con un aguamanil de agua caliente—. ¿Hasta qué hora duró la celebración, Tom?

Murphy sonrió. Era un apuesto joven irlandés con tendencia a meterse en líos de lo más creativos hasta que él lo convirtió en su ordenanza. Los variopintos deberes del ayudante de un oficial militar habían encajado a la perfección con Tom.

—La medianoche se perdió en el recuerdo, señor. Los gabrieleños saben cómo pasárselo bien.

Will echó el agua caliente en la palangana y se frotó la cara con fuerza.

—¿Incluida una bonita muchacha que te dejó hecho un pasmarote?

Murphy se ruborizó, algo que Will no había visto antes.

—María Cristina es hermana de Gilberto y la muchacha más dulce que he conocido. —Se puso más colorado si cabía—. Me dio un beso en agradecimiento por haber traído a su hermano de vuelta sano y salvo.

Will preparó el jabón para afeitarse.

—¿Le dijiste que su hermano se las apañó muy bien solito para volver a casa y que tú solo lo acompañaste un trecho del camino?

—No, señor, estaba demasiado ocupado siendo un pasmarote —respondió Murphy con voz cantarina—. Los Oliviera lo han invitado a desayunar, y lady Atenea se reunirá con usted para que conozca al regente antes de hacerle de guía por el valle.

—¿Conoces a lady Atenea? —le preguntó Will—. Dado que no estaba en condiciones de aguantar la efusiva celebración de los Oliviera, me ofreció un refrigerio de pan, queso y vino en el salón familiar. Una mujer interesante. —El eufemismo del siglo.

—Todavía no la conozco, pero se ha ganado el respeto por aquí. —Murphy sacó el uniforme de Will del armario y empezó a cepillarlo para quitarle el polvo del camino—. Es la mano derecha de la princesa, una persona muy importante. Y como es inglesa, alguien empezó a llamarla lady Atenea.

Presa de la ridícula necesidad de hablar de ella, Will le preguntó:

—¿Te has enterado de cómo ha acabado aquí una inglesa?

—Creo que tiene lazos familiares con San Gabriel. Vino para ejercer de institutriz de la princesa o algo así, pero posee muchos conocimientos, algo que ha resultado muy útil durante el último año. Por cómo hablan de ella, creo que tal vez haya realizado actos muy valerosos durante la invasión francesa. —Murphy sacó las botas de debajo de la cama y empezó a quitarles el barro—. ¿Me va a necesitar para el paseo a caballo con lady Atenea?

Will meditó el asunto mientras miraba la camisa más limpia que tenía, que tampoco estaba demasiado limpia. Dios mediante, podría lavar la ropa allí. Se puso la camisa y se dijo que Murphy lo acompañaría si se lo pedía, pero que no parecía demasiado ansioso.

Al percatarse de la expresión de Will, Murphy dijo:

—La señora Oliviera ha dicho que le lleve su ropa para lavarla. Somos invitados de honor en el castillo. Sí que nos quieren a los británicos.

Dado que lady Atenea y él no necesitarían una carabina, Will respondió:

—Pasa el día con los Oliviera y presta atención a todo lo que te digan acerca de las condiciones del valle. Su perspectiva seguramente sea distinta de la de la familia real.

Murphy sonrió, encantado.

—Cristina me dijo que me llevaría a dar una vuelta por la ciudad. Hay una vieja iglesia en la plaza central. Es muy devota. Me ha dicho que ha estado pensando en meterse a monja.

Will contuvo una sonrisa. Una muchacha guapa no se decantaría tan alegremente por ese camino si había jóvenes cerca que la venerasen.

—Ya tienes tu oportunidad para demostrarle lo buen católico que eres, pero cuidado. Estoy seguro de que los gabrieleños protegen tanto a sus mujeres como los portugueses y los españoles, y no me gustaría encontrarte ensartado en la puerta de un establo.

—¡Nunca haría nada para ofender a María Cristina! —exclamó Murphy, escandalizado, antes de darse cuenta de que Will bromeaba. Se relajó y sonrió—. Veré qué puedo averiguar acerca de las condiciones de la gente, señor. A lo mejor me encuentro con algunos de los soldados que acompañamos. Seguro que tienen muchas cosas que decir acerca de lo que ha cambiado y de lo que es necesario.

—Cuanto más sepamos, mejor, aunque no sé muy bien qué podrá hacer el coronel Duval. Sin embargo, averiguar cuál es la situación actual es el primer paso, de vital importancia. —Se puso la casaca. En ocasiones había envidiado a los del 95.º Regimiento de Fusileros porque sus uniformes verde oscuro no los convertían en un blanco tan perfecto como el rojo que lucían la mayoría de las tropas británicas. Claro que, cuando no le estaban disparando, la casaca roja ofrecía una estampa impresionante.

Con una sonrisa torcida, intentó recordar cuándo fue la última vez que quiso impresionar a una mujer. Hacía demasiado tiempo.

Se dio un tironcito de la casaca. La lustrosa tela y el encaje plateado estaban de una pieza, pero reconoció con pesar que el uniforme había batallado y tenía las heridas que lo demostraban. Murphy había desarrollado una gran habilidad a la hora de remendar los cortes que hacían los sables franceses o las marcas de quemaduras que dejaban las balas que le habían pasado rozando.

Al menos, lo positivo de lucir uniforme era que no había que pensar en qué ponerse. De hecho, tendría que pensar de nuevo en la ropa una vez que volviera a la vida civil. Esbozó una sonrisilla por la idea y se dirigió a la planta baja, a los aposentos de los Oliviera, con Murphy pegado a los talones. El sargento Gilberto y sus padres le ofrecieron un cálido recibimiento.

—Mayor Masterson. —El señor Oliviera lo saludó con una profunda reverencia—. Le agradezco que haya traído a mi hijo a casa.

—Yo no he hecho nada —protestó Will—. El sargento Oliviera y sus hombres son soldados de primera que no me necesitaban en absoluto.

—No me cabe la menor duda —dijo el otro hombre con un brillo guasón en los ojos—, pero no puedo darle las gracias a todo el ejército británico por lo que ha hecho por todos nosotros en la península Ibérica. Así que le doy las gracias a usted.

Ya que comprendía la necesidad de dar las gracias, Will replicó:

—En nombre del ejército británico, acepto su agradecimiento, pero le aseguro que hemos alcanzado la victoria gracias a los numerosos aliados que hemos trabajado juntos.

Una vez zanjado ese asunto, había llegado el momento de abordar un tema muchísimo más importante: el desayuno. La comida se limitaba a los adultos de la familia, por lo que la algarabía no era excesiva.

Tal como Murphy le había dicho, los británicos eran invitados de honor, y en la comida que les sirvieron abundaban los dulces, las tortillas hechas con patatas tan típicas de España y un jamón cortado tan fino que casi se podía ver a través de las lonchas. Will solo deseó que no hubieran gastado las provisiones para todo un mes en ese desayuno, y después honró su hospitalidad comiendo a dos carrillos. Era lo mejor que había comido en varias semanas.

También era su deseo que Atenea se reuniera con ellos para desayunar, pero no apareció hasta que terminaron de comer. Estaba apurando el café cuando ella entró en el comedor, y su vitalidad hizo que la sala cobrara vida. Miró a Will con una sonrisilla antes de saludar a los Oliviera.

La sorpresa lo paralizó un instante y, una vez más, la palabra «magnífica» acudió a su mente.

Iba vestida para pasar el día a caballo, pero en vez de un rígido traje de montar lucía una chaquetilla española marrón bordada en oro sobre una prístina camisa blanca de corte masculino. Una falda pantalón de perniles muy anchos y de color tostado se le arremolinaba, sugerente, en torno a los tobillos; además, con las botas de tacón medio que llevaba, casi era tan alta como él. «Magnífica», sin lugar a dudas.

Mientras se quitaba el sombrero de ala ancha, dijo:

—Si no es mal momento, me gustaría que el mayor Masterson conociera al príncipe Alfonso.

El señor Oliviera se puso en pie.

—Los acompañaré para hacer las presentaciones, lady Atenea.

Will estaba impaciente por salir a montar a caballo con Atenea, pero no podía obviar el protocolo, que implicaba conocer al regente. Los tres subieron las escaleras hasta las estancias públicas. Mientras los pasos de Will resonaban por las paredes de las amplias y fastuosas salas por las que pasaban, comentó:

—Parece que no han saqueado el palacio. Supongo que los franceses no consiguieron tomarlo, ¿es correcto?

El señor Oliviera puso cara de querer escupir, aunque se contuvo al no estar al aire libre.

—Así es. Pudimos proteger los tesoros reales de San Gabriel. Aunque más valiosas son las vidas de mis compatriotas. Muchos más habrían muerto de no ser por lady Atenea.

Ella agitó una mano para restar importancia a sus palabras, pero Will decidió que tenía que enterarse de la historia antes de que acabara el día. Habría preguntado en ese mismo instante de no haber llegado a una alta puerta, tras lo cual el señor Oliviera los hizo pasar a un pequeño salón de recepciones ocupado por un anciano sentado en una especie de trono de madera. A su lado, la princesa María Sofía leía en voz alta. Se detuvo al verlos entrar, con la vista clavada en Will. Dado que no los habían presentado formalmente la noche anterior, su curiosidad era lógica.

El señor Oliviera anunció con voz estentórea:

—Alteza, permítame presentarle al mayor Masterson del ejército británico.

El príncipe Alfonso, un hombre delgado de pelo canoso, sonrisa despistada y expresión alegre, dijo:

—Le agradecemos la visita, mayor Masterson.

—Saludos, alteza. —Will hizo una reverencia muy formal—. Gracias por concederme audiencia.

—Siempre me complace recibir a los súbditos británicos —replicó el príncipe—. Pasé dos años en Londres representando a mi país y disfruté muchísimo. Allí fue donde conocí a mi querida lady Delilah. —Señaló a Atenea con la cabeza.

Sorprendido, Will miró de reojo a Atenea. Su expresión era inescrutable, y recordó que le había dicho que el príncipe la confundía con su madre.

—Los británicos valoramos sus fuertes lazos con San Gabriel —dijo Will—. Sus tropas han luchado con valor contra los franceses.

El príncipe Alfonso frunció el ceño.

—No nos gustan los franceses. ¡Salvajes! ¡Robaron la Reina del Cielo! Deben ser castigados. ¡Castigados!

—Y lo serán —aseguró la princesa Sofía en voz baja al mismo tiempo que le colocaba una mano a su tío en el brazo—. Pero ya es hora de tu café matutino, ¿verdad?

La cara del regente se relajó.

—Café, sí. Eres una buena niña, Isabella. —Le dio unas palmaditas en la mano. A Will le dijo—: Le pido que le transmita nuestros saludos a su príncipe regente, lord Masterson. Me gustaría poder visitarlo en persona, pero me temo..., me temo que sería demasiado para mí.

—Haré lo que me pide, alteza. —Will hizo otra reverencia antes de retirarse, seguido de Atenea.

Mientras salían de la sala de recepciones, el señor Oliviera dijo:

—Le traeré su café, alteza, y también tenemos pestiños.

La cara del regente se iluminó como la de un crío.

—¡Me encantan los pestiños!

Will suspiró, aliviado, cuando la puerta se cerró tras él.

—Ahora entiendo por qué la princesa María Sofía y usted han tenido que encargarse del gobierno.

—El príncipe Alfonso tiene días mejores —replicó Atenea mientras lo conducía por el gran salón en dirección a la escalera—. Por suerte, siempre mantiene un talante muy agradable, salvo cuando alguien menciona a los franceses. Mima a Sofía, aunque la mitad del tiempo la confunda con su madre, la reina Isabella. Se parecen muchísimo.

—¿De la misma manera que usted se parece a lady Delilah, su madre?

Ella frunció el ceño.

—No se me ocurre motivo alguno por el que deba saber de ella, mayor Masterson.

—No es necesario, pero todo lo relacionado con usted me interesa, Atenea —replicó él con calma—. Me gustaría saber más de su pasado. A cambio puede preguntarme todo lo que desee, aunque le advierto que no soy muy interesante.

—Las familias me interesan, dado que yo no tengo una. —Echó un vistazo por encima del hombro al llegar a la planta baja—. ¿Cómo era su familia?

—Mi madre murió cuando yo tenía seis años. Era muy cariñosa, pero de salud delicada, así que no la veía a menudo. Mi padre no era un monstruo, pero tampoco tenía especial interés en sus vástagos. Se puede decir que me crio la servidumbre. Por suerte, los criados eran buenas personas y me cuidaron bien.

—Parece muy desolador. ¿Cuál era su pariente preferido, el ilegítimo?

—Mi hermanastro, Damian T. Mackenzie —contestó Will mientras salían y se dirigían a las caballerizas—. La T es por «Trasto».

Atenea se echó a reír, relajada una vez más.

—¿En serio? Creo que ya me cae bien.

—Mac le cae bien a todo el mundo. —Will sonrió al recordar su primer encuentro—. Es dos años menor que yo, y su madre era actriz. Después de que muriera, su doncella llevó a Mac a Hayden Hall, la casa solariega de la familia, y luego desapareció.

—¡Qué mal lo debió de pasar! —La voz de Atenea transmitía una emoción que parecía muy personal—. ¿Lo acogió un familiar lejano?

—Cuando mi padre regresó de Londres, quiso hacer algo por el estilo, pero no se lo permití. Mac me caía bien y ordené que lo trasladasen a la habitación infantil conmigo. —Fue maravilloso descubrir que tenía un hermano. Nunca olvidaría la primera vez que vio a Mac, que estaba aterrado y muy triste, aunque intentaba con todas sus fuerzas no demostrarlo—. Yo era un niño muy educado y bastante aburrido. Mac era un compañero maravilloso. Extrovertido y travieso. Así que insistí en quedármelo.

—¿Como si fuera un cachorro? —preguntó Atenea con sorna.

—Eso es. —Will la miró con expresión guasona—. Además de aburrido, yo también era muy terco. Cuando me negué a permitir que se llevaran a Mac, mi padre abandonó su idea de mandarme a Eton. En cambio, nos envió a los dos a un internado nuevo para niños de alcurnia y mal comportamiento, de modo que el hijo ilegítimo no destacara tanto.

Cuando entraron en las caballerizas, Atenea preguntó:

—¿Y salió bien?

—Sí, los dos conseguimos una educación excelente e hicimos amigos de por vida. —Will echó un vistazo por las caballerizas y vio varios caballos de buena estampa—. A mi caballo seguramente le venga bien descansar. ¿Dispone de alguna montura que sea apropiada para mi estatura?

Atenea señaló un alazán castrado bastante grande.

—*Herculano* es el caballo más fuerte y tiene un temperamento muy manso. —Miró a Will con expresión traviesa—. Debería venirle de perlas.

Él soltó una risilla y fue en busca de su silla, así como del bocado y las riendas.

—¿También es terco?

—Cuando lo cree necesario. —Atenea cogió su silla y entró en la cuadra de un precioso caballo castaño muy alto—. ¿Dónde está ahora su hermano?

—Regenta un club de juego muy elegante en Londres. Aunque cada vez pasa menos tiempo en el club, ya que se casó el año pasado. —Will entró en la cuadra de *Herculano* y empezó a familiarizarse con el caballo—. Tengo muchas ganas de verlo de nuevo. Me han designado como padrino de un bebé que ya viene de camino.

—Qué bien. —Atenea ensilló con destreza su caballo y lo condujo al pasillo entre las cuadras. Mientras colocaba las alforjas, añadió—: Después de visitar a la señora Da Silva nos espera un largo día a caballo si quiere ver gran parte del valle. Ya he preparado algo de comida, pero será un almuerzo sencillo. ¿Le parece aceptable?

—Me parece perfecto. —Will contuvo una sonrisa mientras ensillaba su caballo. Un largo día con Atenea Markham era justo lo que quería.

7

Tal como Atenea esperaba, Will cabalgaba como un hombre que se había pasado media vida en la silla de montar, algo que seguramente fuera cierto. La lluvia y la niebla del día anterior habían desaparecido, dejando un cielo azul y un sol brillante. San Gabriel en todo su esplendor.

Le alegraba que él no le hiciera más preguntas personales. Mientras atravesaban la ciudad, se mantuvo atento a sus alrededores, absorbiendo en silencio todos los detalles. Las casas de piedra con tejados de tejas rojas eran típicas de esa parte del mundo, pero había algunas marcadas por las balas y por el fuego.

Will llamaba la atención tanto por su altura como por su uniforme. Los niños lo miraban como si fuera un ser de otro planeta. Él les sonreía con afabilidad. Los más pequeños se encogían con timidez, pero uno de los mayores dijo en voz alta:

—¿Qué hace ese aquí?

Will respondió en gabrieleño:

—Estoy de visita en tu precioso país. Y tú, ¿qué haces aquí?

El niño se quedó boquiabierto antes de recuperarse y contestar:

—¡Yo he nacido aquí!

—¡Buena razón! —Will se despidió con un gesto de la mano de los niños mientras Atenea doblaba la esquina para enfilar la siguiente calle.

—Dentro de una hora, todos los habitantes de la ciudad sabrán que tenemos un oficial británico de visita que habla nuestra lengua. ¡Un portento! Lo mirarán como si fuera el pájaro de la buena suerte. —Al ver que Will la miraba con gesto interrogante, le explicó—: Es una expresión local. Se refiere al regreso de los pajarillos en primavera. Oír sus trinos es un motivo de alegría, porque significa que el invierno ha llegado a su fin.

—Seguramente me parezca más a un oso cantor —comentó con sorna—. San Gabriel ha tenido un mal año, así que supongo que cualquier señal de buena fortuna es bien recibida. Hasta los osos cantores.

—¿Canta usted?

Él sonrió.

—Como un oso.

Atenea pensó que le encantaría oírlo.

La plaza del centro de la ciudad estaba desierta porque no era día de mercado. Mientras la atravesaban, Will examinó la iglesia que conformaba un lateral de dicha plaza.

—¿Es muy antigua la iglesia? Es preciosa.

—La parte más antigua, la cripta, tiene unos mil años. Es la iglesia de Santa María, la Reina del Cielo.

Will la miró al instante con interés.

—¿Tiene algo que ver con el comentario del príncipe Alfonso sobre el robo de la Reina del Cielo por parte de los franceses?

—Me temo que sí. Los franceses robaron todos los objetos de valor, incluida una preciosa y antigua imagen de la Virgen —contestó Atenea—. La Reina del Cielo era la imagen más venerada de San Gabriel, y su robo los ha dejado desolados. El cura, el padre Anselmo, intentó detener a los ladrones y lo dejaron al borde de la muerte tras una brutal paliza, pero sobrevivió. Es de creencia generalizada que su salvación fue obra de la Santa Madre.

La torre de la iglesia dominaba la plaza, y mientras pasaban frente a ella las campanas comenzaron a dar la hora. Will preguntó:

—¿Las campanas se oyen en todo el valle?

—Sí. Además, la iglesia de Santo Espirito, un pueblo que está en el extremo occidental del valle, tiene un juego de campanas similar a este. Dado que la guerra se libraba justo a los pies de las montañas, se estableció una serie de señales de alarma. Cuando llegaron los franceses, el diácono de la iglesia de Santo Espirito tocó la señal de alarma que permitió que la gente se refugiara en las cuevas.

—Bien pensado —dijo Will, que le dio así su aprobación al plan mientras guiaba su caballo para que sorteara un carromato que alguien había dejado en mitad de la plaza—. De haber estado aquí, yo también habría instruido a los habitantes sobre los distintos refugios en los que podían esconderse y lo que debían llevarse consigo.

—Eso fue lo que se hizo —replicó Atenea—. De lo contrario, habría habido muchas más víctimas durante la invasión.

Will la miró de forma penetrante.

—¿Fue usted quien sugirió el uso de las campanas para alertar del peligro y las instrucciones para la población?

Sorprendida por su intuición, Atenea contestó:

—No todo fue idea mía, pero formé parte del consejo de guerra que el rey convocó para discutir los posibles escenarios, y algunas de mis sugerencias sí se tomaron en cuenta. —Carlos había dicho que era el miembro más valioso de su consejo, y en lo más profundo de su ser Atenea sabía que era verdad. Tantos años leyendo habían dado sus frutos al proporcionarle buenas ideas.

Una vez que salieron de la ciudad, recorrieron el corto trayecto a la propiedad de los Da Silva. La residencia, consistente en un edificio alargado de piedra rodeado de otras construcciones, estaba protegida por altas murallas y rodeada de jardines. El anciano guarda que les permitió el paso saludó a Atenea con una sonrisa.

Tras devolverle el saludo, ella enfiló la larga avenida de entrada y dijo:

—Los Da Silva son los terratenientes más importantes de la zona, después de los Alcántara. Sus campos han sufrido muchos daños a manos de los franceses.

—¿Cómo es la señora Da Silva?

—Es una mujer muy agradable, de ascendencia portuguesa. Su hija menor es muy amiga de Sofía. Fueron juntas al colegio en Oporto. El hijo más pequeño estudia en España y el primogénito es capitán y sirve a las órdenes de su padre. ¿Lo ha conocido?

—No, todo ha sucedido muy rápido. —Will la miró de reojo mientras llegaban a las caballerizas y desmontaban—. ¿Algún hijo más?

Atenea suspiró.

—Había otro. Alberto murió luchando junto a su padre.

—Han muerto demasiados jóvenes —comentó Will en voz baja—. Menos mal que ya ha acabado todo.

Atenea torció el gesto mientras lo guiaba hacia la casa.

—Me pregunto si los hombres superarán alguna vez su deseo de luchar. Las mujeres desde luego que lo repudiamos.

—He conocido a algunas guerrilleras tan feroces como cualquier hombre; pero, en general, tiene razón. Tal vez el mundo necesita más reinas y menos reyes.

Atenea tiró del cordón de la campanilla de la puerta.

—¿Qué opina de la guerra, Will?

—A veces es necesaria, pero siempre es muy destructiva. —Esbozó una sonrisa carente de humor—. Y con frecuencia es más adictiva de la cuenta. Algunos hombres se crecen ante el peligro y la inseguridad, y jamás se contentarán con vivir en paz.

—En ese caso, que los pongan en un circo donde puedan enfrentarse con armas para superarlo —replicó Atenea con mordacidad.

—¿Esa fue una de las sugerencias que hizo en el consejo de guerra? —le preguntó Will con interés.

—No —respondió ella—. ¡Pero debería haberla hecho!

Una criada menuda invitó a Will y a Atenea a pasar a un salón recibidor muy bonito, con muebles tallados y alfombras un tanto descoloridas por el uso sobre el reluciente suelo embaldosado. Al parecer, los muros de la propiedad habían salvado a los Da Silva del pillaje.

Will apenas tuvo tiempo de examinar sus alrededores porque la señora de la casa entró en el recibidor con paso rápido y evidente nerviosismo. Era una mujer atractiva de mediana edad, vestida de luto y con un mechón blanco en el pelo oscuro que llamaba mucho la atención.

Parecía estar al borde del desmayo. Clavó la mirada en Will y le preguntó con tirantez:

—¿Y mi marido? ¿Y mi hijo?

—Ambos se encuentran bien —le contestó él de inmediato—. He venido no para darle malas noticias, sino porque el coronel Da Silva me ha pedido que viajara a San Gabriel acompañando a una unidad de su ejército. Aunque tanto él como su hijo sufrieron heridas menores durante la batalla de Toulouse, se están recuperando. El coronel y el resto de sus tropas regresarán dentro de unas semanas.

La mujer cerró los ojos y se estremeció a causa del alivio. Atenea se acercó para ayudarla a sentarse en una silla.

—Las buenas noticias pueden ser tan estremecedoras como las malas —le dijo con voz serena—. ¿Quiere beber algo? ¿Un poco de brandi? ¿Café?

—No, gracias, querida. —La señora Da Silva abrió los ojos y le dio unas palmaditas a Atenea en el brazo—. Al ver a un soldado inglés, me temí lo peor. Pero ya puedo respirar de nuevo.

—Me alegro de haberle traído buenas noticias, señora Da Silva. Pero su marido también me ha confiado otra información más grave. —Will introdujo la mano en el bolsillo interior del gabán y sacó unos cuantos pliegos de papel sellados con lacre rojo que le entregó a la esposa del coronel—. Es una lista de las bajas que han sufrido sus tropas. Me dijo que algunas de las familias ya están al tanto por la correspondencia anterior, pero hubo más bajas en Toulouse.

La señora Da Silva miró el fajo de papeles con tristeza.

—Se lo comunicaré a las familias. Lady Atenea, ¿cree que la princesa querrá acompañarme? Su presencia significará... mucho.

—Sé que querrá ir con usted —dijo Atenea en voz baja.

—En ese caso, le enviaré un mensaje ahora mismo. —La mujer se levantó con expresión decidida—. Cuanto antes llevemos a cabo esta tarea, mejor.

—Su marido también le ha enviado otra cosa —dijo Will mientras se sacaba una bolsita de terciopelo del bolsillo—. Un regalo para usted.

La mujer se acercó con curiosidad y abrió la bolsita. El objeto que contenía estaba envuelto en algodón. Tras desenvolverlo, cayó en su mano un puñado de brillantes piedras preciosas.

—¡Un collar de rubíes! —exclamó, sorprendida—. Sabe que me encantan los rubíes. ¿Puedo preguntar por su procedencia?

—Si teme que haya sido arrancado del cuello de una aterrada francesa, la respuesta es no —le aseguró Will con firmeza—. A menudo se producen pillajes después de las batallas, y no es extraño que un soldado se quede con lo que encuentre para vendérselo después a algún oficial por el dinero suficiente para emborracharse. Supongo que así fue como lo consiguió el coronel Da Silva. Puede preguntárselo cuando vuelva a casa.

—Cuando vuelva a casa —repitió ella con una sonrisa radiante—. Le ofrecería algo de comer o beber, pero debo llevar a cabo ahora mismo la tarea que me han encomendado.

—Y nosotros debemos seguir con nuestro recorrido por el valle —apostilló Atenea, que miró a Will de reojo—. ¿Está listo para ver la peor parte?

—Para eso he venido —se apresuró a responder. Haber conocido a Atenea Markham solo era una afortunada bonificación.

8

Una vez que Will y Atenea salieron de la residencia de los Da Silva, cabalgaron a través de un bosquecillo. Algunos árboles parecían casi intactos, otros estaban medio quemados y otros habían sido reducidos a esqueletos calcinados.

—Olivos —le dijo Atenea—. Si bien los alcornoques soportan el fuego bastante bien, los olivares y los almendrales sufrieron muchos daños.

Will apretó los labios mientras observaba los destrozos.

—Semejante destrucción tan gratuita es despreciable. ¿Qué ganaban al destruir las fuentes de alimento?

—El general Baudin parecía muy amigo de la destrucción gratuita —replicó Atenea con voz seca—. Sus hombres y él parecían una plaga de langostas destruyéndolo todo a su paso. Los viñedos sufrieron más si cabe.

Salieron del bosquecillo dañado y Will vio grandes extensiones de viñedos en bancales que se derramaban por las colinas orientadas al sur hasta el río que atravesaba el corazón del valle. Apretó los labios una vez más al ver que muchas de las vides estaban calcinadas. Unas pocas habían sobrevivido y comenzaban a echar hojas, pero la inmensa mayoría había sido destruida, dejando los desolados bancales llenos de ennegrecidas cepas.

—Según me han dicho, las vides crecen en estas laderas desde antes de la llegada de los romanos —explicó Atenea—. ¡Y mírelas ahora! Baudin y sus hombres se enfurecieron porque los gabrieleños huyeron y consiguieron esconder muchos objetos de valor. Antes de que les prendieran fuego, acumularon paja alrededor de la base para que el calor destruyera las raíces. Como puede ver, pocas cepas han sobrevivido.

—Pasarán varios años hasta que nazcan nuevas vides, ¿verdad?

Ella asintió con la cabeza.

—Sí, aunque tuvieran buenos sarmientos, tardarían años. Y disponemos de muy pocos sarmientos de calidad.

Cuando enfilaron hacia la derecha para seguir por un estrecho sendero que discurría entre dos bancales, Will le preguntó:

—¿Dónde se refugiaron?

—En el valle hay muchas cuevas, algunas muy profundas. Lo suficientemente grandes para acoger a todos los habitantes de San Gabriel junto con algunas de sus posesiones más preciadas. No todos pudieron ponerse a salvo, pero sí la mayoría —explicó Atenea—. Parte de nuestra estrategia consistió en ocultar las entradas a las cuevas para que a los extranjeros les costase encontrarlas.

—Pero los campos no se podían ocultar. Veo trigo brotar más adelante. —Calculó el estado de la cosecha cuando los franceses llegaron el año anterior—. La invasión se produjo antes de la cosecha, ¿verdad? ¿También quemaron los campos de labor?

—Sí, y para rematar la faena, destruyeron los molinos de grano del valle. Pasaremos junto al molino más grande un poco más tarde, así podrá comprobar los daños. Los molinos se pueden reconstruir, pero no tendremos mano de obra disponible para reparar los molinos de agua y de piedra. No cuando tampoco tenemos grano que moler y hay tantas tareas mucho más urgentes.

El coronel Duval tenía razón al preocuparse por el diminuto país.

—Ha debido de ser un invierno muy cruento. ¿Los franceses se llevaron el ganado?

—Sí, solo nos quedaron unos pocos animales que pudimos esconder en las cuevas. También se llevaron todos los alimentos que encontraron. Seguramente el ejército de Baudin no tuvo que saquear ningún otro pueblo hasta estar en mitad de España.

Will observó el elegante y firme perfil de Atenea mientras se decía que nunca había conocido a una mujer igual.

—¿Cómo han sobrevivido al invierno?

Atenea se encogió de hombros.

—Usé mis ahorros y convencí a mi fideicomisario para que me adelantara la asignación anual para este año. Sospecho que me prestó el dinero de su propio bolsillo. Algo que le agradezco, porque, de lo contrario, algunos habrían muerto de inanición. A lo que teníamos disponible puede añadirle harina, garbanzos, patatas y bacalao en salazón. Usé el resto del dinero para comprar semillas, pero no conseguí todas las necesarias.

Aunque el hambre era un legado de la guerra, Will detestaba pensar que los habitantes de ese valle tan encantador vivieran una situación tan desesperada.

—Los gabrieleños tienen suerte de contar con su presencia. Dar de comer a todo un país, por pequeño que sea, es un objetivo muy costoso.

—No soy una heredera acaudalada, por si se lo pregunta —replicó Atenea—. Pero sí heredé una modesta fortuna de mi madre, y mi padre me paga una minúscula anualidad a condición de que nunca, en ninguna circunstancia, mencione que estamos emparentados.

Will apretó los labios.

—Será mejor que no me diga el apellido de su familia, porque me veré tentado de buscar a su padre y hacerle daño cuando regrese a Inglaterra.

—No hace falta que se enfade tanto —le aseguró Atenea—. Soy un motivo de terrible vergüenza. Siempre he creído que mi madre sedujo a mi padre para humillarlo. Al menos él demostró un mínimo sentido del deber. No estaba en la obligación de darme nada.

—Es usted muy indulgente.

—Solo pragmática. No tiene sentido perder el tiempo odiando a un hombre al que he visto una sola vez en la vida. Se comportó como si yo fuera un bicho que había salido reptando de debajo de una piedra. Pero no me mandó a un hospicio, algo que agradezco.

Atenea se desentendió del tema y señaló un punto donde el camino que llevaban se encontraba con el río.

—Puede ver lo que queda del puente. Era el único puente en el centro del valle, así que perderlo nos ha supuesto muchos quebraderos de cabeza. Hay otro puente río arriba, pero usarlo hace que se tarde mucho más en cruzar el valle.

—En ocasiones me ordenaban ayudar a los ingenieros, y los puentes eran mi especialidad. —Analizó el ancho del río, la fuerza del agua y los pilones de piedra, que era lo único que quedaba del puente—. Si hay madera disponible y podemos contar con los trabajadores necesarios, no será difícil construir un nuevo puente.

—Tanto la madera como los trabajadores escasean —repuso ella—. ¿Cree que los soldados que han vuelto con usted estarían dispuestos a ayudar en la reconstrucción?

—La mayoría tiene obligaciones familiares, pero seguro que ceden parte de su tiempo para un proyecto tan importante. Lo que nos deja con el problema de la madera. —Will señaló el ancho valle—. Esta zona no tiene muchos árboles.

—Ya encontraremos algo —le prometió Atenea—. ¿Seguimos? Destruyeron una presa en uno de los afluentes del río y también era muy necesaria.

Will sonrió.

—Los puentes y las presas son la alegría de los ingenieros. Guíeme, lady Atenea.

Ella se echó a reír.

—¡Me alegro muchísimo de que el coronel Da Silva lo escogiera para venir!

Mientras veía cómo la risa iluminaba su expresión, Will también se alegró muchísimo.

Cuando Atenea acabó de señalarle a Will los problemas más acuciantes del valle, ya era hora de almorzar. Lo condujo a su lugar preferido por esa zona. Hacía mucho tiempo, alguien había construido un banco de madera dentro de una pequeña cueva que era poco más que un voladizo de piedra. Delante del banco había un trocito de prado y a unos pocos pasos brotaba un manantial de la ladera, cuya agua se concentraba en una pileta perfecta para que tanto los caballos como las personas pudieran beber. El voladizo estaba a media colina, por lo que ofrecía una panorámica del río, de las granjas y de los viñedos.

Mientras Will ataba los caballos en un punto desde el que pudieran disfrutar tanto del agua como de la hierba, Atenea vació el contenido de su alforja y extendió un mantel en mitad del antiguo banco.

—Siento que el almuerzo sea otra vez muy sencillo —le dijo mientras sacaba el pan, el queso y las aceitunas. Lo último que sacó fue una botella de vino, un cuchillo y dos gruesos vasos de cristal.

—No hace falta que se disculpe —replicó Will mientras se sentaba en el otro extremo del banco—. Buena comida, buen vino, una vista maravillosa y la mejor compañía del mundo. —La miró con expresión cálida.

Incluso sin mirar, Atenea era muy consciente de la fuerza y de la presencia de Will. Le costaba mucho no mirarlo, boquiabierta. Ya no intentaba convencerse de que su atracción se debía a que ambos eran ingleses. Se sentía atraída porque él era increíblemente atractivo. Inteligente, amable, encantador y con una fuerza y una belleza que le resultaban arrebatadoras. Por supuesto que se había dado cuenta. Era humana, y mujer.

Que así fuera. Podían ser amables y hablar inglés durante unas semanas, pero luego él se marcharía y no volvería a verlo. Nunca más. Así que disfrutaría de su compañía y daría gracias por su presencia.

Contuvo un suspiro por su tontería mientras servía el vino. Cuando le ofreció el vaso, él brindó.

—¡Por San Gabriel!

—¡Por San Gabriel y, algún día, Inglaterra! —Aunque solo Dios sabía si alguna vez volvería a ese país. Bebió un sorbo con gusto mientras miraba los campos, los bancales y el lejano río—. Es un lujo relajarse y disfrutar de un buen día. De un tiempo a esta parte, casi todos mis días han consistido en ir de crisis en crisis. En lidiar con los árboles y la falta de bosques.

—Metafóricamente hablando —dijo él haciendo un gesto para señalar el valle, casi deforestado en su totalidad.

—Árboles metafóricos —convino ella—. Pero recorrer el valle me ha recordado todo lo que hay que hacer con urgencia. Apenas sobrevivimos al último invierno. Si no plantamos pronto más campos de labor, el siguiente será incluso peor.

Will cortó una loncha de queso y la puso encima de una rebanada de pan. Después de tragar un bocado, le preguntó:

—Si tuviera una varita mágica, ¿qué pediría?

—Dinero y hombres —contestó ella sin dilación—. Dinero para semillas y aperos de labranza, y para pagar a los jornaleros que hicieran el trabajo. —Frunció el ceño mientras se le ocurrían otras necesidades—. También me gustaría cepas de primera para plantar de nuevo los viñedos. Este año podremos vendimiar pocas uvas, y si no empezamos a plantar, el futuro no será mucho mejor.

—Supongo que los franceses se bebieron o se llevaron casi todo el vino —comentó Will—. ¿Cuánto les queda a los gabrieleños? Evidentemente, es crucial para mantener la moral alta.

—En realidad, los franceses no consiguieron mucho vino, pero la mayoría de lo que queda está en un lugar inaccesible —contestó Atenea—. Los vinateros locales siempre han almacenado el vino en las cuevas porque la temperatura es muy constante. Un destacamento de caballería francés estaba a punto de hacerse con las dos cuevas con mayores reservas cuando una avalancha selló las entradas.

Will puso los ojos como platos.

—Supongo que no fue un accidente. ¡A menos que el santo patrón del valle sea increíble en su trabajo!

Atenea soltó una risilla.

—Tiene razón, no fue un accidente. Sofía y yo estábamos de visita en el convento benedictino cuando oímos las campanas de alerta de la iglesia de Santo Espírito. Llevaba conmigo un catalejo, de modo que pude ver cómo los franceses se desplegaban por el valle desde el oeste. Se movían a una velocidad vertiginosa. Era evidente que habían planeado la invasión y que habían enviado a exploradores para averiguar la disposición de los caminos, porque la caballería se dirigía derecha a las cuevas de almacenamiento. El convento no estaba muy lejos, así que Sofía y yo pudimos llegar primero.

Will la miró fijamente, estupefacto.

—¿Creían que entre ambas podrían derrotar a un destacamento de caballería francés?

—No en un enfrentamiento frontal, por supuesto. Pero una fuerte tormenta a principio del verano había erosionado la tierra alrededor de unas rocas emplazadas sobre las cuevas de almacenamiento. Los vinateros habían estado discutiendo si un corrimiento de tierras las podría estabilizar o si sería necesario trasladar los barriles a otras cuevas, algo que supondría mucho esfuerzo. Yo había inspeccionado la zona unas dos semanas antes, así que sabía que era inestable. —Atenea esbozó una sonrisa traviesa—. De modo que, con la ayuda de los caballos, unas palancas y las leyes de la física, Sofía y yo provocamos una avalancha.

—Son una pareja intrépida —dijo él, admirado—. ¿Qué pasó después? Supongo que huyeron a toda prisa.

—Pues sí. Nos refugiamos en una pequeña cueva más arriba y allí estuvimos escondidas varios días. Por ese motivo Sofía no fue hecha prisionera por Baudin junto con su padre y su hermano. —Atenea torció el gesto—. Baudin se enfureció cuando Sofía se le escapó, pero no podía perder el tiempo buscándola, porque estaba huyendo de las tropas de Wellington.

—Supongo que dejó como regente al príncipe Alfonso porque quería que el país quedara debilitado —sugirió Will.

—Tal vez. Nadie protestó, dado que no quedaban más miembros adultos de la familia real y Sofía es demasiado joven para gobernar. —Atenea meneó la cabeza—. Estábamos todos demasiado ocupados recuperándonos del daño causado por Baudin como para ponernos a pensar en sus motivos. Al menos, nos dimos el gusto de impedir que los franceses se llevaran su botín, claro que las cuevas también están selladas para nosotros. Estoy segura de que podríamos abrirlas y creo que la mayoría de los barriles ha sobrevivido, pero será una tarea hercúlea. Y volvemos a la necesidad de jornaleros y de dinero para pagarles.

—Si la gente se queda sin vino, estoy convencido de que muchos se ofrecerán voluntarios para despejar las cuevas, pero hay otras prioridades —convino él—. ¿Cuál es la más importante?

Entre los dos, dieron buena cuenta de la comida y de media botella de vino. Atenea sacudió el mantel, limpió el cuchillo y lo devolvió todo a la alforja, menos el vino y los vasos.

—La respuesta depende de la ayuda que haya disponible —contestó ella—. Ahora que ya ha visto el valle, ¿qué cree que es asequible? Pese a su coronel Duval, me cuesta creer que el gobierno británico, el mismo que nunca pertrechó a Wellington con los recursos suficientes para la guerra, ayudará de alguna forma a un diminuto país del que los británicos ni han oído hablar. —Torció el gesto—. Aunque quisieran ayudar, sabrá Dios cuánto tiempo tardaría dicha ayuda en llegar.

—Se me ocurren algunas ideas —dijo Will, imperturbable ante su pesimismo—. Un antiguo compañero de colegio, Justin Ballard, vive en Oporto. Dirige el negocio familiar de comercio de vino, y creo que podrá ayudarlos.

—¿Ballard Port, la empresa escocesa? —preguntó ella, sorprendida—. Todo el mundo los conoce.

—Su familia lleva varias generaciones en el negocio —explicó Will—. El negocio del oporto se ha visto muy afectado por la guerra, y para Ballard es una gran frustración no tener mucho que hacer. Seguro que estará encantado de mandarle algunos sarmientos y los hombres para plantarlos, y podría hacerlo deprisa.

—¡Sería maravilloso! —exclamó ella—. Seguro que incluso traería las variedades de uvas indicadas. Pero ¿quién lo iba a pagar?

—Yo lo haré —contestó él con calma.

Ella jadeó.

—Tal como me ha dicho antes, financiar todo un país es una empresa muy costosa.

Will se encogió de hombros.

—Dispongo de medios y no he tenido muchas oportunidades para gastar dinero durante mi estancia en el ejército. Puedo permitirme pagar ayuda práctica para San Gabriel.

Ella se dio cuenta de que hablaba muy en serio.

—No sé cuándo podría devolverle el dinero la tesorería real, si acaso puede hacerlo en algún momento —replicó ella, inquieta.

—Soy demasiado cauteloso como para prestar algo que no puedo permitirme perder, de modo que no lo hago. Es un regalo para un país valiente. —Al ver su expresión dubitativa, sonrió—. ¿Caridad cristiana?

Ella tomó una honda bocanada de aire.

—Carezco de autoridad oficial, pero de todas formas, en nombre de San Gabriel..., ¡acepto! ¿Cuánto tiempo cree que tardará en ponerse en contacto con el señor Ballard y en recibir respuesta?

—Puede que una semana. Oporto está mucho más cerca que Toulouse, y me da en la nariz que hay muchos hombres en la ciudad dispuestos a trabajar. Además, Justin es muy eficiente. —Will frunció el ceño—. Se me acaba de ocurrir otra cosa. ¿Su río desemboca en el Duero? No soy un experto, pero el vino me sabe a los vinos caros de la comarca del Alto Duero.

—Sí, el río San Gabriel es un afluente del Duero, y la tierra y el clima son muy parecidos a los de esa zona.

—¿Alguna vez han llevado los vinateros locales el vino a Oporto para que lo exporten? Cuando los viñedos recobren su estado, sería bastante lucrativo si el transporte es posible.

—El río no es navegable y la ruta por tierra a través de las montañas para pasar a Portugal es muy dura para el transporte a gran escala. El vino gabrieleño se consume en el país o se vende a España. —Repartió lo que quedaba de vino entre los dos, tapó la botella y la metió en la alforja—. Es una pena que no haya un método de transporte asequible. Nuestros vinos se conservan bien, así que son ideales para la exportación. En un buen año, se produce tanto vino que los vinateros añaden brandi a la demasía, de modo que se conserva más tiempo si cabe.

—¿Se podría ensanchar el río para hacerlo navegable? —le preguntó Will—. Antes era imposible ascender por el Duero más allá del cañón de Cachão da Valeira, pero la cascada y la roca se demolieron hace más de veinte años para que las embarcaciones pudieran continuar río arriba. Ahora hay viñedos hasta casi la frontera con España, y la producción vinícola se ha incrementado exponencialmente. Tal vez se pueda hacer lo mismo con el río San Gabriel.

—El tío Carlos tal vez haya considerado ensanchar el río, aunque si lo hizo, no he oído nada al respecto —dijo Atenea con expresión pensativa—. San Gabriel ha sido un país pequeñito, aislado y muy feliz durante mucho tiempo. Pero el tío Carlos se dio cuenta de que el mundo estaba cambiando y de que su país también debía hacerlo. Es el motivo principal de que enviara tropas para luchar contra Bonaparte. Los jóvenes que vuelvan traerán nuevas ideas y una visión más amplia del mundo. —Se le quebró la voz un instante—. Ya no podrá verlo.

—Es demasiado pronto para suponer que tanto él como su hijo estén muertos —repuso Will en voz baja—. Pero, si lo están, San Gabriel seguirá existiendo, así que hay que pensar en el futuro.

—Tiene razón, por supuesto. ¿Tendrá tiempo para echarle un vistazo al río y ver si se puede ensanchar sin que sea prohibitivo para las arcas? Si se pudiera empezar a trabajar pronto, tal vez el río sería navegable para cuando los viñedos hubieran recuperado la producción.

—Le preguntaré a Ballard si tiene tiempo para venir en persona —respondió Will—. Puede echarle un vistazo al cauce del río. Su familia estuvo involucrada en la ampliación del Duero, así que sabrá algo acerca de lo que hay que hacer. —Will levantó el vaso a modo de brindis informal—. Además, seguro que le interesan sus vinos. Si se pueden despejar las entradas a las cuevas y el vino sigue intacto, puede que acabe vendiendo más pronto que tarde si los problemas de transporte se resuelven.

—¡Qué posibilidad más maravillosa! Bendito sea, Will. —Presa del optimismo por primera vez en varios meses, Atenea se inclinó hacia delante para besarlo en la mejilla; sin embargo, él volvió la cabeza y acabaron besándose en los labios. Will sabía a vino y a sol, a calidez y a amabilidad... y algo mucho más profundo y peligroso.

El beso se tornó más apasionado y el mundo de Atenea acabó patas arriba.

9

El vaso de vino de Atenea cayó al suelo cuando la sorpresa y el deseo se apoderaron de sus sentidos. Sintió la enorme mano de Will en la nuca, rodeándole la cabeza e instándola a acercarse más. Se rindió al momento, ávida de su calidez y de su ternura. A medida que el beso se volvía más apasionado, Will la rodeó con los brazos y la pegó contra su amplio torso. Sería muy fácil, facilísimo, perderse en ese hombre y olvidarse de ella misma, de sus miedos y de sus preocupaciones...

Will cambió de postura y murmuró:

—Preciosa...

Sus palabras rompieron el hechizo y Atenea se apartó, furiosa consigo misma y con su falta de control.

—No seré su amante —le dijo con sequedad—. ¿O ese es el precio que tengo que pagar para la ayuda que me ha ofrecido?

Will puso cara de sorpresa, como si lo hubiera abofeteado. Después empezó a reírse.

—Y yo que intentaba comportarme como un caballero. Claro que supongo que besarla no ha sido muy caballeroso, aunque fue usted quien empezó, que lo sepa.

—Así es. —Se secó las palmas húmedas en la falda pantalón—. Lo siento, no debería haber dicho eso. A menos que de verdad quiera que me acueste con usted a cambio de ayudar a San Gabriel.

—¿Qué me contestaría si le digo que ambas cosas están relacionadas? —le preguntó él, interesado. Se volvió hacia ella, y su torso se le antojó increíblemente ancho con la casaca roja. Un mechón de pelo castaño le caía por la frente y había extendido un brazo sobre el respaldo del banco. Aunque no la estaba tocando, Atenea era muy consciente de su presencia y de su cercanía. Apenas unos centímetros...

Retrocedió hasta el extremo del banco todo lo que pudo, que no fue mucho. Aunque la neblina de deseo había desaparecido, permanecía una especie de conexión entre ellos. Una tontería, teniendo en cuenta que, veinticuatro horas antes, ni siquiera se conocían.

Como deseaba ampliar la distancia emocional entre ellos, replicó con sorna:

—Una pregunta muy interesante, mayor Masterson. ¿Sacrificaría mi honor en beneficio de mi país adoptivo? Claro que, como nací con deshonor, tal vez no sea una pregunta justa.

Él enarcó las cejas oscuras.

—Tonterías. Ya conoce mi postura acerca de la ilegitimidad. Y déjeme añadir que no tengo la menor intención de hacerme con una amante reacia.

—Una increíble cantidad de hombres no tiene sus mismos escrúpulos —repuso ella con sequedad—. Pero es evidente que he reaccionado de forma exagerada. Usted solo quería un beso, no una amante.

—¿He dicho yo tal cosa? —replicó él con una sonrisa deslumbrante en la cara—. No estoy ciego ni soy idiota, así que me encantaría acostarme con usted. Deseo besarla desde que nos conocimos. Pero lo que suceda o deje de suceder entre nosotros es independiente de lo que hay que hacer en San Gabriel.

Ella le devolvió la sonrisa, aunque era triste.

—¿Cómo puede haber algo entre nosotros si se marchará usted pronto? Está ansioso por volver a casa, mientras que yo me he comprometido a quedarme aquí indefinidamente. No soy una jovencita inocente recién salida del aula, pero tampoco soy tan imprudente y desinhibida como para acostarme con alguien que es prácticamente un desconocido. No tenemos tiempo para nada más que los primeros compases de una amistad.

—Eso no es... del todo cierto. —La miró fijamente, y esos ojos grises adoptaron una expresión seria—. Aunque añoro mi hogar, hay cosas más importantes. Conocerla mejor es una de ellas.

Atenea lo miró.

—Es usted un hombre muy extraño, mayor Masterson.

—Ya me lo han dicho antes —le aseguró él con tristeza—. Y nunca como un halago.

Se le escapó una carcajada al oírlo.

—Ahora sé que no habla en serio.

—Es posible —convino él con expresión seria, pero con mirada risueña—. Si me perdona por el beso, ¿me llamará Will de nuevo? Prefiero que nos llamemos por el nombre de pila.

—Muy bien, Will. —Ella también lo prefería—. Durante el tiempo que permanezca aquí, podemos ser amigos. Después de que se vaya... —Se encogió de hombros—. Según he podido comprobar, los hombres no son tan buenos para mantener correspondencia como las mujeres, y hay mucha distancia entre San Gabriel y Oxfordshire.

—La verdad es que se me da muy bien mantener correspondencia con los demás. —La miró con expresión intensa—. Amigos. ¿Quién sabe? Tal vez podamos llegar a ser algo más que amigos.

Atenea tuvo la sensación de que se quedaba sin aliento. Era imposible que estuviera diciendo lo que sus palabras parecían implicar. Se refugió de nuevo en la ironía y le preguntó:

—¿Qué clase de relación es posible? —Extendió los dedos de la mano izquierda y dobló uno—. La amistad es una categoría muy amplia que va desde una distante relación entre meros conocidos hasta la lealtad más profunda y duradera. Creo que ya somos más que meros conocidos.

—Si no fuéramos algo más que meros conocidos a estas alturas, no estaríamos manteniendo una conversación tan interesante —adujo él.

Ella dobló otro dedo.

—Podríamos convertirnos en enemigos.

—No permitiré que eso suceda jamás —declaró él con firmeza—. Me he hartado de tener enemigos.

—No siempre se puede elegir. —Dobló el dedo corazón—. Lo contrario del amor o del odio, que es la indiferencia.

—Es demasiado tarde para la indiferencia —replicó Will con seriedad—. Creo que ya he mencionado mi inmediato interés en besarla.

—¿Siempre siente deseos de besar a las mujeres que lo apuntan con fusiles? —le preguntó ella, curiosa.

—No, usted es la única —le aseguró—. Aunque, a decir verdad, rara vez me reciben las mujeres con armas en la mano.

—Me alegro de oírlo. —Se miró la mano—. Me quedan dos dedos para posibles relaciones, y ambas son muy improbables.

—¡Pero si son las más interesantes! —exclamó él.

—«Interesante» no quiere decir «buena». —Dobló el anular—. Podríamos tener una aventura. Algo que no sucederá por un sinfín de razones, la mayoría de las cuales ya se imagina.

—Lo que nos deja otra posibilidad —dijo él en voz baja.

Atenea apretó el puño.

—¡Es imposible que le interese el matrimonio! Apenas me conoce.

—Cierto, lo mismo que le sucede a usted. Si llegamos a conocernos, tal vez uno de los dos decida que nunca haríamos una buena pareja.

Lo miró fijamente, con la sensación de que el tiempo se había detenido. Era muy consciente del valle que se extendía ante ellos y de la ligera brisa, así como del sol que los calentaba a ambos y de la piel bronceada de Will.

De la absoluta imposibilidad de lo que él decía.

—Perdóneme si no lo he entendido bien, pero ¿está sugiriendo un cortejo?

—Exactamente. Un cortejo entre dos adultos recelosos, pero experimentados. —Titubeó antes de continuar—: Es posible que sea demasiado viejo y que esté demasiado hastiado como para casarme de nuevo.

—No es tan mayor —dijo ella, tajante.

Will esbozó una sonrisilla.

—Tal vez no. Pero he visto demasiado del mundo y he cometido demasiados errores.

—A veces siento lo mismo —le aseguró ella—. Tal vez por eso me encuentre interesante.

—Es muy posible. Me cuesta imaginarme manteniendo una conversación con la típica jovencita inglesa de alcurnia.

—De la misma manera que yo no podría conversar con un caballero inglés, ese que prefiere a mujeres delicadas —replicó ella con sorna—. Uno de los numerosos motivos por los que he jurado no casarme jamás.

—«Jamás» es mucho tiempo. Cambiamos con los años. Las cosas que antes nos parecían improbables pueden convertirse hasta en deseables.

—Cierto en teoría, pero me estoy acostumbrando con sumo gusto a la soltería excéntrica —repuso ella—. Dudo mucho que vaya a cambiar de opinión.

—Pero admite la posibilidad de cambio. —Will sonrió—. Es un punto de partida para mí.

Fue incapaz de no devolverle la sonrisa.

—Es usted muy insistente, Will. Pero no dispone de demasiado tiempo para hacerme cambiar de opinión.

—Cierto —convino él, con gesto pensativo—. ¿Está dispuesta a experimentar? La esposa de mi hermano es un pozo de ideas y teorías. Me dijo que las parejas que se cortejan se encuentran en situaciones tan artificiales y se ven tan pocas veces que es sencillísimo escoger fatal a la que será una pareja de por vida.

—¿Se equivocó ella con su hermano? —le preguntó Atenea, sorprendida.

—No, pero no se conocieron en una situación artificial —respondió Will—. Kiri conoció a Mac después de escapar por los pelos de comprometerse con un hombre al que conoció de la forma tradicional. Habría sido un matrimonio desastroso para ella, de modo que ahora aboga por evitar los cortejos convencionales.

—¿En qué situación poco convencional conoció a su hermano? —le preguntó Atenea, curiosa.

—La rescató después de que la secuestraran unos contrabandistas. —Will sonrió—. Así que se saltaron la conversación superficial y pasaron directamente a temas más trascendentales.

—Secuestrada por unos contrabandistas. ¡Pues claro! Debería haber recordado que es la mejor forma de conocer a un futuro marido —replicó Atenea, con fingida seriedad—. Parece una mujer muy interesante.

—Le caerá bien —le prometió Will, como si un futuro encuentro fuera inevitable—. Pero las dos relaciones, la equivocada y la correcta, inspiraron la teoría de Kiri acerca de saber muchas cosas de una posible pareja.

—¿Qué método sugiere ella? —quiso saber Atenea, interesada a su pesar.

—Hacerse preguntas difíciles, esa clase de preguntas que lo obligan a uno a exponerse —respondió él—. No es fácil, pero el proceso es mucho más útil que intercambiar los saludos de rigor durante un té con pastas o que intentar conversar en un salón de baile atestado.

Ella frunció el ceño.

—Parece incomodísimo. ¿Y si una de las partes se niega a participar?

—¿Acaso eso no le indica ya algo importante?

—Indica que la posible pareja se siente incómoda con las emociones y la intimidad —contestó Atenea, sopesando las palabras—. Por supuesto, a casi todos nos incomoda revelar demasiado, pero cabría esperar algo más de una posible pareja.

—¿Está dispuesta ya a una ronda de preguntas? —la retó él, que la miraba fijamente—. Si no nos repudiamos de inmediato, podemos hacernos una o dos preguntas al día.

Miró con detenimiento las fuertes facciones y el semblante honesto de Will. Había renunciado hacía mucho a casarse y dudaba de que fuera a cambiar de idea, por más convincente que se mostrara él. Aunque era el hombre más incitante que había conocido en años.

—No creo que vaya a hacerme cambiar de idea, Will. ¿Merece la pena el esfuerzo cuando soy una mujer tan terca?

—Me merecerá la pena si está dispuesta a intentarlo —contestó él, muy serio—. La verdadera pena para mí sería que se negara en redondo a intentarlo siquiera. —Al verla titubear, añadió—: También es una forma estupenda de entablar una amistad duradera, y ya hemos dado los primeros pasos en esa dirección.

—¿Y si uno de los dos hace una pregunta que el otro no está dispuesto a contestar?

—Pues no se responde —se apresuró a asegurarle él—. Es algo voluntario. Una herramienta para mejorar nuestra relación, no un instrumento de tortura.

—Muy bien, lo intentaré. —Esbozó una sonrisa torcida—. Siempre he sido demasiado curiosa. Yo haré la primera pregunta para que usted pueda alarmarse e incomodarse en primer lugar.

—Me parece justo. ¡Adelante! —la invitó—. Me da en la nariz que cualquier pregunta seguramente conlleve más en la misma línea. Ahora lo comprobaremos.

¿Por dónde empezar? No por algo demasiado difícil, decidió Atenea.

—En cuanto nos conocimos me dijo que era de Oxfordshire, de modo que su hogar es importante para usted. Cuénteme cosas de él, no se limite a describírmelo físicamente, cuénteme lo que le inspira.

—Describir la casa es fácil. La parte más antigua de Hayden Hall se remonta a la época de los Tudor y luego se han ido añadiendo cosas. Un purista se estremecería por la mezcla arquitectónica, pero a mí me resulta... acogedora. Como una tía excéntrica y encantadora. —Sonrió por los cálidos recuerdos—. Oxfordshire es un lugar precioso, con suaves colinas, arroyos y campos fértiles. No está lejos de Oxford, una de las ciudades más bellas de toda Europa. Y Londres también está a un tiro de piedra cuando a uno le apetece disfrutar de la diversión capitalina.

—¿Era granjero, un caballero con tierras, antes de entrar en el ejército?

Will asintió con la cabeza.

—Tendré que aprender muchas cosas cuando regrese, pero tengo un administrador muy bueno y paciente para enseñármelas. Espero ansioso ese momento. Hay mucha cordura en el proceso de labrar la tierra y criar ganado.

Ya que comenzaba a entender lo valioso del experimento, Atenea le preguntó:

—¿Por qué abandonó una vida que le encantaba en un hogar que ama? ¿Fue una locura de juventud?

Su expresión se tornó sombría antes de que apartara la vista.

—No soportaba estar allí después de que muriera Ellen —contestó él con voz entrecortada—. Cada vez que entraba en una estancia, tenía la sensación de que ella acababa de salir y de que, si me esforzaba buscándola, la encontraría. Era una locura. Pensé..., pensé que, si me quedaba, acabaría pegándome un tiro.

Sí, esa clase de preguntas no era cómoda.

—Así que decidió que los franceses le pegaran el tiro —replicó ella en voz baja.

—Creía que así, al menos, moriría haciendo algo útil. —Hizo una mueca—. No me di cuenta de que es más probable que los soldados mueran por la fiebre que por las balas.

—¿Seguirá Ellen atormentándolo cuando vuelva a casa? —le preguntó, a sabiendas de que era una de esas preguntas incómodas.

Él frunció el ceño mientras meditaba la respuesta.

—No lo creo. Los recuerdos que tengo de ella son felices y... lejanos.

—¿Sigue queriéndola? —le preguntó ella en voz baja.

Will suspiró.

—El joven que era entonces la quiso con locura, pero no creo que haya sobrevivido a todos los campos de batalla de la península Ibérica. Ya no soy aquel joven. —Alzó la vista y la miró a la cara—. Ahora me toca a mí hacerle una pregunta e incomodarla.

—Me parece justo —convino ella, aunque sin entusiasmo—. Pregunte.

—Hábleme de lady Delilah.

Atenea se quedó sin aliento al darse cuenta de que semejante petición era inevitable. Su madre había jugado un papel tan crucial en su vida que debía hablar de ella.

Pero, por el amor de Dios, ¿cómo iba a explicar el asunto de su madre?

10

Después de que Will hiciera la petición, Atenea clavó la vista en sus dedos entrelazados con la expresión petrificada. Él preguntó en voz baja:

—¿Debería empezar con algo más sencillo?

Atenea se levantó de un brinco y empezó a pasear de un lado para otro por debajo del voladizo.

—No, si vamos a escarbar en nuestras respectivas almas, debo hablar de ella. Pero Delilah es... difícil de explicar.

Al suponer que no sabía por dónde empezar, Will le preguntó:

—¿Delilah era su verdadero nombre?

—La bautizaron como Cordelia y de pequeña la llamaban Delia. —Atenea se abrazó la cintura y siguió caminando de un lado para otro—. Cuando dejó el aula a los dieciséis años y descubrió que podía persuadir a cualquier hombre para hacer lo que se le antojara, anunció que deseaba llamarse Delilah. Era un nombre tan apropiado que todo el mundo se aprestó a usarlo.

—¿Hasta sus padres? —le preguntó Will, sorprendido.

—No creo que lo hicieran, pero su padre la echó de casa a los diecisiete años, así que no puedo afirmarlo con certeza.

—¿Una joven de alcurnia desheredada? —Will intentó imaginar que le hacía eso a un hijo suyo y le resultó inconcebible—. ¡Eso es espantoso!

—No corría peligro de morir de hambre —replicó Atenea con sequedad—. Se instaló en la casa de un diplomático austríaco que le triplicaba la edad y se convirtió en su amante. La consintió de forma escandalosa hasta que ella decidió que se había aburrido y lo dejó por otro hombre.

—Así que era hermosa, como usted.

Atenea lo miró con incredulidad.

—Está bromeando otra vez. Siempre he sido una mujer de aspecto normal, incluso cuando era niña. Era fácil ver el parecido entre nosotras, pero Delilah era despampanante. Alta, pero no demasiado alta, como lo soy yo. Con el pelo de un lustroso rojo oscuro, no castaño como el mío. Simpática y extrovertida, no pragmática y reservada como yo.

—¿Salvo cuando tiene un fusil en la mano?

Ella esbozó una sonrisilla.

—Eso fue fruto del pragmatismo, no porque sea extrovertida.

Siguió caminando de un lado para otro y, con cada paso que daba, la falda pantalón se movía de forma provocativa en torno a sus delgados tobillos.

—Pero, más que belleza física, lo que poseía era... un atractivo sensual. Hasta los hombres felizmente casados la miraban y se preguntaban cómo sería llevársela a la cama. Se les veía claramente en los ojos.

—Parece una... madre problemática —dijo Will con tacto.

Atenea dejó de caminar y clavó la vista en la pared de piedra del voladizo.

—La quise más que a ninguna otra persona.

—Espero que el sentimiento fuera recíproco —repuso Will antes de darse cuenta de que el comentario podía ser doloroso si su madre no había sido cariñosa.

—Lo era. —Atenea se volvió para mirarlo con los brazos aún en torno a la cintura, como si le doliera el estómago—. No me trataba como si yo hubiera sido un error, sino como a una mascota y a una acompañante a la que mimar. Me dijo en un sinfín de ocasiones que su mayor deseo siempre había sido el de tener una hija a la que querer. Siempre supuse que sus padres habían sido fríos y críticos con ella, así que hizo todo lo posible para que sus críticas tuvieran fundamento. Y eso incluía tener una hija bastarda.

En opinión de Will, eso era el colmo del egoísmo, pero no podía desear que Atenea no hubiera nacido. Tal vez hubiera sido un error y su madre le hubiera dicho otra cosa para que se sintiera querida.

—Ser su mascota y su acompañante me parece maravilloso y terrible a la vez.

Atenea esbozó una sonrisa carente de humor.

—Fue ambas cosas.

—¿Atenea es un nombre familiar?

—Me dijo que cuando nací parecía una lechuza. Y como la lechuza es el símbolo de la diosa Atenea, el nombre me vino como anillo al dedo. Además, por supuesto, Atenea era la diosa de la sabiduría y quería que yo tuviera una buena educación, que viajara y que fuera inteligente. —La sonrisa que esbozó fue real en ese momento—. Los dos primeros deseos se cumplieron. Lo de la inteligencia es debatible.

Will se echó a reír.

—¿Qué habría hecho si hubiera sido niño en vez de niña?

—No estoy segura. Habría querido a un niño, porque tenía mucho amor que ofrecer. Pero la relación habría sido muy distinta de la que nosotras tuvimos. Creo que es mejor para todos los implicados que tuviera una hija.

Desde luego, para Will lo era.

—Por lo que ha dicho, parece que Delilah pasaba mucho tiempo ocupada con sus apasionados romances. ¿Qué tal era como madre?

—Era una compañera maravillosa que se interesaba por todas las novedades y que me llevaba a visitar lugares desconocidos. Aun cuando estuviera en los inicios de una aventura amorosa, me dedicaba parte de su tiempo y se separaba al instante de cualquier hombre que fuera brusco conmigo.

—¿Era algo que sucedía con frecuencia?

—No, siempre les dejaba claro a sus amantes que si querían estar con ella debían tratarme con educación y respeto. Algunos me hacían regalos espléndidos para ganarse a Delilah. —Sonrió con melancolía—. El mejor fue un precioso poni que me regalaron cuando tenía seis años. Detesté tener que despedirme de él, pero viajábamos mucho y rara vez pasábamos más de un par de meses en el mismo sitio. Delilah siempre contrataba a los mejores tutores allá adonde fuéramos, así que aprendí un sinfín de cosas interesantes. Por ejemplo, a usar armas de fuego, porque ella decía que las mujeres debían saber defenderse. Acostumbraba a moverse en los círculos diplomáticos y gubernamentales, así que hablaba de política y de asuntos de estado conmigo. Si nos alojábamos en la propiedad de alguien, le pedía al administrador que me explicara cómo se trabajaba la tierra y se criaba el ganado. Fue una infancia... inusual, pero maravillosa y emocionante. —Atenea cerró los ojos y se le quebró la voz—. Lo era todo para mí.

Cansado de tener que echar la cabeza hacia atrás para mirar a su acompañante, Will se levantó del banco y adoptó una pose relajada contra la pared de piedra que Atenea tenía enfrente.

—El inconveniente fue que, al perderla, no contaba usted con nadie más.

Atenea abrió los ojos y esbozó una sonrisa sarcástica.

—Es usted más listo de lo que parece, Will.

Él sopesó la réplica un instante.

—¿Debería sentirme insultado?

La tensión que la embargaba se tornó en una sonrisa sincera.

—Espero que no lo esté. Me refería a que parece usted un oficial fuerte y poco creativo, enormemente competente, pero no...

—¿No demasiado inteligente? —sugirió él.

Atenea se mordió el labio como si estuviera tratando de contener una carcajada.

—Preferiría acabar mi frase diciendo que no parece especialmente imaginativo. O intuitivo. Pero sí que lo es.

—Puesto que soy imaginativo, ahora me pregunto si fue una de las aventuras amorosas de su madre lo que la trajo a San Gabriel.

—¡Muchísimo más listo de lo que parece! Mi madre conoció al príncipe Alfonso en Londres, durante una de sus visitas, y lo siguió hasta aquí. Se convirtió en la preferida de la familia real, así que siguieron ofreciéndonos un lugar en la corte aun después de que la aventura llegara a su fin. Vivimos aquí el tiempo suficiente como para que yo aprendiera el idioma e hiciera amigos, de manera que después volví de visita. Me invitaron a llamar tío Carlos y tía Isabella a los reyes. La pareja real discutía con frecuencia sobre la mejor manera de gobernar un país tan pequeño, y en muchas ocasiones me permitían estar delante cuando lo hacían. Y resulta que me ha sido de gran ayuda tras convertirme en consejera de Sofía.

—Por ese motivo el príncipe Alfonso la confunde con lady Delilah. ¿Se ha convertido San Gabriel en el verdadero hogar que nunca ha tenido?

Atenea frunció el ceño.

—Supongo que sí. El lugar donde más tiempo he pasado en toda mi vida fue el internado, y lo odiaba.

Puesto que parecía poco probable que Delilah la hubiera matriculado en un internado desagradable, Will le preguntó:

—¿Fue allí donde acabó tras la muerte de su madre?

Atenea asintió con la cabeza y empezó a pasear de nuevo de un lado para otro.

—Tenía catorce años. Delilah estaba muy enferma y me explicó que se estaba muriendo, y que debía dejarme al cuidado de mi padre. Por supuesto, eso me destrozó. —Sus pasos adoptaron un ritmo rápido y nervioso—. Me llevó a la casa solariega de mi familia paterna y entró en tromba, conmigo a su lado. Él la enfrentó, furioso y horrorizado, pero me resultó evidente que aún la deseaba.

Will frunció el ceño al imaginar lo que semejante encuentro debió de suponer para Atenea.

—No parece una escena apropiada para que la presenciara una niña de catorce años.

Atenea suspiró.

—Debía estar presente, aunque solo fuera para conocer a mi padre y verlo por única vez en la vida. Delilah le dijo que era una niña buena, inteligente y obediente, que sería una fuente de orgullo.

—¿Y era usted obediente? —le preguntó Will, un tanto sorprendido.

Ella se encogió de hombros.

—Cuando quería serlo. Claro que lo que ella dijera de mí no tenía la menor importancia. Mi mera existencia lo asqueaba; pero, por lo visto, el parecido con sus hijos legítimos era tal que resultaba imposible negar su paternidad, sobre todo teniendo en cuenta que sabía de mi existencia desde que Delilah descubrió que estaba encinta. Aseguró entre dientes que cuidaría de mí y salió hecho una furia de la estancia.

—Mi padre no era un hombre fácil de tratar, pero en comparación parece un santo —comentó Will con afán compasivo—. Su padre parece un espanto.

—Teniendo en cuenta el breve encuentro, creo que es una descripción acertada. Pero cumplió su promesa de cuidar de mí.

—Y su madre confiaba en él lo bastante como para saber que lo haría. Interesante.

—Sí que lo es. —Atenea adoptó una actitud pensativa—. Es un caballero inglés que se enorgullece de comportarse con honor, pero dudo mucho que usted estuviera de acuerdo con su definición de «honorabilidad». Era tan rico que mantener a una colegiala no suponía nada para él, pero podría haberme enviado a un hospicio en vez de asumir su responsabilidad. Así que podría haber sido peor.

—Sin embargo, la envió a un internado que usted odiaba.

Ella torció el gesto.

—Era un internado femenino muy austero, emplazado en un caserón destartalado a orillas del mar de Irlanda. El gélido viento que llegaba del mar hacía que los papeles volaran de los pupitres. La directora seguía a rajatabla el refrán de «la letra con sangre entra». Todas las alumnas odiaban el internado, así que me convertí en la víctima perfecta de todas por el hecho de ser bastarda. Era demasiado alta, demasiado diferente y demasiado ilegítima. Cuando alguna se pasaba de la raya con los insultos, aprendí a poner una expresión amenazadora y empecé a estudiar todo lo que podía, porque eso me mantenía ocupada y así desarrollaba la mente.

Will dio un respingo al imaginarse los años que pasó viviendo en semejante lugar.

—¿Su padre trataba de castigarla por existir?

—No lo sé. Seguramente ni siquiera se preocupase de donde estuviera, siempre y cuando me mantuviera fuera de su vista. Tal vez especificara un internado estricto para contrarrestar la vena alocada que debía de haber heredado de Delilah.

Incluso a los catorce años, debió de ser independiente e ingeniosa. Will le preguntó:

—¿Alguna vez trató de escaparse del internado?

—Lo pensé. —Sus labios esbozaron el asomo de una sonrisa—. Lo pensé muy seriamente. Pero no tenía ningún sitio al que ir en Inglaterra, ni tampoco tenía dinero. No podría haber llegado hasta aquí, hasta San Gabriel, el único lugar donde me recibirían con los brazos abiertos. Así que lo soporté.

—¿Alguna vez le dijeron lo que le depararía el futuro?

—El abogado que me acompañó hasta el internado me dijo que estaría allí hasta los dieciocho años, momento el que podría marcharme y se me asignaría una anualidad modesta pero adecuada, con la condición de que jamás dijera que era hija de mi padre. Delilah y yo usábamos el apellido Markham, que formaba parte del árbol genealógico de mi familia materna desde hacía generaciones. El vínculo con mi familia paterna no era evidente, así que seguí usando dicho apellido. Muy generoso, ¿verdad?

Will contuvo el enorme deseo de descubrir quién era su padre para darle una paliza.

—¡Deberían darle de latigazos!

—Los miembros de la Cámara de los Lores empuñan el látigo —comentó ella con sorna—, pero no lo sufren. Ya ve por qué no tengo en mucha estima a los pares del reino. Mis abuelos eran aristócratas. A mi abuelo materno jamás lo conocí.

Como miembro que era de la Cámara de los Lores, Will replicó:

—No todos los aristócratas son tan malos. Fui al colegio con algunos que son buenas personas.

—En ese caso, espero que traten a sus bastardos mejor que lo hicieron mis abuelos. Su propio hermano no habría tenido una vida fácil de no ser por usted. Pero ya basta de hablar de esto. —Atenea hizo un gesto con la mano—. Ha llegado el momento de que desnude su alma y haga penitencia. ¿Cuáles son las tres peores calamidades que le han pasado en la vida?

La pérdida de su esposa es sin duda una de ellas. ¿La pérdida de su madre fue otra? ¿La de su padre?

Atenea tenía razón. Donde las daban, las tomaban, y había llegado el momento de que hablara de asuntos que hacía mucho que había enterrado.

—El asedio de Badajoz debería formar parte de la lista de calamidades que haya sufrido cualquiera que estuvo presente, pero es un horror compartido por muchos. ¿Cree que necesitamos una lista aparte para ese tipo de cosas? Si ha vivido aquí durante los años de la guerra, seguramente usted también tenga recuerdos similares.

Ella torció el gesto.

—Ninguno tan espantoso como lo sucedido en Badajoz, pero sí que tengo. Tal vez podamos hablar del tema otro día. Ahora mismo me interesan más las penalidades personales que lo han forjado.

—No me gusta hacer una clasificación de tragedias —repuso despacio—. Perder a Ellen y a mi hijo fue la gran tragedia de mi vida, y un hecho que la cambió para siempre, porque, si ella no hubiera muerto, no me habría alistado en el ejército.

—Vivir en Inglaterra y formar una familia habría sido un camino muy distinto del que lo ha traído hasta aquí —murmuró ella con expresión reflexiva—. Me han contado los horrores de las batallas libradas en el barro, las carnicerías y el horror que se vivió. La guerra en la península Ibérica ha sido brutal. ¿Se arrepiente de haber tomado este camino?

Will no había pensado en su vida en términos del camino que había tomado en contraposición al camino que la tragedia cortó.

—No me arrepiento de haberme alistado en el ejército —contestó con el ceño fruncido—. Tengo la impresión de haber contribuido a lograr un bien común y he forjado buenas amistades. Pero estoy preparado para hacer un cambio. El ejército en época de paz será un aburrimiento insoportable.

—En ese caso, me alegro de que vaya de vuelta a casa. —Atenea ladeó la cabeza—. ¿Cuál es otra de sus peores experiencias?

—Leer en el periódico la noticia de que mi hermano Mac había muerto en Londres. —Hizo una pausa para recordar el entumecimiento que acabó convirtiéndose en una marea de dolor tras leer la noticia—. Me había detenido en Oporto para visitar a mi amigo Ballard de camino a Inglaterra cuando leí la noticia de la muerte de Marc en un periódico inglés que acababa de llegar.

—¡Lo siento muchísimo! —exclamó ella, con un brillo compasivo en sus ojos verdosos, aunque frunció el ceño al instante—. Creía que seguía vivo después de haberlo oído hablar de él.

—Y lo está. La noticia de su muerte fue un error, y descubrir que estaba vivo cuando volví a Londres fue uno de los momentos más felices de mi vida —replicó Will sin más—. Eso no significa que el sufrimiento no existiera, aunque al menos duró muy poco.

—Las tragedias que tienen un final feliz son las mejores, pero no son habituales, por desgracia —apostilló Atenea con tristeza antes de preguntar—: ¿Qué más pondría usted en su lista de experiencias dolorosas? ¿La muerte de sus padres?

Will suspiró.

—Ninguna de ellas me causó más que un periodo de breve dolor y arrepentimiento. En realidad, no los eché de menos cuando murieron, porque nunca los vi mucho. Mi madre era una mujer frágil y mi padre siempre se mantuvo ocupado con sus cosas. Tenía un heredero en el que podía confiar, pero no se interesaba en mí como persona.

—Esa es una tragedia de otra naturaleza, pero lo entiendo. Si algún día me enterara de que mi padre ha muerto, no sentiría nada porque no lo conozco. —Su voz adoptó un deje seco—. Al menos, no conozco nada bueno de él. Es posible que sus hijos legítimos lo adoren.

—O es igualmente posible que no lo hagan, porque parece un hombre muy desagradable. —De repente, se le ocurrió algo—. ¿Le gustaría conocer a algún otro miembro de su familia paterna? Seguro que no todos son tan intolerantes. Sus hermanastros y hermanastras deben de tener más o menos su misma edad, y tal vez tenga primos maternos. A lo mejor les gusta conocerla.

—¡No! —exclamó Atenea con brusquedad—. No necesito más personas que deseen que no hubiera nacido. —Extendió el brazo para coger el sombrero, que había dejado en un extremo del banco—. Creo que ya hemos padecido bastante sufrimiento por un día con este interrogatorio.

¿De verdad cree que servirá para algo que desnudemos nuestras almas ante el otro?

Él la miró a la cara y vio a una mujer fuerte y resoluta que había aprendido a jugar con las cartas tan difíciles que le había repartido la vida. Pero en sus ojos quedaba la huella de la niña herida que había sido, y esa vulnerabilidad era un imán que lo atraía con fuerza.

—Sí, creo que servirá. Tengo la impresión de que ahora la conozco mucho mejor que cuando nos detuvimos aquí para comer y me alegro de haberlo hecho. Pero comprendo que usted no opine igual. —Esbozó una sonrisa renuente—. Me da miedo preguntárselo.

Atenea se mordió el labio y le devolvió la mirada.

—Lo conozco mejor y... creo que me alegro, aunque nunca podamos ser otra cosa más que amigos.

Will pensó en replicar que todavía estaba por verse que pudieran ser solo amigos, pero no quería que ella se alejara. De manera que dijo:

—Estará de acuerdo conmigo en que los amigos pueden abrazarse. —Se acercó a ella y la abrazó con delicadeza.

Atenea se tensó un instante, hasta que soltó el aire y se relajó entre sus brazos. Era esbelta y fuerte, pero también tenía curvas muy femeninas, y encajaba perfectamente con su cuerpo, pensó Will.

—Un abrazo es algo estupendo —murmuró Atenea—. Tiene usted el tamaño perfecto para abrazarlo.

—Justo lo que yo estaba pensando. Si tuviera que besarla, creo que apenas tendría que inclinarme. —Se lo demostró y descubrió sus labios suaves y dispuestos bajo los suyos.

No le sorprendió que la pasión aflorara y estaba listo para controlarla. Había que ser imbécil para no darse cuenta de que Atenea necesitaba un cortejo sutil. Era diferente y especial, muy distinta de cualquier mujer que hubiera conocido en la vida, y la verdadera sorpresa fue la sensación de paz que sintió al abrazarla, tan poderosa como la pasión.

Ya estaba pensando en esa quinta categoría del matrimonio que estaba prohibida. Si hacía falta mucho tiempo para convencerla de su postura.... En fin, era un hombre paciente. De momento le bastaba con abrazarla.

Al final, ella suspiró y se alejó. Despacio, para hacerle saber que no se arrepentía de ese dulce beso.

—¿Y ahora qué, mayor Masterson?

Había usado el rango para distanciarse, pero esos ojos verdosos con motas doradas parecían oro fundido cuando Will los miró con una sonrisa.

—Acabaremos el recorrido por San Gabriel y volveremos a Castelo Blanco, donde discutiremos mis sugerencias con la princesa Sofía. Si ella accede...

—Lo hará —le aseguró Atenea—. Seguramente se postre de rodillas y se ponga a rezar para dar gracias.

—Eso no será necesario —replicó Will con firmeza—. Suponiendo que acceda, esta tarde enviaré una carta a Oporto a Justin Ballard y le especificaré lo que necesitamos. Cuanto antes, mejor. —Se echó a reír, contento con el mundo y con el futuro—. Y, querida mía, le construiré un puente.

11

~

Mientras Atenea y Will cabalgaban de vuelta hacia las cuevas donde almacenaban el vino, la tensión la fue abandonando. La conversación tan íntima y desconcertante que habían mantenido había hecho que se preocupara por las preguntas que podría hacerle a continuación. Pero Will había retomado su serenidad habitual mientras continuaba evaluando todo lo que debían hacer.

Para ser un hombre tan directo, el mayor era un tanto enigmático. O seguramente fuera un rompecabezas que ella deseaba resolver, aunque fuera a regañadientes. El interés que le demostraba la halagaba, aunque no se imaginaba un futuro con él que traspasara una simple amistad. Podía encajar bien con él, pero dudaba mucho que sus vecinos aceptaran a una esposa tan rara como lo era ella.

Sin embargo... no podía negar que existía la atracción física entre ellos. Le encantaba que la abrazara, le encantaban sus besos y era innegable que esas preguntas tan íntimas los habían acercado. ¿Qué podía hacer con la atracción y con esa alarmante sensación de proximidad? Era una pregunta difícil de responder.

El camino que llevaba hasta las cuevas acababa en una montaña de tierra y piedras, procedente de la avalancha que Sofía y ella habían provocado para evitar que los franceses las alcanzaran. Mientras detenían los caballos, Atenea dijo:

—Hemos llegado a la escena del crimen. No sé cuánto habrá que excavar exactamente. ¿Entre nueve y doce metros, tal vez? No creo que sea algo imposible, pero los franceses no contaban con tiempo para hacerlo y, después de que se marcharan, nosotros no contábamos con la mano de obra.

Will examinó la montaña de tierra y piedras.

—¿Este camino sigue hasta la misma entrada de las cuevas? Lo pregunto para saber dónde debemos empezar a cavar.

—Que yo recuerde, el camino llega hasta la entrada de la cueva más pequeña. Después gira a la derecha y recorre la colina hasta llegar a la más grande, a unos treinta metros de la primera. Algún vinatero podrá confirmárselo. Las cámaras están una al lado de la otra porque esta colina era particularmente adecuada para almacenar el vino, según tengo entendido.

—Habrá que excavar como si de la galería de una mina se tratara. —Will frunció el ceño—. Conseguir la madera suficiente para apuntalarla será un desafío. Es una lástima que no podamos volarlo todo, porque eso sin duda provocaría una avalancha con peores consecuencias.

—Por no mencionar que, seguramente, haría desaparecer el vino. —Atenea pensó un instante—. Tal vez pueda encontrar madera apropiada si busca en la montaña, más arriba, siguiendo los arroyos que desembocan en el río. A veces llevan ramas e incluso árboles caídos por las lluvias torrenciales del inverno. La gente recoge en primavera todo lo que puede usarse, pero no creo que se haya hecho este año, así que seguro que hay madera buena.

—Merece la pena subir para investigar. Seguramente no habrá muchos árboles altos que podamos usar para el puente, pero sí podremos sacar madera para apuntalar el túnel.

Atenea miró hacia el sol.

—Debemos regresar al castillo.

Will recogió las riendas, pero siguió mirando el montón de tierra y piedras, y murmuró entre dientes:

—«El hormigueo que siento en los dedos me indica que el mal se acerca.»

La cita de Macbeth hizo que Atenea sintiera un escalofrío en la espalda, como si unos gélidos dedos la hubieran tocado.

—¿Le importaría explicar el motivo de semejante comentario, mayor?

Se volvió hacia ella, con expresión seria.

—Los soldados que sobreviven al campo de batalla desarrollan una especie de sexto sentido sobre los posibles peligros. Anoche hablamos del hecho de que San Gabriel sería muy vulnerable al ataque de algún grupo de desertores o de bandoleros. A medida que recorríamos el valle, esa sensación de posible peligro ha ido en aumento.

Atenea se mordió el labio y deseó poder creer que el mayor se mostraba sobreprotector, pero era imposible. Su propio instinto la advertía.

—¿Qué propone que hagamos?

—Tengo algunas ideas. —Hizo que su caballo diera media vuelta para enfilar el camino hacia abajo—. Esta noche me gustaría mantener una reunión con usted, con la princesa María Sofía, con los Oliviera y con Gilberto, además de con mi ordenanza, Tom Murphy, para hablar de mis preocupaciones y ver qué tienen que aportar. ¿Sería posible?

Ella asintió con la cabeza.

—Todos se mostrarán ansiosos por asistir, sobre todo Sofía. Somos conscientes de que la situación es difícil. Las ideas y la ayuda que usted está aportando son una bendición.

—Bien. Al fin y al cabo, es el país de Sofía. Yo solo estoy de paso y carezco de autoridad —replicó Will—. Aunque sea demasiado joven para ascender al trono, ¿cree que su pueblo le hará caso, tal como usted afirmó?

—Sí —le aseguró Atenea. Era agradable poder hacer planes en vez de apañárselas para seguir adelante sin que todo se desmoronara. Y el mayor Masterson parecía un hombre capaz de lograr que los planes se hicieran realidad.

Atenea propuso reunirse después de la cena, y todos tomaron asiento en el salón familiar del castillo. Empezó diciendo, simplemente:

—El mayor Masterson ha pasado el día recorriendo el valle y tiene algunas ideas sobre cómo debemos proceder.

Sofía, tan menuda y morena, adoptó un porte muy regio al decir:

—Estoy deseando oír sus ideas, mayor.

—Para el poco tiempo que estuvieron aquí, los franceses causaron grandes daños —comenzó Will—. Las reparaciones básicas como el puente principal sobre el río y los molinos no son complicadas, si se cuenta con el material adecuado y suficiente mano de obra. Puedo mandar a pedir clavos y otros materiales a Oporto. Además, lady Atenea asegura que hacen falta sarmientos de vides y semillas para plantar. También podemos pedirlas, junto con los alimentos básicos como legumbres y bacalao en salazón, para que la gente sobreviva al verano. —Miró a la señora Oliviera—. Sospecho que usted tendrá mejor idea de los víveres concretos que se necesitan.

Aliviada, la mujer dijo:

—Haré una lista con todo lo necesario. Los víveres son escasos, efectivamente.

—También me gustaría contratar a un grupo de trabajadores que se encarguen de hacer cualquier cosa que sea necesaria —siguió Will—. No solo en cuanto a la reconstrucción de edificios, sino también a las labores agrícolas. Mi amigo Justin Ballard, que vive en Oporto, podrá comprar todo lo que sea necesario y contratar mano de obra capaz que venga desde allí.

—¿Se refiere a la familia dueña de la naviera y la empresa de exportación? —preguntó Sofía. Al ver que Will asentía con la cabeza, afirmó sin andarse por las ramas—: La familia Ballard posee una buena reputación, y es cierto que necesitamos materiales y mano de obra, pero no podemos costearlo.

Will sonrió.

—Yo cubriré los costes iniciales y, después, haré que el gobierno británico me rembolse el dinero. El gobierno quiere ayudar a San Gabriel, y de esta manera todo se hará más rápido que si solicitamos la ayuda oficial directamente.

Sofía miró de reojo a Atenea y esta supuso que la princesa había llegado a la misma conclusión que ella: a Will le resultaría difícil, tal vez imposible, que el gobierno británico le rembolsara el dinero. Si fuera un asunto personal, Sofía habría rechazado cualquier forma de caridad, pero como joven gobernante que era, estaba aprendiendo a ser pragmática.

—Se lo agradeceríamos muchísimo, mayor.

—En ese caso, redactaré una lista con todo lo necesario. Sargento Murphy, saldrás hacia Oporto por la mañana y le entregarás el mensaje a Ballard. Te esperarás a que todo esté listo y regresarás con las provisiones y con los trabajadores.

—Sí, señor. Volveré lo antes posible —replicó Murphy.

—Sigamos con el tema del vino, siempre tan apasionante —dijo Will—. Y con los demás problemas agrícolas.

El comentario suscitó numerosas sonrisas y todos procedieron a tratar la sugerencia de importar sarmientos para replantar los viñedos, de reabrir las cuevas donde se almacenaba el vino y el posible estudio para decidir si el río San Gabriel podía hacerse navegable o no. El señor Oliviera tenía vastos conocimientos de muchos de los temas concernientes al país y participó con entusiasmo.

Atenea admiraba la forma en la que Will dirigía la reunión. Alentaba las sugerencias, proponía compromisos y con sutileza generaba emoción y expectativas.

Una vez que se acordaron los planes generales, Will añadió con seriedad:

—Tengo otro tema a tratar, y este es de índole militar. El valle es vulnerable al ataque de grupos organizados de bandoleros aún más indisciplinados que las tropas de Baudin. La situación mejorará bastante cuando el coronel Da Silva regrese con el resto del ejército gabrieleño, pero creo que sería prudente trazar algún plan por si se presenta la necesidad de proteger a los habitantes y al país del ataque de dichos bandidos.

Gilberto frunció el ceño.

—Hoy he hablado con algunos de mis hombres. Mientras crecíamos, todos creímos que San Gabriel estaba a salvo de la guerra gracias a las montañas. Ahora sabemos que nos equivocábamos. Si ese cerdo francés pudo atacarnos, también pueden hacerlo otros. Hemos hablado de organizar milicias, tal vez patrullas de diez o doce hombres que vivan cerca los unos de los otros. Y podríamos hacer algo más con el sistema de alarma de las campanas.

—Necesitamos practicar el protocolo a seguir en situaciones de emergencia —dijo Sofía con firmeza—. Lo mismo que nos ayudó a salvar a muchos gabrieleños cuando nos invadió Baudin, pero ahora necesitamos más refugios, porque no todo el mundo vive cerca de una cueva. Hay muchas mansiones amuralladas a lo largo del país. Pueden convertirse en refugios en caso de emergencia.

El señor Oliviera asintió con la cabeza.

—Organizaremos pequeños recintos defensivos y hablaremos con tus hombres, Gilberto. Tener protocolos de actuación en caso de emergencia evita los desastres.

—¿De cuántas armas disponemos? —preguntó Will—. La caballería está armada, pero necesitaremos más munición.

—Contamos con herreros tanto en la ciudad como en Santo Espirito que pueden encargarse de fabricar balas para los mosquetes —contestó el señor Oliviera—. Veré de cuánto plomo disponen.

Tras unos minutos más de debate, Sofía se puso en pie y señaló el fin de la reunión.

—Mayor Masterson, me ha dado usted mucha esperanza. Le agradezco que nos ofrezca el beneficio de su experiencia. —Inclinó la cabeza en dirección a Murphy—. Que tenga un buen viaje, sargento Murphy, y también le doy las gracias en nombre de todos. —Acto seguido, disimuló un bostezo con gran elegancia—. Y ahora, todo el mundo a la cama, ¡estoy segura de que esta noche soñaré con los angelitos!

La mayoría del grupo se marchó, charlando de forma animada. Atenea le sonrió con cariño a Sofía. La muchacha a la que quería como a una hermana pequeña se estaba convirtiendo en una reina.

12

Solo Atenea y Will siguieron en el salón familiar.

—Ha ido bastante bien —dijo ella—. Casi todos los gabrieleños han estado muy apagados desde la invasión francesa. Volcaron sus fuerzas en sobrevivir y no han tenido alicientes para pensar en el futuro. Su ofrecimiento de traer trabajadores y suministros lo ha cambiado.

Will se encogió de hombros.

—Ha ayudado, aunque creo que las renovadas fuerzas proceden más de la vuelta a casa de los jóvenes como Gilberto Oliviera. Pocos de momento, pero muchos más pronto. Son los líderes del futuro.

—Habrá bodas, festejos y recién nacidos. —Atenea se acercó a la licorera y sacó una botella cerrada y dos copas—. Pero, de momento, ¿le gustaría un poco de nuestro vino reforzado con brandi?

—Una forma estupenda de acabar un día muy largo. —Will aceptó la copa y bebió un sorbo—. ¡Muy bueno! Los vinos de San Gabriel no tienen nada que envidiarles a los del bajo Duero.

Como no tenía ganas de retirarse, Atenea dijo:

—El cielo está despejado esta noche. ¿Le apetece subir a la azotea y ver las estrellas?

Él la miró con una cálida sonrisa.

—Me parece incluso mejor que el brandi. Me llevaré la botella, dado que me gusta mirar el cielo.

Atenea cogió el chal que siempre tenía en el salón familiar y una palmatoria antes de echar a andar por la escalera que subía a la torre más alta del castillo. Varios tramos de escalera los condujeron a la azotea de la torre. Tomó una honda bocanada de aire para disfrutar de la fresca brisa nocturna. La luna apenas era una franja plateada, de modo que las estrellas relucían en el cielo despejado.

Se dirigió al mirador, desde el que durante el día se podían disfrutar unas vistas impresionantes del valle y de las montañas. Después de sentarse en el banco del interior, le explicó a Will:

—La torre es un lugar muy popular para disfrutar de la brisa y de las vistas, de modo que el tío Carlos mandó construir el mirador. En los buenos tiempos había grandes arriates de flores, pero este año no me parecía la mejor manera de emplear el tiempo y el esfuerzo.

—El verano que viene habrá flores otra vez. —Will se sentó a su lado, y el banco crujió un poco bajo su peso—. En un día despejado, casi se podría ver Oporto.

—No tan lejos, pero casi se puede ver todo San Gabriel. Aquellas luces que se ven a lo lejos pertenecen a la iglesia de Santo Espirito.

—Aquí se respira paz. —La miró, y la cara de Will era un óvalo muy claro en la oscuridad de la noche—. Una pregunta. Quiere usted regresar a Inglaterra, pero parece creer que no encajará allí. ¿Cómo se imagina su vida perfecta?

—¿Más preguntas, Will? —le dijo con sorna—. Al menos, esta es bastante indolora. Me gustaría vivir en un barrio londinense plagado de poetas locos, músicos y artistas. Así no destacaré, salvo por mi altura. ¿Qué me dice de usted? ¿Se contentará con llevar una existencia rústica en su propiedad de Oxfordshire? ¿O se convertirá en un miembro del Parlamento de modo que pueda vivir una parte del año en Londres?

Él se echó a reír.

—Nunca formaré parte del Parlamento, pero sí pasaré unos meses en Londres todos los años. La primavera es una buena época para reencontrarme con mis amigos en la ciudad. Son un grupo muy inteligente, así que hablar con ellos me impedirá convertirme en un paleto absoluto.

—¿Amigos del colegio? ¿Del ejército?

—Ambos. Además, mi hermano pasa mucho tiempo en Londres. Me encantará poder verlo de forma regular. Las cartas no son lo mismo.

—Tal vez yo encuentre semejantes amigos entre los poetas locos y los artistas —comentó ella—. Y si me encuentro con algunas de las espantosas muchachas con las que fui al colegio, les daré la espalda.

—O podría decirles como quien no quiere la cosa que acaba de volver a Inglaterra tras pasar una larga temporada con su amiga, la princesa María Sofía del Rosario de Alcántara.

Atenea se echó a reír.

—Me gusta la idea. —La brisa era fresca, de modo que se envolvió con el chal—. Ojalá que el señor Ballard no tarde en reunir las provisiones y los hombres que va a solicitarle.

—Es muy eficiente, y a juzgar por sus cartas se aburre un poco, así que seguro que cumplirá con nosotros —le aseguró Will—. Han pasado un par de años desde la última vez que pude visitar a Justin en Oporto. Tengo muchas ganas de volver a verlo.

Atenea frunció el ceño.

—Han pasado cinco años desde que estuve en Oporto. ¿Ya han reparado los daños causados por la ocupación francesa de la ciudad?

—Estaban trabajando para repararlos, pero todavía quedaba mucho trabajo por delante. Estoy seguro de que se enteró del desastre del puente de barcos que provocó el ahogamiento de miles de personas que huían de las tropas francesas.

Atenea torció el gesto.

—Si contesto, debe permitirme usar el tema para una pregunta futura de «peores calamidades». No solo me enteré de aquel espantoso día. Estuve allí.

—Por el amor de Dios, ¿cómo acabó metida en aquel lío? —le preguntó Will volviéndose para mirarla fijamente, y la sorpresa de su cara era inconfundible incluso a la tenue luz.

—Después de que la madre de Sofía muriera, la enviaron a un colegio de monjas, en Oporto. Se sentía muy desdichada y suplicó que la dejaran volver a casa —respondió ella—. Dado que el tío Carlos estaba muy preocupado por ella y por la amenaza que suponían los franceses, me escribió una carta en la que me pedía que fuera a buscar a Sofía a Oporto y la trajera a casa, y que luego me quedara como su institutriz y dama de compañía hasta que fuera mayor de edad.

—¿Debo suponer que llegó a Oporto poco antes del ataque francés?

Atenea tragó saliva con dificultad.

—Mi don de la oportunidad fue desastroso. Cuando llegué al convento, me invitaron a quedarme unos días para hablarle a las alumnas de mis viajes. Dos días después de llegar, los franceses atacaron. Uno de esos demonios entró en el convento, que solo estaba rodeado por un murete. Estaba borracho y era muy violento, y empezó a pedir a gritos que le llevaran a la monja más guapa del convento, dado que siempre había querido poseer a una monja. Yo... le quité el fusil y... le disparé. —Tragó saliva de nuevo.

—No resulta fácil matar a un hombre. —La fuerte y cálida mano de Will se cerró sobre las suyas para ofrecerle consuelo—. Aunque sea necesario. Las hermanas tuvieron suerte de que estuviera usted allí.

—Eran almas cándidas, así que tiene razón. Dudo mucho que alguna de ellas hubiera disparado un arma, mucho menos apuntando a un hombre. —Se estremeció al recordarlo—. Los sonidos de la batalla se oían cada vez más cerca y el convento no era un lugar seguro, de modo que la madre superiora decidió evacuar a un convento de la congregación situado al otro lado del río. Era más grande y tenía muros altos, por lo que sería mucho más seguro.

—Después, cuando llegaron al río que cruzaba el Duero, descubrieron que los defensores de la ciudad lo habían destruido y que los que huían, desesperados, habían formado un puente de barcos provisional para cruzarlo —dijo Will con voz seria.

—Había una marea humana de gente que se apartaba a empujones para cruzar por el puente. Rodeamos a las niñas, y los hábitos de las monjas le ofrecieron cierta protección al grupo. Cuando nos llegó el turno, subimos con mucho cuidado al puente. Fue una experiencia aterradora, porque se estremecía y se balanceaba por la corriente y por tanta gente que intentaba cruzar. En tres ocasiones tuve que sacar a alguien del río. La ventaja de tener brazos largos. —Soltó un suspiro entrecortado—. Casi habíamos llegado a la otra orilla cuando los barcos empezaron a separarse debajo de nuestros pies. —Se coló debajo del brazo de Will, acercándose a él todo lo que pudo—. Fue espantoso. Casi perdí a una niñita, Mariana. Cuando conseguí agarrarla del brazo, estuve a punto de ahogarme, porque la ropa empapada pesaba muchísimo. En ese momento, un portugués me cogió de la mano y nos arrastró a las dos a la orilla.

—Iba vestida de monja —dijo Will en voz baja—. Y gracias a sus heroicos esfuerzos pudo salvar a la mayoría de las personas, tal vez a todas, que tenía a su cargo.

—Todas sobrevivimos. Tuve mucha ayuda de los lugareños, que ayudaron a que llegáramos a la orilla. —Frunció el ceño al darse cuenta de lo que él había dicho—. ¿Cómo sabía que iba vestida de monja?

—Porque yo estaba allí —contestó Will con voz seca—. Soy un buen nadador, de modo que me zambullí varias veces en el río y empecé a poner a salvo a la gente, usted incluida. Fue el caos más absoluto, con gritos y disparos por parte de algunos franceses, mientras que otros se unieron a los esfuerzos por salvar a los que se ahogaban. —Inspiró hondo—. Tengo el vago recuerdo de haber ayudado a una monja altísima con un fusil a salir del agua. Después, ella reunió a sus pupilas y desapareció.

—¿Estuvo usted allí? —susurró ella con un hilo de voz. Había intentado olvidar aquel espantoso día, pero recordaba a algunos de los hombres que habían ayudado a las niñas y a las monjas—. ¿Fue usted quien nos rescató a Mariana y a mí? Solo pude verle la cara un instante y necesitaba un afeitado con urgencia..., jamás lo habría reconocido.

Aunque, después de haberle dicho que fue él quien la salvó, se daba cuenta de que sus anchos hombros y su complexión fuerte encajaban con las de su rescatador.

—Estaba ansiosa por alejarnos de allí. Nunca le di las gracias. —Le temblaba la voz.

—Parecía medio enajenada, así que tampoco esperaba que lo hiciera. Empezó a reunir a las niñas de inmediato. Más tarde me pregunté si pudo ponerlas a todas a salvo.

Atenea cerró los ojos y se tranquilizó mientras asimilaba el increíble hecho de que fuera Will quien la rescatase en el peor día de su vida.

—Pues sí. Cuando me ayudó a llegar a la orilla con Mariana, otro par de hombres ya estaba reuniendo a las niñas con las monjas. Uno nos gritó para que nos marcháramos lo antes posible. Un grupo de soldados franceses cargaba en nuestra dirección. —Dio un respingo al recordarlo—. Uno de ellos no paraba de gritar obscenidades espantosas sobre lo que le gustaba hacerles a las niñas.

—Lo oí —replicó Will con sequedad—. Hasta que alguien le disparó. No me dio pena.

Ella asintió con la cabeza mientras tragaba saliva con mucha dificultad para poder seguir hablando.

—En ese momento fue cuando usted y varios hombres más se interpusieron entre los franceses y nosotras. Más tarde me sorprendió, porque ninguno llevaba uniforme, pero se comportaron como soldados.

—Resultó que al menos dos éramos soldados, pero esa es una historia para otra ocasión. ¿Cómo consiguió ponerse a salvo? Me pregunté si lo había conseguido, pero era imposible saberlo. —Se le quebró la voz—. Aquel día se cometieron muchas atrocidades.

Ella también recordaba muchas de aquellas atrocidades; sin embargo, y por extraño que pareciera, hablar con Will, que también estuvo allí, le resultó reconfortante.

—Corrimos todo lo que pudimos para alejarnos del río. Yo llevaba a Mariana en brazos, porque era demasiado pequeña para ir sola, y no dejaba de chillarme al oído mientras me estrangulaba.

—¿Cuánto tuvieron que recorrer hasta ponerse a salvo?

—No llegamos muy lejos. Las niñas pequeñas y las monjas ancianas no corren mucho, y solo éramos unas pocas monjas jóvenes y yo para ayudarlas a todas. —Se estremeció de nuevo—. Un oficial francés se plantó delante de nosotras y creí que nuestro final había llegado, pero luego nos gritó en español mal hablado que fuéramos a la iglesia que había calle abajo. Lo acompañaban varios hombres, que nos escoltaron para cruzar la turba hasta la iglesia. Traducido, el nombre de la iglesia es Nuestra Señora de la Salvación Eterna.

Will se deshizo en estentóreas carcajadas.

—¡Qué apropiado!

Atenea esbozó una sonrisilla.

—Una vez dentro, la madre superiora y varias monjas se postraron de rodillas delante de la imagen de la Santa Madre y rezaron para dar las gracias. El oficial francés estaba reuniendo a más mujeres y niños en la iglesia, y había apostado a algunos de sus hombres en el exterior para protegerla. Pasamos la noche allí. Por la mañana, cuando todo estaba en calma, el oficial dispuso que varios soldados nos escoltaran al convento al que nos dirigíamos el día anterior. Fue una larga marcha, pero sus hombres ayudaron a llevar a las niñas más pequeñas.

—Un recordatorio de que hay buenos hombres en todas partes —dijo Will—. He conocido a franceses en quienes confiaría muchísimo más que en algunos de los ingleses que conozco.

Ella asintió con la cabeza, dándole la razón.

—Después de pasar unos días en el convento para recobrar las fuerzas, la madre superiora encontró a varios hombres de confianza dispuestos a llevarnos a Sofía, a María Mercedes da Silva y a mí a San Gabriel sin cobrar hasta habernos dejado allí sanas y salvas.

—Muy decentes al hacerlo sin que les adelantaran el dinero.

Al oírlo, Atenea se echó a reír con ganas.

—Sofía les enseñó la cruz de su madre, que llevaba al cuello por debajo del uniforme. Es de oro y piedras preciosas. Dijo que era una muestra de su buena voluntad, pero que si intentaban quitársela antes de que estuviéramos a salvo en Castelo Blanco, su difunta madre los maldeciría a todos. Nuestros escoltas nos trataron estupendamente bien. Aunque, la verdad, creo que lo habrían hecho sin la amenaza.

Will soltó una risilla.

—Su princesa es una jovencita de recursos.

—Es una Alcántara de los pies a la cabeza. —Atenea suspiró con fuerza—. Fue un alivio tremendo llegar sanas y salvas. No he puesto un pie fuera de San Gabriel desde entonces. —Se inclinó para recoger la botella de vino y le hizo un gesto por si quería que le rellenara el vaso.

Él aceptó y brindó con ella.

—¡Por sobrevivir contra todo pronóstico!

—Amén. —Se mojó los labios más que beber propiamente, agradecida por el brandi que le daba cuerpo al vino—. ¿Qué me dice de usted? ¿Cómo consiguió escapar?

—No lo conseguí —contestó él con sorna—. Hubo una lucha cuerpo a cuerpo después de que se fueran. Por suerte, no hubo demasiadas balas ni demasiadas bajas, pero me dieron un buen golpe en la cabeza y me desperté aquella noche en un sótano, con un pelotón de fusilamiento esperándome al amanecer.

A Atenea le dio un vuelco el corazón, aunque era evidente que había sobrevivido.

—¿Cómo escapó de la ejecución?

—Me encerraron con otros cuatro hombres que habían formado parte de los intentos por detener el avance francés. Un coronel francés decidió que éramos todos espías ingleses, de modo que nos encerró en el sótano de la casa en la que había establecido su cuartel general y ordenó que nos fusilaran. Una solución simple y pulcra, en su opinión.

—¿Era usted espía? —quiso saber Atenea—. Iba vestido a la portuguesa.

—«Espía» son palabras mayores —respondió Will, evasivo—. Me consideraba un observador. Dado que hablo portugués y que había visitado a mi amigo Ballard en Oporto, mi comandante me pidió que fuera a la ciudad y averiguara cómo estaban la cosas. Al igual que usted, mi don de la oportunidad fue desastroso.

—¿Y qué me dice de los demás? ¿Eran espías ingleses?

—No tengo la menor idea —confesó Will con voz pensativa—. Cuatro admitimos que éramos ingleses. A uno lo conocía del internado. El quinto, Duval, dijo que era un monárquico francés, pero ha resultado ser mitad inglés y mitad francés, y es el coronel británico que me ha enviado a San Gabriel. Sin duda, él estaba espiando, pero no sé qué hacían los demás en Oporto.

Atenea titubeó antes de ceder a la curiosidad.

—¿Qué se siente al saber que morirá al cabo de pocas horas?

—Es una pregunta muy interesante. —Will frunció el ceño—. Al entrar en batalla o cabalgar por un lugar donde es habitual hacer emboscadas, sabes que puedes morir en un abrir y cerrar de ojos, o que te pueden herir de gravedad y sufrir una muerte agónica. El miedo es como un redoble constante y quedo en la cabeza. Sin embargo, hay algo mucho más cruel en la disposición fría y deliberada de una ejecución. Sentir que el reloj va marcando las horas, preguntarse cómo te vas a enfrentar al momento final, cuánto tardarás en morir... —Meneó la cabeza—. Una experiencia interesante, aunque no me apetece repetirla.

Atenea le rodeó la cintura con el brazo libre.

—Debió de ser una noche muy larga.

—Lo fue. Compartimos el brandi que había en el sótano y hablamos con nostalgia de cómo redimiríamos nuestros pecados si sobreviviéramos, algo que ninguno esperaba hacer.

—¿Tan grandes son sus pecados? —le preguntó ella, sorprendida.

—No al lado de los de otras personas, supongo —contestó Will—. Pero en muchas ocasiones no he cumplido con mi deber, hay cosas que debería haber hecho, personas a las que debería haber tratado mejor..., y todo eso es un peso que llevo en el alma.

Atenea comprendía bien esos pecadillos que nunca se olvidaban.

—Una noche muy rara, desde luego. ¿Cómo escapó del pelotón de fusilamiento? ¿Cambió de idea el coronel francés?

—Me percaté de que había un símbolo masón en una piedra, detrás de unos estantes. No es raro que los masones construyeran túneles para escapar de sus casas, así que investigamos y descubrimos que detrás de la piedra había un túnel ascendente con salida al exterior. Era muy estrecho, pero todos conseguimos salir antes del amanecer.

—Y se fue cada uno por su lado después de compartir una experiencia desgarradora. ¿Se alegraron de perderse de vista?

—La verdad es que, por raro que parezca, no —le aseguró Will—. El truquito de vivir en el ejército es que crea unos lazos inquebrantables entre aquellos que comparten ciertas experiencias. Enfrentarnos al peligro juntos, nosotros contra el enemigo, crea un poderoso vínculo. Robamos unos caballos y cabalgamos hacia el Este, alejándonos de Oporto y de Gaia, pero cuando llegó la hora de separarnos descubrimos que nos costaba despedirnos. —Meneó la cabeza—. Fue uno de los momentos más raros de mi vida, pero no querría olvidarlo por nada del mundo. Los demás eran de la misma opinión.

—Al menos, ha conseguido ver de nuevo a Duval, aunque tal vez nunca vuelva a ver a los demás.

—Tal vez, ahora que ha terminado la guerra, celebremos una Reunión de Calaveras para comprobar si estamos cumpliendo el juramento de redimirnos —dijo Will con una carcajada—. Acordamos usar la librería de Hatchard en Londres como punto de intercambio de mensajes. El dueño nos guarda las cartas. Cuando estuve en Londres por la supuesta muerte de mi hermano, me pasé por allí y encontré cartas de dos de los otros hombres. Se mostraron muy esquivos a la hora de hablar de lo que estaban haciendo, pero al menos seguían vivos no hacía mucho.

—¿Añadió usted una carta?

—Pues sí. Sospecho que yo era el menos retorcido del grupo, así que no había motivos para no mencionar que era un oficial del 52.º. Tal vez así fue como Duval me encontró.

—Volver a la vida normal después de vivir tanto peligro y tener vínculos tan fuertes será difícil —comentó Atenea—. ¿Por eso quiere entablar una estrecha relación conmigo, una mujer a la que ha conocido por casualidad y cuyo principal atractivo radica en que es lo bastante alta para usted?

—Puede que tenga razón en cuanto a los vínculos —respondió él con voz pensativa—. Pero su altura no es su único atractivo ni mucho menos.

—Le rozó la sien con los labios antes de murmurar con un deje travieso—: Más bien es un maravilloso e inesperado regalo.

13

Dado que quería mantener su intención de avanzar despacio, Will se aseguró de que el beso fuera delicado y poco exigente. No estaba preparado para que Atenea alzase la cara a fin de que sus labios se encontraran. El beso empezó como un reconocimiento amistoso de lo que lo habían compartido esa noche, pero la dulce proximidad de esos labios convirtió su sangre en un torrente de lava.

La parte masculina más posesiva de Will ansiaba poder reclamarla como su pareja, porque le resultaba evidente que estaban destinados a serlo. Se habían conocido en circunstancias brutales, un vínculo que habían pasado por alto hasta esa noche, pero que ya no podían seguir eludiendo.

La parte más sensata de sí mismo era consciente de que una mujer fuerte e independiente necesitaba ser seducida y galanteada, no conquistada como una ciudad bajo asedio. Sin embargo, fue imposible mantenerse cuerdo cuando ella lo abrazó y respondió a su beso con la pasión enterrada que él sabía que era una parte vital de su ser.

Le encantaba lo bien que encajaba entre sus brazos, su suave feminidad, su fuerza y su olor. Cuando separó los labios y sus lenguas se tocaron, el delicado roce se convirtió en un momento erótico que le robó el sentido. Un fuego ilícito que iluminaba una noche fresca y dulce. Atenea sabía a vino, a brandi y a tentadora sensualidad.

Una alegría burbujeante le corrió por las venas y susurró con la respiración entrecortada:

—Atenea, diosa mía... —Incapaz de resistir la suavidad de esa piel tan blanca, que le recordaba los pétalos de una rosa, le dejó una lluvia de besos en el pómulo de camino al lóbulo de la oreja.

Ella jadeó y le clavó los dedos en la espalda antes de reclamar sus labios con una urgencia febril. Will ni siquiera tenía claro que fuera consciente de que había pasado una pierna por encima de las suyas para sentarse en su regazo a horcajadas.

Se frotó contra ella mientras todo le daba vueltas, con los labios y los cuerpos unidos, compartiendo el calor que irradiaba de ellos. Le introdujo las manos bajo el chal y exploró las firmes curvas de su espalda y de sus caderas. En un remoto rincón de su mente comprendió que debería detenerse en ese mismo momento, pero el sentido común lo había abandonado, dejando tras él un deseo voraz y enloquecedor.

Bajó la mano derecha por la parte trasera de un muslo y le aferró las faldas por detrás de la rodilla. Cuando apartó la tela, su palma encontró la suave piel de la corva. Empezó a acariciarla más arriba...

¡No! Se quedó paralizado al comprender lo cerca que estaba de perder el control por completo.

—Esto no es una buena idea —dijo con un hilo de voz.

Puesto que necesitaba alejarse de su embriagadora cercanía, la aferró por la cintura con ambas manos y la dejó sentada en el banco. Después, se puso en pie y huyó del mirador. La brisa en la cara lo ayudó a despejarse mientras caminaba por la torre. Estaba allí para ayudar a San Gabriel, y eso significaba que debía trabajar con Atenea. Pero ¿cómo diantres iban a mirarse a la cara por la mañana después de haber compartido tan imprudente intimidad?

Consciente de que no tenía alternativa, se volvió para mirarla a la cara. Atenea estaba en la puerta del mirador, con el chal aferrado en torno al cuerpo y el pelo suelto alrededor de los hombros.

—Lo siento —dijo con dificultad—. No era mi intención que eso sucediera. Estamos forjando una amistad, y sé que no quiere ir más lejos.

Aunque su alta figura parecía tensa y sus ojos eran dos enormes pozos de oscuridad, replicó con un tono jocoso:

—Debo admitir que durante unos minutos he deseado ir más lejos. Posee usted un atractivo muy peligroso, ¿sabe?

Will parpadeó.

—Eso es algo que no me habían dicho antes.

—En ese caso, le aseguro que ha pasado demasiado tiempo en el entorno militar. Si se moviera en círculos sociales más normales, descubriría que es objeto de persecución.

—Estoy seguro de que es usted la única mujer del mundo que piensa así, pero me halaga de todas formas. —Su sonrisa desapareció—. Por maravilloso que me resulte besarla, sé que la pasión prematura puede llevar al desastre. No quiero arriesgarme a alejarla y a destruir la amistad que estamos forjando.

Atenea siguió con los brazos cruzados por delante del pecho y se apoyó en uno de los delgados pilares que enmarcaban la puerta del mirador mientras lo miraba con expresión pensativa.

—Nunca he conocido a un hombre que valore la amistad con las mujeres tanto como lo hace usted. —Su voz adoptó un deje mordaz—. Casi todos están más interesados en acabar en la cama que en entablar una amistad.

Su intuición formaba parte de las cosas que lo atraían de ella, aun cuando resultara incómoda. Empezó a pasear de un lado para otro con pasos cortos, e intentó encontrar las palabras adecuadas.

—Valoro muchísimo la amistad. Fui un niño muy solitario hasta que mi hermano Damian llegó a Hayden Hall. Mi padre no entendía lo mucho que necesitaba que alguien me hiciera compañía, motivo por el que no permití que alejaran a mi hermano.

—¿Se molestó su padre alguna vez en conocer a su hermano?

Will apretó los labios.

—No. Asumió la responsabilidad de encargarse de Mac, de pagar por su educación y por todo lo que necesitara, y después le compró una comisión de oficial en el ejército. Pero apenas soportaba estar en la misma habitación que él. La existencia de Mac era un recordatorio de su más que poco respetable comportamiento.

—Da la impresión de que su padre fue un tanto hipócrita —comentó ella.

—Lo era —afirmó Will—. Salvo Mac, el resto de mi familia no era muy gratificante, motivo por el cual siempre he valorado tanto las amistades. Los amigos que hice en el internado siguen siéndolo, porque todos éramos inadaptados de alguna forma. Pero aprendimos que podíamos confiar los unos en los otros. Eso crea un vínculo perdurable en el tiempo.

—¿Como las amistades que se forjan en el campo de batalla?

Will recordó la noche que murió Ellen, cuando su frenético mensaje hizo que apareciera uno de sus amigos de la infancia, Ashton, pese a la terrible ventisca que los azotaba. Si se hubiera dado el caso contrario, él habría hecho lo mismo por Ashton. La lealtad y la confianza que se profesaban mutuamente era incuestionable.

—Es posible.

—Ha dicho que Justin Ballard es uno de sus amigos del colegio, así que supongo que forma parte de esa hermandad del internado, ¿no?

—Sí, por eso sé que enviará la ayuda que le he pedido. Yo haría lo mismo por él. Las amistades hacen que la vida merezca la pena. —Titubeó antes de añadir—: La honestidad me obliga a admitir que la amistad entre un hombre y una mujer puede ser difícil, porque siempre subyace la percepción de las diferencias.

—*Vive la différence* —murmuró Atenea en francés, y después añadió en voz alta—: ¿Tiene muchas amigas?

—No tantas como quisiera. Tal como ha señalado usted, llevo años viviendo entre hombres. Pero lady Agnes Westerfield, la fundadora del internado al que nos enviaron a mi hermano y a mí, es una mujer extraordinaria. Tiene un don para educar niños, y guardo su amistad como oro en paño. Varios de mis amigos del internado están casados y sus esposas son mujeres excepcionales. Las considero amigas y espero que, cuando regrese a Inglaterra, podamos ahondar en nuestra amistad. La esposa de mi hermano, Kiri, es asombrosa. Creo que le caería bien. Tienen mucho en común.

—¡Pero eso puede provocar un antagonismo inmediato! —Entrecerró los ojos con gesto pensativo—. Su propuesta de hacernos preguntas personales conlleva hablar de temas interesantes pero también impertinentes. ¿Desearía que alguna de las esposas de sus amigos fuera la suya?

Will negó enfáticamente con la cabeza.

—Todas son mujeres atractivas e inteligentes, pero nunca he pensado en ninguna de ellas en esos términos. Las esposas de los amigos son intocables.

—Una visión admirable —comentó ella con aprobación.

Will contempló la silueta de Atenea recortada por la luz de la luna y de las estrellas, su elegante figura, y pensó en cómo se habían encontrado, atravesando como podían las atestadas aguas del río Duero. Ella había estado a punto de ahogarse por culpa del peso del hábito de monja que llevaba, pero había luchado para salvarse y para salvar a la niña que llevaba bajo el brazo.

—Aunque las mujeres con las que se han casado mis amigos estuvieran solteras y sin compromiso, ninguna sería adecuada para mí. Ni yo lo sería para ellas.

—Eso hace que una amistad con ellas sea posible. —Atenea se enderezó y bajó del mirador con una sonrisilla en los labios—. Muy bien, sigamos forjando nuestra amistad. Pero tal vez sea mejor que mantengamos las distancias.

Nada le gustaría más a Will que acortar la distancia que los separaba y estrecharla contra su cuerpo de nuevo, pero solo un tonto haría caso omiso de lo que ella estaba diciendo. Contento porque Atenea no estuviera poniéndole fin a su tentativa amistad, dijo:

—Por suerte, hay tantas cosas que hacer en San Gabriel que podremos comportarnos con decoro.

De momento, al menos...

Atenea agradeció la oscuridad que la rodeaba mientras bajaba delante de Will por la escalera, porque la errática luz del farol ocultaba sus temblores. Will Masterson le había resultado atractivo desde el principio, pero no esperaba que un beso de verdad la despojara por completo del sentido común. Había estado a punto de tropezar y caer en la cuarta categoría, la de la aventura, sin ser consciente siquiera de que lo hacía. ¡Gracias a Dios que Will tenía más autocontrol que ella!

Cuando llegaron a la planta ocupada por la familia y enfiló el pasillo, se dio media vuelta para que la luz de la vela iluminara los últimos peldaños y llegó a la conclusión de que Will Masterson era, sin lugar a dudas, un hombre decente. Amable, considerado y honorable hasta la médula, y con un atractivo demoledor. Si quería tener una aventura, no podría elegir mejor amante.

Pero la parte independiente de su persona que la había ayudado a sobrevivir y a construir una vida poco convencional, pero satisfactoria, rechazaba esa idea. La pasión era un tipo de locura que hacía trizas el sentido común, tal como había comprobado esa noche. No se convertiría en la amante de ningún hombre porque, por muy cuidadosos que se mostraran, siempre existía el riesgo de concebir un hijo. Y, siendo bastarda, se había jurado que jamás le infligiría semejante daño a un hijo suyo.

Y la categoría cinco era imposible. Una vez acabada la larga guerra, Will regresaría a Inglaterra, donde conocería a muchas mujeres entre las que elegir esposa.

Sí, habían congeniado y existía cierta atracción entre ellos, o mejor dicho una gran atracción, pero ella solo era una mujer que había conocido por casualidad y que, también por casualidad, era una compatriota británica en un lugar inesperado. Eso no bastaba para cimentar un matrimonio.

Por más que lo intentara, no se imaginaba encajando en la cómoda vida de un caballero rural, aunque fuera un hombre tan estupendo como Will. Bastantes desprecios había sufrido mientras crecía y bastante se había hablado de ella a su espalda. Siendo lo honorable que era, Will se vería obligado a defender a su esposa, pero eso lo enfrentaría a alguno de sus amigos, algo injusto. Si de todas formas iba a ser una paria, lo sería bajo sus propias condiciones.

Will se alegró de contar con la disciplina suficiente para acompañar a Atenea de vuelta a sus aposentos, de despedirse con una reverencia y de encaminarse a su propia cama sin tocarla siquiera. Pero el precio de su contención fue una mala noche. El romance y la pasión no habían tenido cabida en su vida desde hacía años. Y, después de haber conocido a Atenea Markham, habían regresado con fuerza.

Era dolorosamente consciente de que tal vez estuviera tan solo a cien pasos de su dormitorio, en el otro extremo del largo pasillo. Si claudicaba e iba a su habitación, ¿le abriría la puerta? Seguramente no. Pero si lo hacía, ¿qué? Podrían compartir una noche maravillosa, y por la mañana ella desearía no volver a verlo en la vida.

«Paciencia, Will, paciencia», se dijo. Cada vez con mayor convicción creía que era la mujer adecuada para la categoría cinco, el matrimonio. Pero solo lo alcanzaría cortejándola con mucho tiento hasta ganársela. Y, a fin de no destruir cualquier posibilidad de éxito, se mantendría bien alejado de ella durante un tiempo.

Podía hacerlo. Con ese plan en mente, por fin se quedó dormido.

Atenea durmió mal, porque se pasó la noche debatiendo las ventajas de mantener una aventura entre su mente racional y sensata, que siempre la había aconsejado bien, y el abrasador deseo físico, que siempre la había aconsejado mal.

Tal vez debería haber incluido una sexta categoría en la lista. La del coqueteo, durante el cual dos personas podían disfrutar de su mutua compañía de forma romántica, sin necesidad de llegar más lejos. Se lo diría a Will por la mañana...

Se despertó con el sentido común de nuevo controlándolo todo. Aunque solo duró hasta que bajó a desayunar con los Oliviera, que estaban muy contentos como siempre. Se había comido medio plato de huevos revueltos con cebolla y pimiento cuando Will entró en el comedor, y el sentido común se fue al traste. ¿Por qué tenía que sentarle tan bien el uniforme rojo?

Su sonrisa fue en parte para ella, pero estaba dirigida a todos los presentes en la estancia. Parecía haber dormido mejor que ella.

El señor Oliviera dijo:

—Mayor Masterson, anoche hicimos un buen trabajo. Nuestros planes son estupendos.

—Sí, y hoy los pondremos en práctica. —Retiró una silla situada en el otro extremo de la mesa y se sentó—. Después del desayuno, he pensado que usted, el sargento Oliviera y yo podemos sentarnos con un mapa de San Gabriel delante y emplazar los puntos defensivos.

El señor Oliviera parpadeó.

—Es usted rápido.

—Es un rasgo británico —adujo su hijo Gilberto—. Agotador para aquellos que estamos acostumbrados a saborear la vida a un ritmo más lento, pero a veces resulta útil. Una vez que tengamos una idea aproximada de dónde ubicar las defensas, podemos recorrer el valle para organizar y debatir ideas.

Will asintió con la cabeza mientras una de las hijas menores del señor Oliviera le ponía delante un plato a rebosar. Le dio las gracias y dijo:

—Deberíamos estar listos para salir después de mediodía. Usted, señor, el sargento y yo, ¿le parece bien? Usted para persuadir, y Gilberto para que hable con sus compañeros y les diga que empiecen a organizar las patrullas de defensa.

Atenea no pudo resistirse y preguntó:

—¿Y usted para poner a prueba el poder y la grandeza de Gran Bretaña?

Will le sonrió.

—Yo, para tomar notas sobre la comida y el agua que se necesita, y sobre las armas disponibles y las posiciones defensivas. Los detalles aburridos, pero necesarios.

—Tardaremos una semana más o menos en recorrer todo el país —señaló el señor Oliviera—. Tal vez deberíamos hacer una serie de viajes más cortos.

—Creo que este trabajo debe hacerse lo antes posible. —Will enfrentó la mirada de Gilberto y, tras un instante de silenciosa comunicación, el joven asintió con la cabeza.

Atenea supuso que compartían ese sexto sentido común a los soldados que les permitía presentir el peligro inminente.

La hija mayor de los Oliviera, Beatriz, dijo con tono jocoso:

—Mi hermano quiere ir a Santo Espirito para ver si cierta dama lo está esperando.

Gilberto replicó con alegría:

—Da igual si me ha olvidado. Tiene hermanas pequeñas. Cualquiera de ellas me viene bien.

Beatriz lo golpeó en la cabeza con un paño de cocina.

—¡Qué cerdo!

Él se rio y se puso de pie.

—Un recordatorio de que la hija mayor en cualquier familia es la que peor temperamento tiene, así que elegiré a la más joven.

Su hermana chilló y se preparó para atizarlo de nuevo con el paño, pero él la atrapó entre sus brazos.

—¡Te he echado mucho de menos, Beatriz!

Apaciguada, ella le devolvió el abrazo.

—Me alegro de tenerte de vuelta en casa, aunque seas un cerdo, hermano. Ojalá los demás soldados regresen también pronto.

—Lo harán, pero entretanto debemos reforzar San Gabriel. Papá, mayor Masterson, iré a por los mapas del valle. Cuando hayáis acabado de comer, nos veremos en el despacho de mi padre y empezaremos a trabajar. —Tras despedirse con una reverencia de su madre y de Atenea, Gilberto salió de la estancia.

Will y el señor Oliviera dieron buena cuenta del desayuno y se levantaron de la mesa. Will le regaló a Atenea una sonrisa fugaz, pero cálida, antes de seguir al señor Oliviera hasta su despacho.

Y no volvió a verlo más hasta pasada una semana.

14

Justin Ballard miró el libro de cuentas con el ceño fruncido mientras se preguntaba cuánto tardaría el comercio del oporto en recuperarse una vez terminada la guerra. Seguía habiendo bastante demanda, ya que los buenos vinos siempre eran populares. Sin embargo, la oferta escaseaba debido a que muchos de los viñedos de la cuenca del Duero habían sufrido mucho y las nuevas vides tardaban en ser productivas. De ahí que él no estuviera tan ocupado como le gustaría.

Un golpecito en la puerta lo avisó antes de que apareciera la alegre cara de Pia, una de sus criadas.

—Señor Ballard, ha venido un tal sargento Murphy para verlo.

Justin tardó un momento en ubicar el nombre y recordar que Murphy era el ordenanza de Will Masterson. Con una opresión en el pecho, se levantó y echó a andar hacia el vestíbulo principal.

—Lo veré ahora mismo.

Encontró al joven sargento admirando el mosaico que conformaba un viñedo dispuesto en bancales y que cubría una de las paredes del vestíbulo principal. Sin molestarse con los saludos de rigor, Justin le preguntó a bocajarro:

—¿Tiene noticias de Will Masterson?

—Sí, señor, y el mayor Masterson se encuentra bien —le aseguró Murphy para tranquilizarlo, con su agradable acento irlandés. Le entregó una carta lacrada con varias hojas—. Me ha enviado para que le entregue este mensaje.

El grueso fajo de papeles era mucho más que una carta al uso.

—¿Quiere llevarse mi respuesta?

—Sí, señor, lo entenderá cuando lea la carta.

—En ese caso, acompáñeme a mi despacho mientras lo hago. Pia, trae un refrigerio para el sargento Murphy. —Le hizo un gesto al sargento para que lo siguiera antes de regresar a su despacho y sentarse al escritorio. Rompió el sello y empezó a leer la carta, escrita con la letra tan familiar de Will.

¡Saludos, Justin!

Una vez terminada la guerra, debería estar sentado en tu salón disfrutando de las vistas del Duero y bebiendo oporto Ballard mientras tú le das vueltas a cómo deshacerte de mí lo antes posible. Sin embargo, mi camino de vuelta a casa se ha desviado hasta San Gabriel. ¿Has estado alguna vez por aquí? Es un reino enclavado en un precioso valle que ha tenido la desgracia de encontrarse en mitad de la ruta de huida de las tropas francesas.

Hace falta mucha ayuda. Más abajo te lo detallo todo en una lista, pero sobre todo mano de obra y sarmientos de vides de calidad. (Te adjunto una lista de las variedades preferidas.) También necesito aperos de labranza, herramientas y pólvora para explosivos. Pagaré bien si consigo buenos trabajadores. Mándamelos con los sarmientos y con el resto de cosas necesarias.

Me han dicho que el camino es malo, algo que el sargento Murphy sabrá muy bien cuando por fin llegue a tu casa, así que supongo que todo tendrá que llegar en mulas o burros. Compra los animales de carga. También los necesitamos.

Saca dinero de mi cuenta en Oporto para cubrir los costes. Si los gastos sobrepasan el saldo, espero que puedas adelantarme la diferencia, que te pagaré en cuanto pueda ponerme en contacto con mis banqueros.

El sargento Murphy puede escoltar a los trabajadores y las mulas, pero espero que, si tienes tiempo, vengas en persona. Es un lugar muy interesante y el vino puede que cumpla tus requisitos si logramos que el río local sea navegable hasta el Duero.

El sargento Murphy te dará más detalles de la situación en persona.

Con la esperanza de verte pronto y muy agradecido de antemano por todo lo que puedas hacer,

Will

Justin enarcó las cejas mientras leía el listado de lo que hacía falta, incluidos clavos, serruchos, martillos y otras herramientas. No sería barato, no. Desde luego, Will podía permitírselo, pero la pregunta era por qué quería hacerlo.

—¿Qué narices piensa construir Masterson?

Murphy se tragó la loncha de jamón que estaba en la bandeja de refrigerios que Pia acababa de llevarles.

—Un puente. Entre otras cosas. Los franceses causaron muchos daños y se llevaron casi todos los animales de carga, además de las herramientas y de cualquier cosa que pudieran robar.

—Nunca he estado en San Gabriel, sargento Murphy. ¿Me puede explicar por qué el mayor Masterson se interesa tanto por ese sitio de repente?

—Es un bonito valle con buenas personas, y necesitan ayuda, sí, como sucede en cualquier lugar por el que haya pasado un ejército. —Murphy sonrió—. La diferencia está en que en San Gabriel hay cierta dama.

—¿Y a Masterson le interesa? —preguntó Justin, sorprendido. A Will le gustaba la compañía femenina, pero nunca había sido un mujeriego.

—Sí, y es una dama increíble. Inglesa y muy respetada en San Gabriel. Y casi tan alta como yo.

El sargento Murphy era más alto que él. Parecía una buena pareja para Will. Con el asomo de una sonrisa, Justin dijo:

—Tanto la dama como el país parecen interesantes.

—Sí, señor. Un bonito lugar lleno de bonitas damas.

A juzgar por el brillo en los ojos del sargento, Justin supuso que él también había encontrado una dama en particular. Releyó la lista con detenimiento. La temporada ya estaba muy avanzada para plantar vides, pero San Gabriel se encontraba entre las montañas, donde la primavera llegaba más tarde, así que era muy probable que las plantas pudieran arraigar lo suficiente. Las variedades de uva mencionadas crecían todas en el valle del Duero y sus afluentes, y conocía a varios viticultores que siempre guardaban sarmientos de sobra tras la poda anual. Estarían encantados de vender el exceso de sarmientos.

También había hombres de sobra en Oporto que buscaban trabajo, y algunos de ellos eran vendimiadores experimentados. Ninguna de las otras cosas de la lista suponía grandes problemas, aunque tendría que usar sus contactos para encontrar pólvora.

Tras un rápido cálculo mental, Justin dijo:

—Estaremos listos para marcharnos en tres días. Espero que se quede aquí, sargento, dado que voy a necesitar de sus consejos para algunas de las cosas de la lista, y también quiero ponerme al día de la situación en San Gabriel.

La sonrisa del sargento se ensanchó.

—El mayor se pondrá muy contento al verlo llegar, señor. Cuanto antes podamos irnos, mejor.

Con una sonrisa, Justin empezó a hacer anotaciones en los márgenes de la carta. Justo cuando le hacía falta una aventura, se le presentaba una.

15

—¡Con cuidado, con cuidado! —exclamó Will mientras bajaban la enorme rueda del molino hasta el agua para poder insertar el eje y así asegurarla. Desde que las tropas francesas destrozaron el molino, la rueda había estado medio sumergida en el río.

Puesto que todavía no contaban con los materiales necesarios para reparar el puente, Will había propuesto arreglar el molino y había reclutado a un numeroso grupo de fornidos jóvenes para realizar las labores más pesadas. Las piedras de moler y las ruedas de palas habían sido difíciles de destrozar, de manera que solo era cuestión de colocar cada cosa en su sitio.

En el interior del edificio, construido con gruesos muros de piedra, las enormes piedras que molían el grano y lo convertían en harina ya estaban colocadas en su sitio desde primera hora de la mañana. Will y el dueño del molino, el señor De Sousa, habían reparado y colocado los engranajes que transmitían la fuerza del río hasta las piedras de moler.

El último paso consistía en elevar y colocar en su lugar la rueda de palas. Will había calculado los puntos exactos en los que anclar una serie de poleas en los muros, y los jóvenes estaban tirando en ese momento de las cuerdas para enderezar la rueda y así poder colocarla de nuevo en su lugar.

Con el chirrido del metal sobre la madera mojada, la rueda encajó donde debía y comenzó a girar de inmediato, impulsada por la corriente del río. Los trabajadores estallaron en vítores y empezaron a salpicarse agua los unos a los otros.

Will contuvo el aliento mientras el señor De Sousa conectaba los engranajes. La piedra de la parte superior comenzó a moverse sobre la inferior. ¡Lo habían conseguido! El molino estaba operativo de nuevo. El dueño soltó un grito de alegría.

—¡Alabada sea la Virgen y alabados todos los santos! Gracias por ayudarme, amigos míos. Y ahora, ¡vamos a celebrarlo!

La reparación del molino fue una tarea física que Will encontró satisfactoria después de haberse pasado una semana recorriendo el valle con los Oliviera. El recuerdo del paso de las tropas seguía muy fresco, de manera que la mayoría de los habitantes agradeció la propuesta de formar pequeños puestos defensivos que garantizaran la seguridad y una rápida respuesta en caso de que se produjeran más ataques.

Tal como le había dicho a Atenea antes de comenzar el recorrido, se mantuvo en un segundo plano y dejó que los Oliviera explicaran lo que se debía hacer y persuadieran a la gente, pero su uniforme les otorgó cierta ventaja. Los británicos eran muy populares en San Gabriel. Examinó con discreción las posibilidades defensivas de las mansiones y de las cuevas que visitaban, y también hizo un inventario de las fuentes de agua, de las armas, de los víveres y de otros recursos que serían imprescindibles en caso de necesitar refugios.

El trabajo lo mantuvo ocupado y tan cansado que el recuerdo de Atenea no lo desvelaba por las noches. Al contrario, soñaba con ella y se despertaba ardiendo de deseo por ella.

La colocación de la rueda del molino era un trabajo pasado por agua y Will estaba empapado. Por suerte, era un día caluroso. Se estaba secando la cara con una toalla pequeña y ajada cuando se le acercó Gilberto.

—Un día de duro trabajo, ¿eh, mayor? —comentó el joven a modo de saludo.

—Desde luego. Ya podemos regresar a Castelo Blanco —respondió Will—. Los materiales que he pedido deberían llegar dentro de un par de días.

—Más tarde regresaremos, pero antes, y tal como ha dicho el señor de Sousa, tenemos que celebrar que hemos arreglado el molino —replicó Gilberto—. Mire, por el camino del castillo bajan las carretas y las damas. Este tipo de celebración es tradicional después de que los habitantes se unan para llevar a cabo un proyecto común que beneficia a todos.

Will miró hacia atrás, en dirección al camino que descendía desde el castillo. El pulso se le aceleró al ver a Atenea y a la princesa liderando a caballo la comitiva. Había un numeroso grupo de mujeres, todas ataviadas con sus mejores galas. Mientras pensaba que Atenea era una alegría para la vista, exclamó:

—¡Me gusta esta tradición!

Cuando la hilera de carromatos llegó al castillo, tanto las damas como la comida fueron recibidas con entusiasmo. La madre y las hermanas de Gilberto llegaron con varias muchachas de la ciudad. Entre carcajadas, se extendieron las mantas a la sombra y se descargaron cestas llenas con comida y botellas de vino, todo bajo la supervisión de la señora Oliviera.

Will eludió la muchedumbre y se acercó a Atenea, que estaba contemplando cómo giraba la rueda del molino sin desmontar del caballo. Ese día montaba en una silla de amazona, y el traje de montar de color verde resaltaba su piel de alabastro de forma deliciosa. Ansiaba lamerla de arriba abajo.

—¡Buenos días, lady Atenea! —No pudo contener la sonrisa—. Me han dicho que este tipo de celebración es tradicional. San Gabriel es un país muy civilizado.

—¡Cierto, pero no descartemos el atractivo que suscita un grupo de jóvenes apuestos en mangas de camisa y chorreando de arriba abajo! —Miraba a Will con mal disimulada admiración, y él fue consciente al instante de que la camisa blanca se le pegaba a los hombros y al torso. De hecho, era casi una indecencia, pero le gustó ver la expresión de su cara.

—¡Así es un ingeniero en su entorno natural! —exclamó al mismo tiempo que hacía una exagerada reverencia.

—¿Su estado actual es el habitual entre los ingenieros del ejército?

—Normalmente llevamos más barro encima. Si hace un día tan bueno como este, me gusta chapotear. —El agua gélida y el fuego de la artillería habían hecho que esos proyectos fueran bastante más desagradables en lugares como Badajoz. Pero ese era el pasado. El presente era mejor—. ¿Puedo ayudarla a desmontar?

Ella titubeó un instante. Atenea era perfectamente capaz de desmontar sola y ambos lo sabían, pero que un caballero se ofreciera a ayudar a una dama a bajar del caballo era una excusa para poder tocarse. Will se alegró mucho al verla asentir con la cabeza e inclinarse hacia sus manos, ya extendidas.

Aferró su delgada cintura un segundo más de lo que era necesario. Exudaba un delicioso olor a romero, y al mirarla vio en sus ojos que recordaba la noche del mirador tan bien como él.

Mientras se alejaba, la oyó murmurar con la voz un poco entrecortada:

—He llegado a la conclusión de que es necesaria una nueva categoría de relación. El coqueteo. Disfrutar de la compañía mutua con un toque de romanticismo, pero sin intención de llegar más lejos.

La cosa prometía.

—Una idea excelente. Vamos a reestructurarlo y a dejarlo en cuatro categorías. Amistad, coqueteo, aventura y matrimonio.

Ella ató las riendas de su caballo.

—La indiferencia y la enemistad siguen siendo dos posibilidades.

—Nunca podría demostrarle indiferencia —susurró él—. Y haré todo lo posible para que no me vea como a un enemigo.

Atenea se puso colorada y agachó la vista para recogerse la cola del traje de montar.

—Ahora mismo está coqueteando, es evidente, de manera que debemos aceptar la nueva categoría.

Will sonrió.

—Definitivamente, estoy coqueteando. Llevo toda la semana esperando tener la oportunidad de hacerlo.

—Eso va más allá del coqueteo y raya ya en el halago descarado —protestó ella con tono jocoso—. ¿Ha llevado a cabo con éxito el trabajo de esta semana?

—Sí, nadie ha olvidado al general Baudin, así que casi todos se han mostrado encantados de mejorar sus habilidades para plantarles cara a los bandidos, sean del tipo que sea.

—¡Bien! Quiero oír los detalles. —Se volvió hacia su caballo y sacó una alfombra de lana de la alforja—. La tradición dicta que en este tipo de celebraciones uno se siente en una alfombra en el suelo para charlar. Las damas llevan sus propias alfombras y normalmente se quedan en el mismo sitio mientras que los caballeros van de un lado para otro. Es muy interesante de ver.

Will se la quitó de las manos y la extendió a la escasa sombra que proyectaban un grupo de esbeltos árboles. La alfombra era de lana cruda de oveja y tenía unas cuantas manchas de hierba que evidenciaban un uso previo.

—Puesto que muchos de los jóvenes acaban de regresar a casa, supongo que habrá mucho coqueteo.

Atenea se sentó con gran elegancia en un extremo de la alfombra, con las piernas dobladas hacia un lado.

—Yo hago de carabina, y mi trabajo consiste en asegurarme de que el coqueteo se mantenga dentro de los límites adecuados. A los gabrieleños les encantan los festejos, y celebrar los esfuerzos de la comunidad es una excusa perfecta. Claro que también hay que tener en cuenta la euforia del fin de la guerra.

—¿Se me permite compartir su alfombra?

—Si está dispuesto a unirse a una carabina seria, por favor, siéntese —respondió con deje remilgado, aunque esos ojos verdosos lo miraban con expresión traviesa.

Will se echó a reír mientras se sentaba en la alfombra, que era lo bastante grande como para que dos adultos se sentaran sin tocarse. Deseó que fuera un poco más pequeña, pero en ese caso no se le habría permitido sentarse.

—¿Se han podido establecer los puestos defensivos en las zonas que han tanteado? —le preguntó ella.

—Sí. El señor Oliviera parece conocer cada prado y cada colina del país, así que sus estimaciones originales eran correctas. Hay un par de sitios en los que habrá que hacer ajustes para conseguir acceso al agua potable; pero, en general, todo se ha organizado sin problemas.

—¿Qué es lo más necesario?

—Armas y alimentos no perecederos, como legumbres y arroz —contestó al instante—. Traer comida es fácil y no muy caro, y espero que tengamos tiempo de hacerlo. Las armas son harina de otro costal.

Atenea frunció el ceño.

—¿Hasta qué punto pueden defenderse esos refugios?

—Depende del tipo de ataque —respondió Will—. El estilo tradicional de construcción del país, con un alto muro defensivo alrededor de la mansión, una fuente y varias edificaciones interiores facilita la labor de mantener a raya a los bandidos puntuales que quieran entrar a robar todo lo que puedan. Pero si se trata de un grupo de atacantes bien organizado, armado y con un plan definido, la situación se complica, sobre todo si dichos atacantes están dispuestos a llevar a cabo un asedio.

Atenea frunció el ceño.

—Espero que ese sexto sentido que lo avisa de un peligro inminente esté provocado por unos bandidos normales y corrientes, no por una banda de criminales organizados. El problema de las armas se resolverá en cuanto regrese el coronel Da Silva con el resto de las tropas.

—Sí, tal vez solo falten unas cuantas semanas —convino con deje tranquilizador. Pero el mal presentimiento que lo asaltaba indicaba que el peligro era mayor que unos meros bandidos, y que llegaría en un futuro no muy lejano. Le gustaría pensar que se equivocaba, pero ese sexto sentido siempre había sido fiable en el pasado.

Una sonriente muchacha de la ciudad se acercó para ofrecerles una bandeja en la que llevaba unas copas de loza y un montón de empanadillas calientes, muy similares a las tradicionales de la zona de Cornualles. Will aceptó una copa y cogió tres empanadillas.

—Gracias, señorita —dijo—. Reconstruir molinos abre el apetito.

—Somos nosotros quienes le damos las gracias a usted, mayor Masterson. Mi madre ya casi no tenía harina. —Hizo una genuflexión y se alejó a toda prisa.

Las empanadillas tenían un relleno muy sabroso compuesto de legumbres, cebolla y pimientos, aderezados con ajo y hierbas aromáticas. Se zampó las dos primeras de dos bocados.

—Supongo que esta es la versión gabrieleña de nuestras empanadillas, pero con distinto relleno, ¿verdad? Están muy sabrosas.

Atenea le ofreció una de las servilletas que había llevado consigo.

—Sí, aunque en épocas más prósperas el relleno consiste en carne picada, habitualmente de cerdo ahumado, mezclada con las verduras.

—Se comió una empanadilla más despacio que él, pero con el mismo entusiasmo.

El vino tinto estaba fresco y tenía una nota dulzona gracias a los trozos de fruta que flotaban en él.

—¿Y esta es la versión gabrieleña de la sangría?

—Sí. Este vino en particular es bastante áspero, no es de la mejor calidad precisamente, así que al añadirle fruta se le disimulan los defectos. En un día caluroso como este está muy rico.

Al ver la generosidad con la que corría el vino en el valle, Will preguntó:

—¿Cuánto falta para que se agoten las reservas de vino? Porque lo que hay no durará para siempre.

—Teníamos varias añadas recolectadas de buenas uvas antes de la invasión de Baudin, así que contábamos con una excelente reserva —respondió Atenea—. No había una sola casa en San Gabriel que no tuviera unos cuantos barriles de vino guardados en la despensa o en el sótano. Pero tiene razón, ya no queda mucho. Si logramos abrir las cuevas donde se almacena el resto, tendremos para mucho tiempo. Yo diría que hasta que los productores locales recuperen la normalidad.

La princesa Sofía, que estaba exquisita ataviada con un traje de montar azul y dorado, se movía entre sus súbditos, dándoles las gracias a los hombres que habían contribuido con su tiempo y su esfuerzo, y hablando y riéndose con todos. Will la siguió con la mirada.

—Sofía se toma muy en serio sus responsabilidades.

—Desde luego. Durante la semana que usted ha estado fuera, ha habido tres días de puertas abiertas en el castillo. Otra de las costumbres del país —le explicó Atenea—. Cualquier gabrieleño puede presentar una petición o hacer una denuncia al rey. Puesto que el príncipe Alfonso ya no puede presidir las audiencias, Sofía ha asumido la labor. Es muy paciente y sabe escuchar antes de emitir un veredicto.

Will la miró con expresión interrogante.

—Seguro que usted también estuvo presente para ayudar.

—Sofía consulta conmigo antes de emitir su veredicto —admitió ella—. Suele mostrarse demasiado blanda, de manera que la aliento a que tome decisiones prácticas. Pero me mantengo en un segundo plano. Sofía es la princesa y no debe dar la impresión de que una extranjera ejerce la menor influencia sobre ella.

—Pero aquí somos bien recibidos, de la misma manera que lo es nuestra ayuda —señaló Will en voz baja—. Usted es un regalo caído del cielo para este país. Pero, sí, en el fondo somos forasteros.

—Me he pasado la vida siendo una forastera —repuso Atenea con un hilo de voz.

Will deseó poder pasarle un brazo por los hombros y asegurarle que a su lado siempre tendría un lugar al que llamar hogar, pero todavía no era el momento. De manera que solo dijo:

—Pero en Inglaterra dicha sensación no será tan fuerte, espero.

Ella sonrió con alegría.

—Yo también lo espero.

Un movimiento en la distancia lo distrajo y entrecerró los ojos para mirar hacia el camino que se dirigía a Portugal. Esbozó una lenta sonrisa al ver a un hombre moreno y recio que guiaba a una recua de mulas.

—Creo que nuestros clavos, nuestras legumbres y nuestra pólvora acaban de llegar.

—¿Ya está aquí Ballard? —preguntó Atenea, que casi brincaba de la emoción—. ¡Eso es maravilloso!

Will se puso en pie.

—¿Hay suficientes empanadillas y sangría para que se unan a la celebración los hombres que acompañan a Justin?

Atenea se echó a reír.

—En las celebraciones de San Gabriel siempre hay comida de sobra.

—Lo traeré para presentárselo. —Will se alejó con una sonrisa hacia su caballo. Estaban haciendo progresos de verdad. Y cuanto antes hiciera todo lo que estuviera en su mano para ayudar a San Gabriel, antes regresaría a casa.

A ser posible, con Atenea a su lado.

16

El camino hasta San Gabriel era tan agreste como le habían augurado, tanto que Justin y sus trabajadores, así como los animales de carga, dieron las gracias cuando por fin atravesaron el paso montañoso y empezaron el descenso hasta el valle. Era más ancho y más verde de lo que se había imaginado. Tal vez por alguna extraña razón, en las montañas llovía más que en otras zonas. Observó las colinas llenas de bancales con un sinfín de vides antiguas destrozadas y se alegró de haber comprado buenos sarmientos de sobra para repoblar los viñedos.

El camino serpenteaba hacia abajo, y en cuanto dejaron atrás una hondonada vio el río, no muy lejos. Un grupo de hombres y de mujeres ataviadas con coloridos vestidos celebraban un almuerzo al aire libre junto a la orilla. Era una bucólica escena que hacía que la guerra pareciera muy lejana.

Hacia el sur, situado en lo más alto, vio una enorme estructura de piedra clara que debía de ser Castelo Blanco. Estaba a punto de ir en busca del sargento Murphy cuando vio a un jinete que galopaba hacia ellos desde el grupo del río: un hombre corpulento sobre un enorme caballo.

Con una sonrisa de oreja a oreja, Justin azuzó su montura. Will y él se encontraron a medio camino entre la recua de mulas y burros y el río. Will detuvo su caballo junto al suyo y le estrechó la mano con entusiasmo.

—¡Cuánto tiempo! Por Dios, cómo me alegro de verte.

Justin se echó a reír.

—¡Lo mismo digo! Me alegro de que hayas sobrevivido lo justo para volver a casa, Will.

Señaló con el pulgar por encima del hombro para indicar la larga recua de mulas y burros.

—Casi he liquidado tu cuenta de Oporto, pero ahora eres el orgulloso propietario de todo tipo de herramientas, de sarmientos, de víveres y de varias cosas más, así como el patrón de unos veinticuatro trabajadores muy buenos y eficientes.

Will soltó una carcajada.

—¿Te sorprendería si te digo que uno de los proyectos más importantes para los gabrieleños es despejar la entrada de las cuevas donde almacenan el vino?

—Veo que son espíritus afines —replicó Justin con una sonrisa—. Estoy ansioso por probar los vinos locales.

—No creo que te vayas a llevar una decepción —le aseguró Will—. Pero yo estoy ansioso por beberme unas cuantas pintas de cerveza inglesa cuando vuelva a casa.

—La cerveza es para la plebe —repuso Justin con aire de superioridad. Era un debate abierto entre ellos.

Will sonrió a la vez que obligaba a su caballo a enfilar hacia el lugar del que había partido.

—¡Culpable!

—¿A qué se debe la celebración junto al río?

—Esta mañana hemos reparado el molino de agua, así que las damas del castillo han bajado para celebrarlo con nosotros y darnos de comer —le explicó Will mientras se ponían en marcha de nuevo—. Me han dicho que debería haber empanadillas y sangría para ti y para todos los hombres que has traído contigo.

A Justin se le hizo la boca agua de solo pensarlo.

—Es una buena forma de ganarse la lealtad de todos los que hemos venido en este viaje. —Se volvió en la silla y les indicó con un gesto del brazo que los siguieran hasta el río. A las mulas y a los burros les gustaría tanto como a los hombres.

—¿Dónde está Tom Murphy?

—En la retaguardia —contestó Justin—. Ha estado evitando que los rezagados se pierdan y también ha estado alerta por si había problemas. Un tipo muy competente. Aunque no hemos tenido problema alguno. El camino junto al Duero y entre las montañas ha sido agreste, pero bastante recto.

—¿El camino estaba lo bastante cerca del río San Gabriel para que pudieras ver si podría ser navegable? —le preguntó Will.

—No, para eso tendría que verlo expresamente con ese propósito —contestó Justin—. Pero, a juzgar por lo poco que he podido atisbar del río, ensanchar el canal debería ser posible.

—Bien. —Will soltó una risilla al ver que dos jinetes se les acercaban—. Las damas son tan curiosas como los gatos. Dos de ellas se acercan.

Justin vio a una mujer muy alta vestida de verde junto a una muchacha bajita vestida de azul y dorado.

—¿La de verde es la dama inglesa de alta estatura de la que tanto he oído hablar?

—Supongo que Murphy ha sido incapaz de mantener la boca cerrada —dijo Will con sorna—. Sí, esa espléndida criatura es Atenea Markham, pero no la admires demasiado. Es mía.

Justin miró a su amigo con la sorpresa pintada en el rostro.

—¿De verdad?

—En realidad, sería más acertado decir que estoy trabajando en que lo sea —apostilló Will—. Somos buenos amigos, y estoy intentando convencerla de que pasemos a ser algo más.

Will nunca hablaría así de una mujer a menos que tuviera intenciones honorables, algo que hacía que Justin se muriera por conocer a la mujer en cuestión. Los amigos de Will estaban preocupados por la posibilidad de que la devastadora muerte de su joven esposa le hubiera partido el corazón para toda la vida; pero, al parecer, el tiempo había obrado su magia.

En su caso, Justin no tenía reservas acerca del matrimonio, aunque todavía no había conocido a la mujer que encajara en su complicada vida, que tenía lugar entre dos países. Una vez terminada la guerra, había llegado el momento de ponerse a buscar en serio, tal vez en su siguiente viaje a Gran Bretaña.

Tanto Atenea Markham como su joven acompañante eran amazonas experimentadas. Justin supuso que era una necesidad en esa tierra montañosa con caminos agrestes y pocos carruajes, en el caso de que hubiera alguno.

Atenea parecía fuerte, elegante y competente, una amazona digna de Will Masterson. Aunque no poseía una belleza despampanante, era muy atractiva, con una expresión inteligente y risueña. Estaba ansioso por conocerla mejor, pero su primera impresión le decía que era lo bastante buena para Will.

Las mujeres los alcanzaron y detuvieron sus monturas.

—¡Bienvenido a San Gabriel, señor Ballard! —lo saludó la jovencita de azul con un inglés impecable y el leve y precioso acento de la zona.

Justin apenas había reparado en la jovencita porque estaba absorto en la señorita Markham, pero se volvió para mirarla a la cara en ese momento... y tuvo la sensación de que lo acababa de aplastar un barril de vino, dejándolo tirado en el suelo e incapaz de respirar. Era menuda y preciosa, y bajo el ala del elegante sombrero de montar tenía unas facciones exquisitas, una expresión dulce y sincera y una sonrisa que lo aturullaba por completo.

Will habló antes de que alguien se percatara de su silencio.

—Princesa María Sofía, tengo el gusto de presentarle a mi amigo Justin Ballard, de Edimburgo y Oporto. Señorita Markham, le presento a Justin Ballard. Justin, te presento a las damas que rigen San Gabriel.

«¿La princesa María Sofía?», pensó Justin, que tragó saliva con dificultad. De modo que esa era la princesa y supuesta heredera al trono de San Gabriel. Se suponía que las princesas solo eran guapísimas en los cuentos de hadas, no en la vida real.

Hizo una reverencia desde la silla.

—Alteza Real, es un honor conocerla. —Casi se le olvidó añadir—: Y lo mismo digo, señorita Markham.

—El placer es mutuo, señor Ballard. Lo estábamos esperando con ansia. —En los ojos de la señorita Markham había un brillo travieso. Seguro que estaba acostumbrada a ver cómo los hombres se convertían en necios balbuceantes al conocer a la princesa.

María Sofía lo miró a los ojos y abrió los suyos como platos por un instante tan breve que Justin creyó haberlo imaginado. A continuación, los exquisitos modales de una princesa real salieron a su rescate y le tendió la mano.

—En nombre de San Gabriel, le doy las gracias por su disposición a ayudarnos.

Su mano, enfundada en el guante, era delicada, pero su apretón fue firme. Era una joven que había aprendido a ser más que una muchacha recatada sin opinión. Supuso que las princesas aprendían bien pronto a lidiar con lo que fuera, y con quien fuera, que se interpusiera en su camino.

¿Cuántos años tenía? ¿Diecisiete, tal vez dieciocho? Demasiado joven para él. ¡Y además princesa, por el amor de Dios! La familia Ballard era ilustre, pero no tenía ni una sola gota de sangre real.

Justin se desentendió de la inconveniente atracción que sentía, le soltó la mano y dijo:

—La guerra le ha costado demasiado a demasiadas personas. Me alegra poder contribuir de alguna manera a la recuperación de San Gabriel.

—Sus hombres se pueden acomodar en los barracones militares, pero usted debe alojarse en el castillo. Tenemos mucho espacio, y estoy segura de que el mayor Masterson y usted tienen mucho de lo que hablar, además de ponerse al día.

—Ciertamente. —¿Podía sonar más idiota aunque se lo propusiera?

Por suerte, Will intervino:

—Las empanadillas y la sangría nos esperan. Después decidiremos qué proyectos empezar en primer lugar ahora que tenemos lo necesario.

—Hay que plantar los sarmientos lo antes posible —recomendó Justin—. La temporada ya está bastante avanzada para plantar. Cuanto antes estén en la tierra, antes empezarán a crecer.

—Muy cierto —convino la princesa haciendo girar su caballo para dirigirse al río—. Las vides son la prioridad. Pero, ahora que tiene los clavos y las herramientas necesarias, ha llegado el momento de que nos construya el puente prometido, mayor Masterson. ¿Cuándo cree que será posible?

—Creo que podemos plantar los sarmientos y construir el puente a la vez —dijo la señorita Markham—. Pero todavía nos queda saber de dónde vamos a sacar la madera necesaria para el puente.

—He calculado la cantidad necesaria —anunció Will—. Ahora solo hay que localizar madera seca de la longitud adecuada.

La princesa lo miró de soslayo.

—Creo que he encontrado una solución, mayor. El señor Oliviera y yo hemos hablado del tema. Podemos prescindir de dos de las edificaciones exteriores del castillo, construidas con el tipo de madera que necesitamos. Si cree que podemos usarla, derribaremos los edificios y usaremos la madera para su puente. Eso valdría, ¿no es así?

—También he estado considerando esa opción —confesó Will—. Una vez, en España, derribamos una posada cercana para usar sus vigas en la construcción de un puente de emergencia, pero no es una solución muy popular. Al posadero no le hizo gracia alguna, aunque fue compensado.

—Necesitamos el puente más que esos establos, sobre todo porque la mayoría del ganado lo robaron los franceses y tardaremos bastante en recuperar los rebaños. Esta noche, los cuatro cenaremos juntos y discutiremos el mejor plan de acción ahora que el señor Ballard ha llegado con las provisiones y los trabajadores. —La princesa le hizo un gesto a Justin para que cabalgara a su lado—. Caballero, le pido por favor que me hable de su negocio de exportación de vinos. Puede ser información muy útil para San Gabriel.

—Soy capaz de pasarme el día y la noche hablando del comercio, alteza —le aseguró Justin, complacido hasta niveles insospechados—. ¡Avisada queda!

Ella se echó a reír.

—Por favor, llámeme Sofía. Al fin y al cabo, este es un reino muy pequeño.

Justin nunca se había dirigido a una princesa por su nombre de pila, por más joven que fuera.

—Será un honor. A cambio, espero que me llame Justin. En cuanto al comercio del vino...

Mientras empezaba a explicarle los entresijos del negocio, Justin dio las gracias por haber acudido en persona a San Gabriel. Deseaba una aventura, y había encontrado mucho más de lo que jamás habría soñado.

Atenea y Will cabalgaron a una distancia prudencial de Sofía y de Justin. Cuando ya no podían oírlos, Will dijo en voz baja:

—¿Son imaginaciones mías o entre esos dos han saltado chispas al conocerse?

—No son imaginaciones suyas, no —contestó Atenea con el ceño fruncido—. ¿Debo entender que Justin Ballard es un hombre honorable?

—Sin lugar a dudas —le aseguró Will mientras miraba fijamente a la pareja—. Parecen haberse saltado la amistad para pasar directos al coqueteo.

—Que es lo máximo a lo que pueden aspirar. —Atenea nunca había visto a Sofía reaccionar así con un hombre. Cierto que Ballard era muy atractivo, con el pelo oscuro y la tez bronceada de un gabrieleño, pero con los ojos azules de un escocés que brillaban con expresión risueña y cierto aire de sofisticación.

De todas formas, jamás sería una pareja adecuada para la reina de San Gabriel.

17

Atenea llegó temprano al salón familiar y descubrió ya a Will sentado en el sofá, examinando un fajo de documentos. Se había quitado la ropa manchada de barro y mojada y se había puesto una chaqueta de color azul marino que le sentaba como un guante, unas calzas beis y unas relucientes botas negras.

Se detuvo de repente, como si la hubiera atravesado un rayo. Parecía un caballero londinense. Y lo peor de todo era que iba vestido como su padre durante su único y espantoso encuentro.

La sensación de repulsa se evaporó de inmediato en cuanto él alzó la vista y le regaló su maravillosa y tierna sonrisa. Soltó los documentos y se levantó para recibirla, así que ella se relajó y entró en la estancia, tras lo cual cerró la puerta.

—Me alegro de que Sofía haya propuesto una cena privada esta noche. No me apetece una cena con todos los Oliviera presentes y supongo que su amigo, el señor Ballard, estará más cansado que nosotros después de haber viajado desde Oporto.

—Justin siempre ha tenido mucha energía. —Will señaló los documentos—. He estado repasando las listas de los suministros y ha superado todas mis expectativas.

—Estoy deseando echarles un vistazo después de la cena. —Atenea meneó la cabeza—. Hemos pasado meses manteniéndonos a flote a duras penas. Y ahora, por fin, San Gabriel puede seguir avanzando, gracias a usted y al señor Ballard.

—Tengo ganas de compartir una copa de brandi con él esta noche mientras nos ponemos al día de meses de cotilleos. —Will atravesó la estancia para acercarse a ella con un brillo travieso en esos claros ojos grises—. Pero, de momento, me interesa más concretar la definición de «coqueteo». ¿Incluye besos educados?

—Supongo que depende de lo educados que sean los besos —contestó Atenea mientras lo miraba con cierto recelo.

—Educadísimos. —El roce de los labios de Will en la sien fue tan suave como el de una pluma, pero al mismo tiempo sus brazos la rodearon con calidez y firmeza—. ¿Y qué hay de los abrazos? ¿Es un abrazo aceptable como coqueteo?

Atenea sonrió, incapaz de no relajarse contra ese fuerte y musculoso cuerpo.

—Los abrazos entran en el terreno de lo peligroso, pero siento una gran debilidad por ellos.

Ladeó la cabeza para mirarlo a los ojos mientras la tensión la abandonaba. Will olía a jabón fresco y a su propio aroma corporal. Aunque la pasión podía consumirlos en un abrir y cerrar de ojos si lo permitían, fue un abrazo afectuoso sin más. La alegraría poder quedarse toda la vida así.

—Me está gustando esto del coqueteo —dijo él con deje reflexivo mientras le acariciaba la espalda despacio con una mano—. Aunque me siento renuente a aceptar que el coqueteo no pueda ir más lejos.

Atenea también tenía problemas para aceptarlo. En momentos como ese era fácil imaginarse que podía haber algo más. Que podían ser algo más. Sin embargo...

Torció el gesto y se apartó de sus brazos.

—Es más fácil coquetear con un ingeniero mojado y lleno de barro que hacerlo con el caballero tan elegante y a la moda que descubrí al entrar en el salón —repuso con dolorosa sinceridad.

—Puedo quitarme esta chaqueta confeccionada a medida y echarme agua sobre la cabeza si eso ayuda —comentó él con seriedad.

Atenea no tuvo más remedio que echarse a reír. Will era tan sensato que resultaba fácil olvidar que se trataba de un terrateniente inglés. Aunque no era un aristócrata como sus desdeñosos abuelos, podía moverse con facilidad en ese ámbito de la sociedad. A juzgar por los comentarios que había hecho de sus nobles amistades, estaba segura de que lo hacía. Así que el coqueteo era preferible a anhelar cualquier otra cosa.

Claro que mientras miraba ese cuerpo tan poderoso y masculino, y esos ojos de expresión jocosa, le fue imposible no anhelar más.

—Le perdonaré la chaqueta confeccionada a medida, ya que estoy segura de que va usted a la moda por accidente.

—Hace mucho tiempo, un ayuda de cámara me informó de que era imposible que un hombre con mi complexión fuera a la moda —repuso con seriedad—. Soy demasiado grande. Tengo los hombros demasiado anchos, y los músculos, muy desarrollados. Así que olvidé toda idea de ir a la moda y ahora me conformo con parecer respetable.

—No tengo queja alguna sobre su tamaño. Es un placer exótico para una mujer excesivamente alta como yo tener que echar la cabeza hacia atrás para mirar a un hombre —replicó con un deje travieso.

—Creo que tiene usted la altura perfecta —le aseguró él con cierto brillo en los ojos—. Deliciosa para abrazarla. —Por suerte, se oyeron carcajadas y pasos al otro lado de la puerta antes de que Atenea pudiera decidir si se acercaba a él o se alejaba.

Se separaron justo antes de que Sofía entrara en el salón, seguida de Justin Ballard. Ambos reían y Sofía lucía una expresión alegre que Atenea no le había visto desde la invasión francesa. Era maravilloso verla feliz de nuevo, aunque fuera por una razón que le aseguraría un dolor en el futuro. «Cuidado con el corazón, hermanita.»

Tras saludarlos, Sofía levantó la botella de vino tinto que llevaba en la mano.

—Justin tuvo la amabilidad de no mencionar la calidad de la sangría de esta tarde.

—Era deliciosa y estupenda —protestó el susodicho.

—Pero debajo de la fruta solo había un vino de mesa meramente aceptable —adujo Sofía sin ambages—. Así que he traído una botella que demuestra la calidad de la que es capaz San Gabriel. Justin, ¿puede abrir la botella para que el vino respire? Así estará listo para cuando sirvan la cena.

Justin lo hizo con la pericia que se le presuponía a un experimentado comerciante de vinos. Una vez que descorchó la botella, sirvió una pequeña cantidad en una copa.

—¡No beba todavía! —le ordenó Sofía.

Él le sonrió.

—No se me ocurriría hacerlo. —Hizo girar el vino en la copa y después se la llevó a la nariz para olerlo—. Eso sí, por el olor promete.

Dos de las hermanas Oliviera llegaron con las bandejas de la comida. Tras colocar los platos y los cuencos en el aparador, se despidieron con sendas genuflexiones.

Había una selección de copiosos platos, entre los que se contaba un estofado de bacalao con patatas y cebollas, salchichas adobadas, pan de maíz, pollo con arroz, queso, ensalada de legumbres y las ineludibles aceitunas. Eran alimentos populares, lo único que podía permitirse San Gabriel dadas las circunstancias, pero preparados por un cocinero de gran talento que trabajaba para la realeza. Atacaron el aparador con entusiasmo, y el hecho de servirse sus propios platos ayudó a crear un ambiente distendido.

Después, Sofía sirvió el vino con cuidado para que los sedimentos no se movieran del fondo de la botella, y todos miraron a Justin para ver su reacción. Él rio entre dientes.

—¡Es difícil evaluar un vino sometido a semejante presión!

Sofía hizo ademán de disculparse, pero él agitó una mano para quitarle hierro al asunto.

—Por supuesto que la cata es importante. Debo ser sincero, claro está. En este caso no se puede recurrir a la mera cortesía.

—Lo entiendo —repuso Sofía, cuya mirada no se había separado de él.

Justin bebió un sorbo de vino, lo saboreó despacio y después bebió un poco más con expresión pensativa. Una vez que se lo hubo tragado, dijo:

—Es excelente. Tan bueno como cualquiera de los vinos producidos en el valle del Duero y con una calidad extraordinaria muy particular. Espero que podamos encontrar la forma de comercializarlo en Oporto y más allá.

Sofía y Atenea suspiraron, aliviadas. El problema del transporte era un escollo, pero no insalvable. Una vez seguras de que el valle tenía potencial para exportar mercancías valiosas, encontrarían la manera de hacerlo.

Si bien los gabrieleños no eran dados a mezclar los negocios con algo tan importante como una cena, los cuatro estaban ansiosos por empezar a hacer planes, de manera que las listas con el material necesario fueron pasando de mano en mano con la misma naturalidad con la que se pasaban las botellas de vino.

Atenea examinó las cantidades de víveres que habían recibido. Will y sus amigos habían sido muy generosos.

—Me encargaré de distribuir la comida, ya que sé en qué lugares la necesitarán más cuando llegue el invierno. Supongo que algunos alimentos básicos que se conservan bien, como las legumbres, el arroz y el bacalao en salazón, podrán almacenarse en los refugios mientras que el resto puede distribuirse entre aquellos que lo necesiten ahora mismo, ¿no?

—Eso he pensado —contestó Will—. Nadie debería pasar hambre mientras esperamos a que la nueva cosecha de hortalizas y granos dé sus frutos.

Sofía asintió con la cabeza para expresar su aprobación.

—Justin, usted, el señor Da Cunha, que es el maestro vinatero del castillo, y yo deberíamos distribuir los sarmientos. Los viñedos reales de los Alcántara son los más extensos y los que más daños sufrieron a manos de los franceses, pero hay muchos otros viticultores en el valle que también han sufrido daños.

—Alcántara Real —dijo Justin con deje pensativo—. Sería un nombre atractivo para el mejor vino de San Gabriel.

Sofía contuvo el aliento y sus ojos adquirieron una expresión radiante.

—¡Qué idea más estupenda! Debemos aprovechar cualquier ventaja de la que dispongamos para reconstruir San Gabriel.

Justin, al que se le notaba que se había puesto colorado a pesar de estar tan bronceado, preguntó:

—¿Cuánta ayuda necesitan los viticultores para sembrar los sarmientos? Los trabajadores que he contratado tienen experiencia en viñedos, y muchos también poseen otras habilidades.

Sofía reflexionó al respecto.

—Las familias dedicadas al cultivo de la vid cuentan con sus propios miembros y con sus criados, también especializados en ese trabajo, pero los más extensos necesitarán más ayuda para agilizar el proceso. Le preguntaré al señor Da Cunha cuántos trabajadores se necesitarán para plantar los sarmientos. Supongo que no todos.

—Necesitaré a unos cuantos de los más fuertes para derribar los establos del castillo y usar las vigas en la construcción del puente —terció Will—. Para cuando llegue el momento de la construcción en sí, supongo que habrá más hombres disponibles.

Sofía aplaudió, tan emocionada que parecía estar a punto de dar botes en la silla.

—¡Dentro de dos o tres semanas, los plantones habrán enraizado y tendremos el puente! Para entonces, la primera cosecha de los huertos estará madura y los mercados podrán abrir otra vez. ¡El próximo invierno nadie pasará hambre!

—Después de plantar las viñas y de reconstruir el puente, debemos abrir las cuevas donde se almacena el vino —dijo Will—. Justin, me tienta usar parte de la pólvora que has traído para abrirnos camino, pero Atenea no quiere poner en peligro los barriles.

Justin se acomodó en su silla entre carcajadas.

—Lord Masterson, lo veo demasiado ansioso por derribar cosas —dijo, bromeando—. ¿Cómo vas a soportar el tedio de la Cámara de los Lores cuando vuelvas a Londres?

La misma sensación que le heló a Atenea la sangre en las venas cuando vio a Will vestido como un elegante caballero se repitió, pero con más intensidad. Al experimentarla, repitió despacio:

—¿Lord Masterson?

—¿No lo ha mencionado? —preguntó Justin a su vez, sorprendido—. Es el mayor lord William Masterson, sexto barón Masterson de Hayden Hall. Eres el sexto, ¿no, Will? ¿O el quinto?

—El quinto —respondió él frunciendo el ceño mientras miraba a Atenea, que bebió un sorbo de vino para humedecerse la boca, que se le había quedado seca.

—No, no lo había mencionado usted, lord Masterson.

Al captar su expresión, Will dijo:

—Ser el poseedor de un título nobiliario no es algo a lo que le preste mucha atención. No es el rasgo más importante de mi persona, y resulta completamente inútil en el campo de batalla.

—Ser lord Masterson no va a detener una bala, desde luego —convino Atenea—. Pero es muy útil en el ámbito social. Forma usted parte del rebaño importante, no del humilde. —Con el estómago revuelto, se puso de pie—. Estoy cansada y tengo ganas de acostarme. Por la mañana empezaré con el reparto de comida allí donde más la necesitan. Les pediré a los criados del castillo que me ayuden, y tal vez también le pida ayuda a Mercedes da Silva. Le gusta montar a caballo y tratar con la gente. —Tras despedirse de Sofía y de Justin con un brusco gesto de la cabeza, cogió una palmatoria y abrió la puerta para salir al pasillo.

—¡Atenea! —la llamó Will con sequedad.

Ella le hizo caso omiso, cerró la puerta a su espalda y echó a andar a toda prisa hacia sus aposentos.

Will se movió rápido, salió en tromba al pasillo y echó a correr para alcanzarla. Lo hizo justo antes de que ella llegara a la seguridad de su dormitorio.

—¡Atenea, por favor! —la cogió de un brazo y la obligó a darse media vuelta para que lo mirara. A la tenue luz de la vela, la expresión preocupada de Will fue más que evidente—. ¿Por qué estás tan molesta? Soy el mismo que era.

—Es un par del reino, miembro de la Cámara de los Lores. —Se zafó de su mano y liberó el brazo—. Si entra en cualquier sitio en Londres, todos empezarán a murmurar que lord Masterson ha llegado. Sí, lord Masterson, el héroe militar. Será uno de los solteros de oro en el mercado matrimonial. Debe de ser más rico de lo que imaginaba. Tal vez sea el mismo, pero la percepción que yo tenía de usted ya no lo es. —Respiró hondo y se estremeció—. Ha llegado la hora de ponerle fin al coqueteo. Pronto acabará su trabajo en San Gabriel y volverá a recuperar su estatus social y su verdadera vida. Una vida que no tiene nada que ver conmigo.

Will hizo ademán de replicar, pero se detuvo con los ojos entrecerrados mientras la miraba fijamente.

—No alcanzo a imaginarme el dolor y el escarnio que sufriste mientras crecías —dijo él, despacio—. Ni siquiera tu madre debió de entenderlo en su totalidad. Aunque eligió llevar una vida escandalosa, contaba con la seguridad de ser lady Cordelia. Tú no has tenido esa opción y te condenó a cargar con las consecuencias de sus actos.

Ella apartó la vista, incapaz de enfrentar su mirada.

—Lord Masterson, qué perspicaz es —replicó—. Crecí con desdén y con insultos, en la cara y por detrás. Un joven aristócrata fue mi primer y único amor de juventud, y estaba dispuesto a besarme, pero le desagradaba la idea de que pudiera ser algo más que su amante. Aquellos años en el terrible internado, donde me obligaron a bordar un cuadro que afirmaba que los pecados de la madre se reflejan en la hija. Nunca se me permitió olvidar quién era ni lo que era. ¡Nunca!

Will contuvo el aliento.

—Detesto saber que tuviste que soportar semejantes vejaciones. Pero ser ilegítima no te define como persona, de la misma manera que a mí no me define el título que ostento.

—¿Ah, no? Tal vez fuera un niño solitario hasta que llegó su hermano, pero siempre fue consciente de que heredaría el título de barón y de que algún día sería un lord. Mi madre poseía esa confianza aristocrática, y usted también la posee. Pero yo no. Y nunca lo haré.

—Tienes razón —convino él con el ceño fruncido—. Sí, los títulos pueden ser útiles. Puedo ofrecerte uno. Cásate conmigo y serás lady Masterson. Con el tiempo, eso sanará algunas de las heridas del pasado.

Atenea cerró los ojos, dolida.

—Señoría, esta proposición de matrimonio es el honor más grande que he recibido en la vida, pero debo rehusar. Supongo que no se habrá encontrado con muchas inglesas en la península Ibérica, así que imagino que el coqueteo entre nosotros era inevitable dadas las circunstancias. Pero la novedad de que yo sea inglesa y alta no basta. Vuelva a Inglaterra y encuentre una muchacha inglesa, educada y de buena familia, que sea adecuada para convertirse en lady Masterson.

—La opinión que tienes de mí es pésima, lo que me sorprende —repuso él con tirantez—. Al igual que la que tienes de ti misma. ¿No puedes verme como al sencillo Will Masterson, un soldado competente al que le gusta construir cosas y chapotear en el barro, y que cree que eres la mujer más fascinante que ha conocido en la vida?

Atenea abrió lo ojos y examinó ese rostro tan apuesto y enérgico. Era un buen hombre, y ella no sería una buena mujer si se aprovechara de esa decencia innata de la que hacía gala.

—¡Milord, no puedo verlo como a una persona sencilla! El abismo que nos separa es mayor de lo que imagina. Vuelva a casa. Algún día, no muy lejano, me agradecerá que lo haya rechazado.

—Atenea, ¡no renuncies a lo que hay entre nosotros! —La estrechó entre sus brazos y la besó con una desesperada intensidad que la abrasó por completo. Se habían besado antes, cierto, pero nunca había sentido la fuerza de la pasión que ocultaba tras esa fachada de hombre tranquilo. Por un delirante momento, le devolvió el beso, excitada por una locura que hasta ese momento nunca había experimentado.

Por un desquiciado instante, fue capaz de convencerse de que Will tenía razón, de que juntos podían vivir una vida feliz para siempre. Pero, después, el cristal que protegía la vela de la palmatoria, que se había ladeado, acabó cayéndose y estrellándose contra el suelo.

Se apartó de Will mientras la cera ardiente le quemaba la mano y recordaba todas las razones por las que debían mantenerse separados.

—¿Quieres oír mi vergonzosa historia al completo? —le preguntó, tuteándolo por la furia y con voz temblorosa—. Mi madre no solo era lady Delilah. También la llamaban lady Ramera, y yo era la hija de lady Ramera. Todas las niñas de aquel puritano e infernal internado lo sabían, y no les avergonzaba llamarse así. A ninguna le lavaron la boca con jabón por decir esa palabra. Porque no era un insulto, ¡era la verdad!

—¡Atenea, por Dios! —Will se había quedado blanco—. No sé si alguna vez podré resarcirte después de haber sufrido semejante abuso, pero ¡dame la oportunidad de intentarlo!

Ella suspiró, agotada.

—No dudo de tu sinceridad, pero no lo has pensado bien. ¿Quieres celebrar un baile o una cena en Londres y que la mitad de tus invitados se niegue a asistir porque no quieren estar en la misma casa donde está la hija de lady Ramera? ¿Quieres que la gente chasquee la lengua al verte y se compadezca de ti porque es una lástima que un hombre tan bueno y querido se haya casado con semejante manipuladora, que debe de ser igual de furcia que su madre? ¿Quieres batirte en duelo para defender mi honor? O peor aún, ¿acabarás creyéndote los rumores sobre mi promiscuidad? ¿Quieres que nuestros hijos lleven la mácula de la pésima reputación de su abuela?

La mirada de Will se tornó angustiada, pero no flaqueó.

—Lo pintas todo muy negro. No creo que sea tan malo. La gente olvida pronto, y una vez que todos te conozcan olvidarán los viejos escándalos. Estoy dispuesto a correr el riesgo del rechazo de la alta sociedad.

—Eso dice mucho de tu buen corazón, pero no así de tu sentido común. —Se despegó los pegotes de cera ya fría de la mano—. Nunca has sido el objeto de semejante odio, de semejante desdén, e infravaloras lo doloroso que resulta. Puesto que yo sí lo sé, no permitiré que asumas semejante carga. —La cera le había dejado la piel enrojecida. Lo miró a los ojos y añadió, recuperando el tratamiento formal—: Milord, solo podemos ser amigos distantes. Puede conseguir a cualquier mujer que se le antoje, así que búsquese una que encaje con usted y con su forma de vida y... que sea feliz. —Incapaz de soportarlo más, entró en tromba en su dormitorio. Mientras cerraba la puerta a su espalda, lo oyó decir en voz baja y angustiada:

—Te equivocas. Es obvio que no puedo tener a la mujer que se me antoje.

Sus palabras fueron como un cuchillo que le atravesara el corazón. Atenea cerró la puerta y echó el pestillo con manos temblorosas. Después, apoyó la espalda en la madera y luchó contra las lágrimas. Deseaba creer que juntos podían construir una buena vida. Pero cuando no estaba entre sus brazos, todos los insultos y las afrentas de su pasado cobraban vida y la zaherían.

Aunque a Will no le importara su condición de bastarda, a la gente que lo rodeaba sí le importaría.

18

Estupefacto, Will miró fijamente la puerta de Atenea. No le hizo falta oír el sonido que produjo el pestillo para reconocer la rotundidad de su decisión. Habían disfrutado mucho de su mutua compañía hasta esa noche, y unas pocas palabras lo habían cambiado todo.

Jamás se había sentido tan inútil. Con la cabeza hecha un lío, regresó al salón familiar. Sofía se había retirado con mucho tacto, dejando solo a Justin. Cuando entró en la estancia, su amigo le preguntó:

—¿Ha ido mal?

—Le he pedido a Atenea que se case conmigo. —Tomó una entrecortada bocanada de aire—. Al parecer, preferiría verme en el infierno.

Justin levantó una botella y le sirvió una generosa copa.

—Creo que necesitas una buena dosis de brandi local, que es muy bueno, por cierto. —Le ofreció la copa a Will—. No estoy al tanto de los detalles, pero es evidente que la señorita Markham se ha llevado una tremenda sorpresa al enterarse de que eres un aristócrata.

—Te quedas muy corto. —Will se dejó caer en el sofá antes de aceptar la copa de brandi, de la que bebió un buen sorbo. El alcohol le calmó los nervios—. He sido un imbécil al pedirle matrimonio mientras estaba tan sorprendida.

—Parecía bastante contenta hasta que yo he cometido el imperdonable error de revelar tu elevada alcurnia. —Justin miró su copa de brandi con el ceño fruncido—. Lo siento. No se me había ocurrido que no estuviera al tanto de tu posición social.

Will suspiró.

—Era imposible que lo supieras. Aunque me había dado cuenta de que a ella no le caía muy bien la aristocracia, no he mantenido mi título nobiliario en secreto de forma deliberada. La personalidad de lord Masterson ha tenido poco que ver con mi vida de los últimos años.

—A casi todas las mujeres les encantaría tener a un hombre rico y con título nobiliario detrás de ellas, pero es evidente que aquí pasa algo más —dijo Justin en voz baja—. ¿Quieres hablar del tema?

Will necesitaba hablar, y Justin tenía una visión muy clara, además de que sabía escuchar. Mientras le daba vueltas al brandi en la copa, Will sopesó cuánto decirle sin violar la intimidad de Atenea.

—Atenea es ilegítima. Su madre era hija de un aristócrata de gran relevancia, pero escogió llevar una vida escandalosa y disoluta. Fue amante de hombres poderosos y muy importantes, y al parecer decidió tener un hijo ilegítimo como acompañante.

—Por el amor de Dios, ¿lady Delilah Markham? —le preguntó Justin, sorprendido—. No sabía que había tenido una hija.

Will enarcó las cejas.

—¿Conociste a lady Delilah?

—No la conocí, no, pero una vez la vi de lejos en Oporto. Era despampanante, la clase de mujer a la que un hombre mira embobado para después intentar averiguar quién es. He oído muchas anécdotas suyas. Se decía que era tan alocada como hermosa y encantadora. Ahora que lo pienso, recuerdo vagamente que tuvo una aventura muy pública con un miembro de la familia real. ¿El rey?

—No, el príncipe Alfonso. —Dado que Justin estaba al tanto de los detalles más conocidos de la vida de Delilah, Will añadió—: Ahí nace el vínculo de Atenea con San Gabriel.

—¿Quién es su padre?

—Un aristócrata a quien su mera existencia le revolvía el estómago y que dispuso una anualidad con la condición de que nunca revelase su identidad. Después de la muerte de su madre, Atenea se quedó totalmente sola, y su padre la envió a un cruel internado, seguramente con la idea de que le sacaran la maldad del cuerpo.

Justin silbó por lo bajo.

—Empiezo a entender por qué no le caen bien los aristócratas. ¿Sabes quién es su padre?

—Si lo hiciera, me tentaría la idea de encontrar a ese desgraciado y romperle unos cuantos huesos —respondió Will con sequedad—. Salvo por eso, me importa muy poco su ascendencia. Acabamos de enterarnos de que nos vimos por primera vez durante el desastre del puente de barcos en Oporto, hace cinco años. Estaba en mitad del caos, salvando a una niña de morir ahogada, y casi se ahogó ella en el proceso. Es quien es, y eso me basta.

—¡Sabía que tú habías estado allí, pero es increíble que ella también! —exclamó Justin—. ¿Acabó en el fragor de la batalla mientras intentaba regresar a San Gabriel?

—Pues sí. Había ido a recoger a la princesa María Sofía, que se encontraba en un colegio de monjas en Oporto. Cuando los franceses invadieron la ciudad, fue clave para poner a salvo a las monjas y a las alumnas. Así fue como la conocí. Después de eso, escoltó a la princesa y a otra niña gabrieleña de vuelta a casa. Ha vivido aquí desde entonces, pero le gustaría volver a Inglaterra. De forma que nadie pueda reconocerla.

—¡Una mujer muy intrépida! Perfecta para ti —aseguró Justin—. Me recuerda a alguien, pero ahora mismo no recuerdo a quién. Ya me acordaré.

—A veces la llaman lady Atenea en señal de respeto. Se ha ganado dicho respeto, de la misma manera que yo me gané el derecho a que me llamaran mayor Masterson. Que me llamen lord Masterson es solo un accidente de nacimiento, nada más —adujo Will, exasperado—. A diferencia de tener dinero, que eso puede ser muy útil. Pero si los títulos nobiliarios son importantes, le he ofrecido uno. Cree que hay un abismo insalvable entre nosotros. Yo, no.

—¿Vas a rendirte sin intentar hacerla cambiar de idea?

—Claro que no. Ya sabes lo terco que puedo ser. Atenea es... —Meneó la cabeza. Ya sentía algo muy profundo por ella, y el honor y la vulnerabilidad que había demostrado esa noche habían hecho que sus sentimientos se intensificaran—. Nunca he conocido a una mujer como ella. No pienso irme de San Gabriel hasta haber cumplido con mi deber. Eso debería darle tiempo a Atenea para superar la sorpresa y darse cuenta de que no soy una dichosa estatua en un pedestal inalcanzable.

Justin se sirvió más brandi.

—Pero sí estás en un pedestal, aunque no sea inalcanzable.

—¡Me da igual que sea ilegítima! —estalló Will—. ¿Cómo puedo lograr que me crea?

—Tal vez crea que a ti te da igual, pero tiene motivos para creer que a los demás les importa, y mucho. —Justin meneó la cabeza—. Eres el hombre más justo y tolerante que he conocido, pero naciste con privilegios. Siempre supiste que, llegado el día, te convertirías en lord Masterson. De la misma manera que un pez no reconoce el mar en el que vive, creo que tú no eres consciente de los privilegios de los que disfrutas.

—Atenea me ha dicho algo parecido —admitió Will—. Sé que he sido afortunado, pero eso no me convierte en alguien especial, no en el fondo. Soy hijo legítimo y Mac no lo es, pero él es mucho más alegre y popular que yo, y ha amasado una fortuna con su esfuerzo. Nunca le ha faltado confianza en sí mismo.

—Creo que Mackenzie aprendió muy pronto a fingir confianza en sí mismo, seguramente para compensar la mancha de su nacimiento. ¿Alguna vez has hablado de la diferencia entre ser hijo legítimo y serlo ilegítimo?

Sorprendido, Will contestó:

—Nunca ha sido necesario, porque no era importante.

—Para ti no, pero me apostaría cualquier cosa a que la diferencia sí ha sido importante para Mac. —Justin frunció el ceño—. Casi todos nuestros compañeros de clase en la Academia Westerfield eran tan privilegiados como tú. Yo era el único de la primera clase que no pertenecía a la aristocracia. Ashton se convirtió en duque a los diez años, y Kirkland, Wyndham y tú siempre supisteis que heredarías títulos nobiliarios, mientras que Randall heredó una próspera propiedad y es el heredero de un condado. Ninguno de vosotros tuvo infancias felices, pero todos nacisteis en una cuna de oro.

Will miró a su amigo con el ceño fruncido.

—¿Te sentías inferior? No lo habría imaginado al verte, pero es evidente que no soy muy observador.

Justin sonrió.

—Soy escocés. ¿Por qué me iba a importar la opinión de un puñado de *sassenach*? Dicho esto, lady Agnes creó una atmósfera igualitaria en el internado que impidió que hubiera mucho acoso o pedantería.

—La Academia Westerfield es para niños de alcurnia y mal comportamiento, ¿cómo acabaste allí? —le preguntó Will, presa de la curiosidad—. Sé los motivos por los que nuestros compañeros de clase acabaron allí, pero no los tuyos. Siempre me pareció que te llevabas bien con tus padres.

—Lo hacía y lo hago. Tuve muchísima suerte al contar con ellos como padres. Asistí a la Academia Westerfield por un tema de flagrante oportunismo —confesó Justin de repente—. A mi padre le gustaba la idea de que el internado lo hubiera fundado la hija de un duque y creyó que sería bueno para el negocio que tuviera por compañeros a «un puñado de aristócratas malcriados», según sus palabras. Al principio no me hizo mucha gracia la idea, pero me prometió que, si detestaba el lugar, me enviaría a otra parte. Pero me gustaron mis compañeros, adoraba a lady Agnes y no tuve el menor problema de adaptación.

—Tu padre no se equivocaba —replicó Will con un deje guasón—. El puñado de aristócratas malcriados ahora bebe oporto Ballard.

—Las amistades son reales. El excelente oporto es un extra. —Justin sirvió más brandi para los dos—. Una cosa que me pregunto... Cuando la señorita Markham te habló de que era ilegítima y de su famosa madre, ¿tuviste que controlar la repulsión al oírla?

—Ni por asomo. —Lo que Will sintió fue una profunda ternura—. Quiero protegerla de cualquier desgraciado que le haya hecho daño en la vida.

—No es la clase de relación que se abandona a la ligera —replicó Justin—. Si te sirve de algo, creo que tu plan de darle tiempo a la señorita Markham para que asimile que eres un aristócrata es muy razonable. No se me ocurre nada mejor.

—No pienso rendirme así como así, claro que ella es tan terca como yo. —Will soltó una carcajada de repente—. ¡Uno de los muchos motivos por los que me gusta!

Justin levantó su copa.

—¡Un brindis por tu éxito! A tenor de lo que sé de la dama, creo que es perfecta para ti. Además, ¡los dos formáis una pareja arrebatadora!

Will brindó con su amigo.

—Ojalá que pueda convencerla de la misma manera que te he convencido a ti.

Después de que ambos bebieran por esa idea, Justin añadió con voz anhelante:

—Dado que vuestros sentimientos son recíprocos, creo que tienes la oportunidad de conseguir su mano y su corazón. Te envidio. Al menos tú tienes esperanzas.

No fue difícil interpretar sus palabras.

—Parecían saltar chistas entre la princesa y tú cuando os conocisteis.

Justin esbozó una sonrisa torcida.

—Buena descripción. Me bastó con mirarla para tener la sensación de que me había caído por un barranco. Pero no puedo aspirar a nada más que a una admiración respetuosa. Seguramente se convierta en reina, lo que significa que tendrá que escoger a un marido de alcurnia para beneficiar los intereses de San Gabriel. Los comerciantes escoceses deben abstenerse de presentar su candidatura. Además, es muy joven, por supuesto. Cuando por fin esté en edad casadera, se habrá olvidado de mí.

—No es tan joven como aparenta —lo corrigió Will—. Casi tiene veinticuatro años. Según la ley gabrieleña, puede subir al trono a los veinticinco.

—Así que es una mujer, no una jovencita —replicó Justin, sorprendido—. Aunque eso no cambia las cosas. El abismo entre un miembro de la casa real y un comerciante de vinos extranjero es mayor que la distancia entre la señorita Markham y tú.

Will rellenó sus copas.

—Cierto. Así que... ¡brindemos por los milagros!

Justin se echó a reír y le dio el gusto.

—¡Por los milagros!

Will había presenciado algún que otro milagro a lo largo de su vida. Ya solo le quedaba esperar otro más.

19

Una princesa debía ser refinada, educada y elegante. También debía ser inteligente, compasiva y racional. Jamás debía mostrarse arrogante, pero sí debía ser consciente de su rango y de sus responsabilidades. En resumen, ser una princesa requería un gran esfuerzo.

Pero, pese a todas las responsabilidades, una princesa podía soñar.

Sofía miró de reojo al hombre que cabalgaba a su lado. La noche anterior había soñado con Justin Ballard y no se había mostrado muy refinada con él. Sonrió en contra de su voluntad.

Le encantaban las múltiples facetas de ese hombre. Aunque era británico, su aspecto y su forma de hablar eran similares a los de un portugués. Ya había visto que podía hablar con cualquiera sin importar el rango, un rasgo que compartía con su amigo, el mayor Masterson. Aunque hacía gala de un comportamiento sosegado, no necesitaba preguntarle siquiera si tenía éxito en sus negocios, porque solo había que fijarse en la confianza que irradiaba. Nunca había conocido a un hombre como él.

Y, por supuesto, poseía un atractivo asombroso. Tenía unos increíbles ojos azules que resaltaban su piel, tan morena como la de un portugués, y que eran muy perspicaces, aunque también reflejaban sentido del humor e inteligencia. Solo con mirarlos se podría desmayar como una colegiala.

Las princesas decorosas no se desmayaban por mirar unos ojos bonitos ni unos hombros anchos, si bien podían admirarlos a placer en la intimidad de sus pensamientos.

El día había amanecido con una densa niebla mientras Justin, ella y el señor Da Cunha, el maestro vinatero real, examinaban los recién llegados sarmientos. El maestro vinatero había asentido con aprobación y había elegido los necesarios para plantar en los viñedos reales; después, había enviado los sarmientos a los campos para que el trabajo se hiciera bajo la supervisión de su capataz.

Acto seguido, Sofía, Justin y el señor Da Cunha partieron con una recua de mulas que cargaba con el resto de los sarmientos, que se distribuirían según fuera necesario. Mientras cabalgaban por el valle, el sol se fue alzando y la niebla se disipó, revelando la belleza de San Gabriel.

Delirante de emoción por el día que tenía por delante, Sofía azuzó a su caballo al trote para subir una colina. Al llegar a lo más alto, se detuvo e hizo un gesto teatral y exagerado con un brazo para abarcar todo el valle.

—¡Contemplad mi reino!

Debajo, el río discurría trazando curvas por el valle, y diseminadas por las montañas estaban las quintas, los antiguos viñedos que conformaban el alma y el corazón de la comarca vinícola de San Gabriel. Los dueños vivían y trabajaban en las antiguas construcciones de piedra, emplazadas en los empinados bancales.

Justin se colocó a su lado y contempló los bancales y los numerosos huecos entre las hileras de vides.

—Muy bonito. Y muy similar al valle del Alto Duero. —Meneó la cabeza—. Qué sacrilegio cometieron los franceses al destrozar tantas cepas.

—Demostraron ser muy cortos de miras, y eso que les gusta el vino tanto como a los gabrieleños —dijo el señor Da Cunha, dándole la razón, una vez que se reunió con ellos—. Sin embargo, había cepas que databan de un periodo anterior a la llegada de los romanos. Los dos o tres años que necesitaremos para recuperar la productividad total no son nada comparados con eso.

—Eso espero —replicó Sofía—. ¡Pero soy impaciente!

—Los jóvenes siempre lo son —repuso el maestro vinatero con indulgencia. Miró hacia atrás para ver cómo la recua de mulas avanzaba lentamente bajo la supervisión de seis de los trabajadores portugueses recién llegados—. Las mulas de carga son lentas y buenas para desarrollar la paciencia, así que las dejaré con ustedes mientras yo me adelanto hasta la quinta del señor Carnota. Puede enviar a sus hijos a las quintas colindantes para que busquen hombres que nos ayuden.

—Muy bien, señor Da Cunha —replicó Sofía con educación.

Mientras el maestro vinatero se alejaba en dirección a los edificios bajos y alargados que tenían frente ellos, Justin dijo:

—Supongo que en realidad quiere hablarles de mí, un comerciante de vino extranjero, y asegurarles que no soy un ignorante en cuestión de caldos después de todo.

Sofía rio y replicó:

—Inteligente por su parte satisfacer la curiosidad de la gente antes de que usted aparezca. Pero estoy segura de que les caerá bien. Ya ha visto lo satisfecho que se mostró el señor Da Cunha mientras elegía los sarmientos para los viñedos Alcántara. Sabe reconocer la buena calidad.

—Es un buen conocedor de la materia. —El camino acababa en el viñedo de los Carnota. Justin detuvo a su caballo y desmontó. Mientras la recua de mulas pasaba por su lado sin demostrar el menor interés, se arrodilló, cogió un pellizco de tierra y la probó.

Sofía se detuvo, intrigada, al verlo.

—¿A qué sabe la tierra?

—Es difícil de describir. —Justin se incorporó, se sacudió las manos y, acto seguido, cogió la cantimplora que llevaba atada a la silla de montar y se enjuagó la boca—. Es ácida. Como el suelo del valle del Alto Duero, aunque hay una diferencia que no sabría explicar y que hace que los vinos de San Gabriel sean excelentes.

Sofía asintió con la cabeza.

—*Terroir*, el terruño. El señor Da Cunha dice que esa es la palabra francesa para la tierra, el clima, la lluvia y todo lo que hace que el vino de un lugar sea único.

—Exacto. Lo mismo sucede con otras cosas como el queso, por ejemplo, la carne, la fruta y otros productos agrícolas. —Le regaló una sonrisa afectuosa y traviesa—. ¿Quiere probarla?

Sofía parpadeó. Claro que los agricultores probaban la tierra de forma regular, y nunca había oído que alguno hubiera muerto.

—Sí, por favor. —Se quitó un guante.

Justin se agachó para coger otro pellizco y se lo dejó en la palma de la mano. Sus dedos rozaron la piel desnuda, y fue como sentir la descarga eléctrica que a veces la atravesaba en invierno después de haber caminado sobre una alfombra. Pero... más agradable. Se guardó el pensamiento para analizarlo después y tocó con precaución la tierra con la lengua.

—Tal como ha dicho, ácida —dijo con un tono de voz reflexivo—. No he probado la tierra de ningún otro sitio, así que no puedo comparar, pero recordaré que este es el sabor de la comarca vinícola del Duero. El sabor de San Gabriel.

—Es usted una princesa muy intrépida —dijo Justin mientras montaba de nuevo.

Ella se enjuagó la boca con agua de su cantimplora y la escupió.

—Es mi país, mi responsabilidad —replicó con seriedad—. Es mi deber estar al tanto de todo lo relacionado con él en la medida de lo posible. Y eso incluye la tierra.

Mientras proseguían el camino hacia la quinta, Justin dijo:

—Los vinos buenos reflejan la tierra y el clima. Aunque San Gabriel forma parte de la vertiente del Duero, eso no significa que la tierra tenga la misma composición. Dado el sabor del vino local, supuse que la tierra debía de ser muy similar, y acabo de confirmarlo.

—Así que lo único que debemos hacer es retomar el ritmo de producción habitual y encontrar el modo de transportar el vino a Oporto y al resto del mundo. —Sofía esbozó una sonrisa tristona—. Resulta extraño pensar que el fruto de nuestras vides viajará a sitios que yo nunca conoceré.

Justin le dirigió una mirada penetrante.

—¿Desea visitar países lejanos?

Ella asintió con la cabeza.

—De pequeña, el extranjero nunca me interesó mucho. Hasta que me enviaron a Oporto, a un colegio de monjas. La primera vez que vi el mar... —Guardó silencio, renuente a confesar la fascinación que sentía por los barcos y su sueño de visitar lujares exóticos—. Justin, hábleme de su hogar. Parece portugués, salvo por los ojos azules. ¿Los escoceses son como usted?

—La mayoría tiene la piel muy blanca, pero yo tengo una abuela portuguesa y he pasado mucho tiempo al sol —contestó él—. Escocia es verde, a menudo está cubierta de niebla y es mágica. ¡A veces también es fría, húmeda y deprimente!

—¿Echa de menos su hogar?

—Sí, pero me encanta Portugal. También me encanta Londres, donde Oporto Ballard tiene las oficinas centrales y un almacén. —Le regaló una sonrisa renuente—. Supongo que es mejor tener varios lugares que no tener ninguno, pero me resulta difícil pensar en asentarme en un lugar fijo para toda la vida. El negocio de la naviera me gusta precisamente por ese motivo.

—Me encantaría conocer Londres. El tío Alfonso se lo pasó muy bien allí y solía contarnos muchas historias de su estancia en la ciudad.

—Es un lugar grandioso, pero el clima aquí es mejor —comentó Justin, haciendo gala de su pragmatismo—. Algún día lo comprobará por sí misma. Cuando la situación política se estabilice de nuevo, podrá visitar Londres. Podría alojarse en Ballard House. Mi madre y mis hermanas estarían encantadas de recibirla.

Sofía suspiró y miró hacia el otro extremo del valle.

—Si me convierto en reina, una posibilidad que cobra fuerza con cada día que pasa, no me será posible viajar tan lejos. Al menos, no hasta que sea mayor y haya tenido hijos que me sucedan.

—¿No cree que su padre y su hermano vayan a regresar? —le preguntó Justin en voz baja.

—La esperanza sigue viva —contestó ella con un hilo de voz—. Pero no soy tonta. No hemos tenido noticias desde que Baudin se los llevó encadenados. Puede haberles disparado y haberlos enterrado en cualquier sitio al otro lado de las montañas. O haber dejado que sus cuerpos fueran pasto de las alimañas. —Se le quebró la voz y agachó la cabeza para ocultar las vergonzosas lágrimas.

Justin acercó su caballo al suyo, de manera que casi se tocaban, y extendió el brazo para aferrarle la mano. La sostuvo un buen rato antes de soltarla y alejarse.

—Me imagino lo difícil que este último año ha debido de ser para usted. Pero, por lo que he visto, lo está haciendo admirablemente bien. Su padre estaría orgulloso si pudiera verla ahora.

—Estoy intentando convertirme en la reina que San Gabriel necesita. No sé qué habría hecho sin Atenea. —Torció el gesto—. Dependo demasiado de ella. Hace un año, mi única preocupación, bastante frívola por cierto, era con quién me casaría. Atenea hacía todo lo posible por enseñarme cosas importantes, pero no empecé a tomarme en serio sus lecciones hasta que se llevaron a mi padre y a Alexandre. Ahora sí presto atención cuando Atenea me explica cuáles son las responsabilidades de una reina.

Justin la miró de reojo.

—Supongo que su padre le habría concertado un matrimonio ventajoso desde el punto de vista político, ¿verdad?

—Como no era la heredera, mi padre estaba dispuesto a dejarme elegir marido dentro de unos límites razonables. Por supuesto, no podría casarme con un don nadie sin fortuna, debería ser un marido que proporcionara algún tipo de beneficio para San Gabriel, pero habría tenido más donde elegir. —Torció el gesto de nuevo—. Ahora tendré que casarme con algún gran duque desagradable con verrugas y papada.

Justin se echó a reír.

—¡Seguro que tiene más opciones que esa!

—¡Eso espero! —Y añadió, recuperando la seriedad—: El aspecto de mi marido no es lo importante. Lo que importa es encontrar un hombre que no intente hacerse con el control de San Gabriel porque yo solo sea una mujer débil. Me casaré con el gran duque Sapo si respeta que yo soy la reina y que este es mi país. Él será mi consorte, no el rey.

—Será difícil encontrar un hombre así —comentó Justin—. Los hombres que nacen con una posición de poder a menudo ansían aumentar dicho poder.

—Lo sé. —Sofía hizo un gesto exasperado con una mano—. ¡Ni siquiera sé cómo empezar a buscar un marido apropiado! Hablaré del tema con el coronel Da Silva cuando regrese a San Gabriel. Es un hombre inteligente, con mucho mundo. Seguramente lo nombre primer ministro. Estoy segura de que podrá aportar ideas de utilidad.

—Un próspero comerciante extranjero al que no le interesa el poder sería una buena elección en ciertos aspectos —repuso Justin en voz baja mientras la miraba con expresión intensa—. Pero, claro, sería imposible.

Una emoción empezó a vibrar entre ellos, ardiente y poderosa.

«Si fuera libre para elegir, elegiría a este a hombre y nunca me arrepentiría», pensó Sofía con una certeza clara e innegable. Habría pensado que todo parecía ridículo de no ser porque sus padres sintieron lo mismo cuando se conocieron.

Tal vez el amor a primera vista fuera una característica del apasionado carácter gabrieleño, pero Justin era británico y veía la misma certeza en sus ojos. Tal vez esa habilidad para amar al instante fuera un rasgo heredado de su abuela portuguesa.

Pero su madre era la hija de un acaudalado aristócrata español y llegó con una buena dote, lo que significaba un buen matrimonio en términos de posición social y riqueza. Sofía era una princesa heredera que cargaba sobre los hombros el peso de su pequeño país, mientras que Justin era un comerciante extranjero. Aunque los gabrieleños la apoyaban, muchos verían con horror semejante matrimonio. Dañaría al país y eso no lo podía permitir.

Intentó mantener un tono distendido al replicar:

—¡Sí, es un imposible! Tendré que casarme con uno de los duques Sapo que hay por el mundo.

—A veces hay matrimonios por amor entre la realeza. Espero que el suyo sea así —dijo él, con una mirada pesarosa y resignada. Miró de nuevo hacia la quinta y comentó—: Parece que el señor Carnota ha hecho un buen trabajo reuniendo a los vecinos.

—Eso nos ahorrará mucho tiempo —repuso Sofía con la esperanza de que su voz sonara normal. La conversación llena de insinuaciones que acababan de mantener Justin y ella era lo más cerca que habían estado de debatir que una relación entre ellos era imposible. Su deber tenía que estar por encima de su felicidad personal, y la realidad le estaba destrozando el corazón.

Sin embargo, había cierto consuelo en la certeza de que él también sentía algo por ella. Ese consuelo tendría que bastar.

20

Tras pasar una semana cabalgando por San Gabriel para distribuir comida y comprobar las necesidades de la gente, Atenea había recuperado el control. Ojalá no hubiera cedido hasta el punto de hablarle a Will de lady Ramera, una de las peores pesadillas en su cámara de los horrores particular, pero confiaba en él y sabía que no se lo contaría a nadie.

Aunque le había asegurado con convicción que no le importaban ni el hecho de que ella fuera ilegítima ni la reputación de su madre, era evidente que se había sorprendido por la atmósfera de ostracismo social que le había descrito para él y para los hijos que pudieran tener. Como era un caballero de los pies a la cabeza, no podía retirar su proposición de matrimonio, pero a esas alturas sin duda se sentía muy aliviado.

La semana que había pasado observando los problemas de los demás había conseguido que pusiera las cosas en su justa perspectiva. Había visitado hogares que habían perdido a sus hijos y a sus maridos por la guerra, y chozas en las que sus moradores estaban al borde de la inanición, pero todos la habían recibido con los brazos abiertos. Su corazón herido era un rasguño en comparación.

Tras visitar casi todas las aldeas y las quintas de San Gabriel, hizo volver a su grupo, descargó la recua de mulas y regresó al castillo. Ya se sentía capaz de tratar a Will Masterson tal como trataría a un amigo, nada más.

Con suerte, pronto se marcharía a casa y ella no tendría que volver a verlo.

Mientras Will y Tom Murphy observaban las turbulentas aguas del río San Gabriel, el ordenanza le preguntó:

—¿De cuándo cree que es el puente, señor? ¿Cree que lo construyeron los romanos?

—Creo que el puente seguiría en pie de haberlo construido los romanos. Calculo que tendrá trescientos o cuatrocientos años. —Miró al sargento—. Has trabajado en unos cuantos puentes. ¿Cuáles fueron los peores?

—¡En los que los franceses nos disparaban mientras nosotros corríamos por el fango de un lado para otro! —contestó Murphy con fervor.

Will sonrió.

—No te lo puedo discutir. En cuanto a proyectos de construcción de puentes, ¿crees que este será fácil o difícil?

Tom entrecerró los ojos mientras analizaba las orillas y la corriente del río.

—Debería ser más fácil que la mayoría —contestó con cautela—. Los pilares de piedra en ambas orillas están intactos, y ahora que la primavera ha derretido la nieve se puede ver otro pilar de piedra en mitad del río, algo que será un buen punto de apoyo para la sección central del puente.

—El pilar central nos facilitará mucho el trabajo —convino Will mientras calculaba la longitud y pensaba el diseño—. Las vigas que hemos sacado de los establos reales son fuertes y largas, de casi veinte metros cada una. Podemos usar la mitad para llegar desde esta orilla al centro y la otra mitad para llegar desde el centro a la orilla más alejada. ¿Cómo crees que deberíamos hacerlo?

—Use las vigas para construir dos pontones de veinte metros —contestó el ordenanza sin titubear—. Por suerte, también hemos recuperado muchas planchas de madera del establo, que deberían bastar para que los pontones fueran muy sólidos.

—Algo importante para un puente que tiene que durar de forma indefinida, no unos pocos meses. ¿Cómo colocaremos los pontones en su sitio?

—En primer lugar, alguien tendrá que nadar hasta el pilar central para colocar sogas que conecten la orilla con el pilar.

—¿Te estás ofreciendo voluntario?

—¡No, señor, usted es mucho mejor nadador! —respondió Tom—. Una vez que las sogas estén colocadas, habría que meter en el agua el primer pontón en un punto más alto del río, de modo que flote hasta aquí, para luego levantarlo hasta que se asiente sobre el pilar central y el del la orilla oriental. Una vez que ese pontón esté asegurado y con las planchas en su sitio, podemos llevar por él el segundo pontón hasta el centro del puente y luego extenderlo hacia el pilar de la orilla occidental. Eso funcionaría, ¿no?

Will asintió con la cabeza en señal de aprobación.

—Muy bien. ¿Crees que habría que colocar barandillas a ambos lados?

—Dado que van a cruzarlos personas y ganado, desde luego que habría que colocar algún tipo de parapeto para que no se caigan al agua —contestó Tom—. Las ovejas no son muy listas. Sería una pena que se ahogaran en el río.

—¿Tenemos madera suficiente para los parapetos?

—Ahora mismo no, pero podríamos colocar unos postes cada pocos metros a cada lado y unirlos con cuerdas, cubriendo toda la longitud del puente —propuso Tom tras pensarlo—. Dos niveles de cuerdas al menos. Tres si hay soga suficiente. No sería tan bueno como un parapeto sólido, pero se podría colocar rápidamente.

—Servirá —convino Will—. ¿Cuánto crees que tardaremos en reconstruir el puente?

—Señor, ¿me está examinando? —le preguntó Tom, suspicaz.

Will se echó a reír.

—Más o menos. Si decides quedarte en San Gabriel te vendrá bien contar con un oficio, y creo que no le faltará trabajo a un buen constructor.

—¿Podría quedarme aquí sin que me considerasen un desertor, señor? —preguntó el sargento, sorprendido—. Me alisté para veintiún años para así cobrar la pensión si vivía lo suficiente, algo que no esperaba que sucediera.

—Ahora que ha terminado la guerra, puedo conseguir que vuelvas a la vida civil, aunque no cobrarías pensión alguna. —Will pensó en los «privilegios» de los que le había hablado Justin. Sí, el mayor lord Masterson tendría en su mano facilitarle a un joven soldado el poder quedarse en San Gabriel si así lo deseaba—. No hay motivos para que vuelvas a Gran Bretaña, a menos que desees volver a Irlanda, por supuesto.

Tom suspiró y el acento irlandés se hizo más evidente:

—Sería bonito ver de nuevo los verdes campos de Irlanda, pero no se equivoque, allí no me espera nada. Mi madre está muerta, mi padre seguramente esté buscándose la muerte en el fondo de una botella y mis hermanos y hermanas no saben leer ni escribir, de modo que no he tenido noticias suyas desde hace años. No sé qué sería de mi vida allí.

—Mientras que en San Gabriel está María Cristina.

Tom se ruborizó.

—Sí, señor.

—Parece una joven muy agradable —lo animó Will.

—Lo es, señor, lo es. A lo mejor no lo sabe usted, pero los franceses mataron a uno de sus hermanos menores cuando invadieron el país. La señora Oliviera ha estado dejando caer indirectas de que le gustaría tener otro hijo. Parece que le caigo bien al señor Oliviera, pero no permitiría que Cristina se case con un hombre que no puede mantenerla como es debido.

—¿Su aprobación te parece bien o te resulta aterradora?

El ordenanza sonrió.

—Me parece de maravilla, señor. Son una familia estupenda y han sido muy amables conmigo, al menos desde que descubrieron que soy católico. Pero si Cristina y yo nos casamos, me gustaría tener casa propia.

—Sería lo más aconsejable, sí —convino Will—. Al ser de dos países distintos, necesitaréis tiempo para acostumbraros a las peculiaridades de cada uno, y será mucho más fácil sin la familia política observando cada movimiento y tomando partido cuando tengáis una discusión. Con mucha algarabía.

Tom hizo una mueca.

—Lo he pensado, pero no tengo dinero para comprar una casa.

—Si decides quedarte y sentar la cabeza, te mereces un buen regalo de bodas por todo lo que has hecho por mí. Una casa me parece lo más adecuado.

Tom se volvió para mirarlo sin dar crédito.

—¿Haría eso por mí?

Will asintió con la cabeza mientras se preguntaba si la riqueza y el privilegio no serían lo mismo. Lo eran, en cierto sentido. Podría comprarles una casa a Murphy y a su flamante esposa sin que sus cuentas lo notaran.

—No tienes que decidirte ahora mismo, pero piénsatelo.

Tom recorrió el valle con nuevos ojos.

—No se lo diré a Cristina de momento. Necesito pensármelo más para estar seguro. Pero es un país feliz pese a todo lo que ha soportado. —Tras una pausa, añadió en voz baja—: Me resulta fácil imaginarme llevando una vida larga y plena aquí, con Cristina.

«A ver si alguien puede ser feliz», pensó Will con sorna.

—Puedes pensártelo mientras reconstruimos el puente. ¡Después vamos a por las cuevas donde está almacenado el vino!

—Cuando las abramos, habrá una celebración, ¡anda que no! —exclamó Tom, exuberante.

Cualquier cosa que lo mantuviera ocupado era bienvenida, pensó Will. ¿Cuánto tiempo mantendría alejada del castillo a Atenea lo que estaba haciendo?

Demasiado, maldita fuera.

—Me pregunto dónde está todo el mundo —dijo María Mercedes Da Silva mientras atravesaban a caballo el pueblo en dirección a la casa de los Da Silva. Era una muchacha de ojos brillantes, muy vivaracha, y también la mejor amiga de la princesa Sofía, que había ansiado descubrir nuevos cotilleos al final de su largo viaje de esa semana.

—¿Crees que mi padre y los demás habrán vuelto ya y que habrá una celebración?

—Todavía no —contestó Atenea, que lamentó tener que acabar con las esperanzas de Mercedes. Además de echar de menos a su padre y a su hermano, uno de los jóvenes tenientes de su padre y ella eran novios, de modo que la muchacha no cabía en sí de la emoción—. De ser así, habríamos visto los indicios de un gran número de jinetes procedentes de España. Pero tal vez se esté celebrando otra cosa.

—A lo mejor ya han reconstruido el puente —sugirió Mercedes—. Eso bien merecería una celebración. —Al ver al anciano guarda en la entrada de la residencia Da Silva, gritó—: Diego, ¿dónde están todos?

—¡Están a punto de abrir las cuevas del vino! —les contestó a gritos, con una sonrisa enorme en su cara arrugada—. El puente está listo y todo está bien. Así que el mayor inglés puso a los hombres a cavar para abrirse paso hasta las cuevas. ¡Las abrirán en cualquier momento y todos los gabrieleños quieren celebrarlo! —Suspiró con un exagerado pesar—. Todos menos el pobre Diego.

Entre risas, Mercedes replicó:

—¡Ay, pobre Diego! Le diré a uno de los criados que esté en las cuevas que venga a relevarte antes de que acabe la fiesta para que puedas unirte a la celebración.

Él volvió a suspirar, más alto si cabía.

—Supongo que me tendré que conformar, señorita Mercedes. Es usted muy amable con un anciano inútil.

—¡Eres un maestro a la hora de dar lástima, Diego! Pero conmigo no funciona. ¡Nos vamos a las cuevas!

Will Masterson estaría en el fragor de todo. La idea hizo que Atenea se preguntara hasta qué punto mantendría el control cuando se vieran cara a cara, porque sería imposible evitarlo por completo.

—Llevaré las mulas al castillo, los demás podéis ir a las cuevas.

—¡Tonterías! —exclamó María—. Sofía y tú cerrasteis las cuevas para proteger nuestro vino de esos malvados franceses, y es de justicia que estéis allí cuando las reabran.

Atenea se volvió hacia los criados reales, que montaban tras ellas y que se encargaban de las descargadas mulas.

—¿Alguien quiere regresar al castillo ahora?

Todos corearon una rotunda negativa. Todos tenían ganas de celebrar una fiesta.

—Las mulas se pueden quedar aquí de momento —dijo Mercedes—. Nuestro gran Diego las llevará al establo y se encargará de darles agua y comida.

El guarda levantó la cara al cielo y masculló algo, una plegaria o tal vez una maldición. Atenea sabía que era una vieja costumbre entre Diego y los miembros de la familia Da Silva, de modo que se resignó para lo inevitable. Tras tensar las riendas, dijo:

—¡Pues a las cuevas nos vamos!

Si no podía evitar ver a Will, al menos esperaba que estuviera espléndido con su uniforme. Eso compensaría el nerviosismo que la corroía.

Cuando por fin llegaron a las cuevas donde se almacenaba el vino, había recuperado el control sobre sus nervios. Una parte de la población de esa zona del valle se había congregado y ya había empezado la celebración. Se habían dispuesto mesas improvisadas con comida y bebida; los niños corrían y chillaban; los bailarines giraban al son de una música alegre; el sabroso olorcillo de un asado flotaba en el aire.

—¡Cerdo asado! —exclamó Mercedes, eufórica—. No hemos tenido una fiesta tan maravillosa desde que los franceses aparecieron.

Que se hubiera sacrificado un cerdo para la celebración indicaba lo mucho que los gabrieleños apreciaban su vino. Con tantas personas presentes, nadie probaría más que un bocado, pero el cerdo era un símbolo de todo lo bueno que estaba por llegar. Y su olor era absolutamente delicioso.

La enorme cantidad de tierra y piedras caídas que cubrían las entradas de las cuevas estaba atravesada por un sorprendente rectángulo oscuro, del que salían nubes de polvo. No había ni rastro de Will. Atenea cayó en la cuenta de que debería haber esperado que estuviera excavando el túnel en vez de supervisarlo todo desde la distancia, como un gran señor.

Sofía y Justin Ballard se encontraban cerca de la entrada. Al ver a Atenea, Sofía la saludó como una loca con la mano para pedirle que se acercara a la excavación. Uno de los criados reales le dijo:

—Vaya con la princesa, lady Atenea. Yo me encargaré de su caballo.

Atenea le dio las gracias y desmontó para abrirse paso entre la multitud. Cuando llegó al pequeño claro junto a la entrada, Sofía la recibió con un abrazo.

—¡Hemos hecho muchísimas cosas durante esta semana, Atenea! ¡Primero el puente y ahora esto!

Sofía señaló las cuevas. La entrada estaba apuntalada con vigas algo torcidas, pero resistentes, y un extraño objeto sobresalía de la boca. Desconcertada, Atenea examinó las ruedas, la ancha banda de cuero y al trabajador que hacía girar una manivela que accionaba la banda de cuero que salía del túnel.

—¿Qué narices es eso?

—Will lo llama «cinta transportadora de tierra» —le explicó Justin—. Vio algo parecido en una mina de Yorkshire. Ha construido esta con ruedas viejas y pieles de vacas curtidas, de modo que podamos sacar la tierra más deprisa.

En ese momento, dos cubos llenos de tierra se acercaron al final de la cinta transportadora. El hombre que hacía girar la manivela dejó de hacerlo, cogió los cubos y se los pasó a otro trabajador, quien a su vez se los llevó a un montón que estaba bien alejado de las cuevas. Los cubos vacíos volvieron a la cinta para regresar al interior.

—¡Qué ingenioso! —exclamó Atenea—. ¿Han llegado ya a la puerta de la primera cueva?

—Sí. Quería verlo, pero Will no nos ha permitido entrar —protestó Sofía—. No quería que nos quedáramos atrapados si había problemas.

—Pero ¿no pasa nada si el que acaba atrapado es él? —preguntó Atenea con un deje escéptico en la voz.

—El riesgo es mínimo —le aseguró Justin—. Will solo está siendo precavido con la seguridad de Su Alteza Real.

Sofía y él intercambiaron una mirada llena de complicidad. A Atenea le dio un vuelco el corazón. No había indicios de nada inapropiado, pero saltaba a la vista que habían estrechado lazos mientras ella estaba fuera. Vio mucha emoción y ternura, pero sin poder expresarla de forma legítima.

Pese a la algarabía de la celebración, se oían los golpes que se producían en el interior del túnel. Atenea observó la entrada, consumida por la curiosidad. Nunca se había arrepentido de haber provocado la avalancha que protegió el vino de San Gabriel de los franceses, pero sí rezaba por poder salvar los barriles y las cajas de botellas.

Solo había un modo de averiguar cómo progresaba el proyecto.

—Yo no tengo sangre real —dijo antes de entrar en el túnel.

Tuvo que inclinar un poco la cabeza, pero no tanto como había esperado. El túnel tenía que ser lo bastante grande como para permitir que sacaran los barriles de vino de mayor tamaño. La cinta transportadora de tierra estaba instalada junto a la pared de su derecha y, cada tres metros o así, habían colgado un farol de una de las vigas del techo.

La cinta transportadora terminaba en lo que ella calculó que era el centro del túnel. Un hombre bajito y corpulento se acercaba a ella, con un cubo en cada mano. Sonreía alegremente, dejando al descubierto unos dientes que parecían blanquísimos en contraste con la suciedad de la cara. No lo reconoció, así que supuso que era uno de los trabajadores llegados desde Oporto.

Oyó una voz a su espalda que hablaba en portugués y, al darse la vuelta, vio que Justin Ballard la había seguido y que estaba saludando al trabajador.

—Yo tampoco tengo sangre real, y me muero de curiosidad por saber si el vino ha sobrevivido.

—Siento que no tenga sangre real —replicó ella, y el significado quedó bien claro.

Él hizo una mueca.

—Yo también. Pero no puedo arrepentirme de haber venido a San Gabriel.

Un hombre filosófico. Era un rasgo muy útil en su situación. Ella también fue muy filosófica en otro tiempo, pero Will estaba haciendo trastadas con su distanciamiento.

El final del túnel ya quedaba a la vista, de modo que Atenea vio que Will y el señor Da Cunha, el maestro vinatero real, estaban apartando con palas la tierra que cubría la enorme puerta de madera. Will se había quitado la casaca roja para no ensuciarla y estaba en mangas de camisa, cuyo lino blanco estaba manchado de tierra. Esbozó una sonrisa torcida. Estaba espléndido de cualquier manera.

—¡Has encontrado la entrada! —exclamó Justin.

—Gracias al señor Da Cunha. —Will hizo una mueca apenas perceptible antes de poder disimular su reacción al verla—. No deberíais estar aquí.

—No hemos podido contenernos —replicó Will con voz alegre—. Además, confío mucho en tus habilidades mineras.

Will se encogió de hombros.

—Bien pocas que tengo, pero ha sido un trabajo relativamente fácil, ya que es un terreno plano y solo había que atravesar tierra y piedras caídas, no abrirse camino por un muro de roca. Solo hemos tenido que seguir el camino en línea recta hacia delante. Sencillo.

—¿Será difícil alargar el túnel hasta la segunda cueva? —le preguntó Justin.

—Las cuevas estaban conectadas por dentro —explicó el señor Da Cunha—. Si Dios quiere, podremos entrar en la segunda cueva sin necesidad de excavar más.

Atenea cruzó los dedos.

—Ojalá que la avalancha no provocara daños en el interior.

—Lo mismo digo —convino el señor Da Cunha—. Pero la princesa y usted hicieron lo que era necesario. ¡Mejor perder todo el vino que dejar que se lo llevaran los franceses! —Escupió después de pronunciar la palabra «franceses».

Will terminó de descubrir las jambas de la puerta, limpió la cerradura con una varilla metálica y luego retrocedió. Con una floritura de la mano izquierda, dijo:

—¡Señor, haga los honores!

21

Sofía consiguió controlar la curiosidad que le provocaba la excavación hasta que Justin siguió a Atenea hasta el túnel. Exasperada, se coló tras ella. Una buena cantidad del vino almacenado en las cuevas era suyo o, al menos, de su familia, lo que seguramente le otorgara el derecho a observar el proceso.

El golpeteo de las herramientas en el otro extremo del túnel silenció sus pasos. Dejó atrás a un trabajador que la reconoció y le hizo una torpe reverencia. Ella le hizo un gesto con la mano para restarle importancia a su presencia y se llevó un dedo a los labios para pedirle que no la delatara. El hombre inclinó la cabeza al entender lo que le pedía y siguió trabajando, llenando cubos de tierra.

Alcanzó a Atenea y a Justin justo cuando Will Masterson acababa de despejar la puerta y le cedía el paso al señor Da Cunha. Puesto que era menuda, podía fisgar sin que la vieran. El maestro vinatero real sacó con mucha ceremonia una enorme llave de hierro y la insertó en la cerradura.

Mientras el hombre abría la puerta, Will ordenó:

—Retroceded por lo menos cuatro metros. Esto no es una mina, así que seguramente no haya gases explosivos, pero a saber lo que puede haber provocado el corrimiento de tierra.

La advertencia hizo que Atenea, Justin y Sofía retrocedieran unos tres o cuatro metros. El maestro vinatero forcejeó con la llave hasta que pudo abrir. Cuando lo hizo, Will aferró el tirador de hierro forjado con ambas manos y tiró con fuerza. La puerta se abrió con un chirrido.

Una bocanada de aire con un fuerte olor a vino se coló en el túnel. El olor era tan intenso que Atenea estornudó y Sofía estuvo a punto de toser.

—¡La parte de los ángeles! —exclamó Justin con cariño—. El aroma embriagador provocado por la evaporación en las bodegas. Es sorprendente la gran cantidad que se puede almacenar cuando está en un lugar cerrado durante casi un año.

A Sofía siempre le había encantado el término «la parte de los ángeles» para designar la parte de alcohol que se evaporaba de los barriles y las barricas mientras el vino envejecía, así que le pareció un buen momento para anunciar su presencia con un aplauso. Al ver que Atenea y Justin se volvían, sorprendidos, dijo con alegría:

—Yo tampoco he podido resistirme a mirar. Al fin y al cabo, gran parte de ese vino es de los Alcántara.

El maestro vinatero, que le había enseñado a Sofía casi todo lo que sabía de vino, chasqueó la lengua con indulgente desaprobación. Tras entregarle uno de los faroles, dijo:

—Alteza, suyo es el honor de ser la primera en entrar.

Sofía cogió el farol con una mano y le dio la otra a Atenea.

—Vamos, amiga mía, veamos qué provocamos aquel peligroso día.

—¡Espero que no muchos daños! —exclamó Atenea con fervor.

Atravesaron el vano de la puerta de la cueva las dos juntas. A juzgar por el intenso olor, Sofía temió ver barriles rotos, pero todo parecía intacto, por milagroso que pareciera. En algunos sitios había montoncillos de tierra allí donde se había desprendido del techo a causa de la avalancha, pero todos los barriles estaban lo bastante lejos de la puerta como para haberse librado de sufrir daños.

Levantó el farol por encima de la cabeza y la luz reveló hileras e hileras de cajas que desaparecían en la oscuridad. Cada caja estaba marcada con el sello de la quinta que lo había producido. Un tercio o así lucía el emblema real de los Alcántara.

—¡Todo está bien! —exclamó, dirigiéndose a los hombres que estaban fuera—. La cueva está tal cual lo estaba antes de la invasión francesa.

Asombrado, Justin entró en la cueva y preguntó:

—¿Cuánto vino hay almacenado aquí?

—Mucho —contestó el señor Da Cunha—. Hemos tenido varias cosechas excelentes, así que se produjo más vino del que San Gabriel podía consumir. Detrás de esta cámara hay varias más, y la cueva nueva es más grande que esta.

—Una gran cantidad de vino, desde luego —replicó Sofía. El suficiente para ayudar a la economía de San Gabriel si lograban comercializarlo.

—La mitad más o menos es vino normal, y la otra mitad lleva otros licores más fuertes añadidos para aumentar la longevidad y el sabor. —El maestro vinatero levantó el llavero y seleccionó otra pesada llave—. Ahora vamos a ver si la cámara más reciente también ha sobrevivido.

Echó a andar hacia la mitad de la estancia y se detuvo frente a una enorme puerta situada entre dos estanterías rebosantes de cajas de madera con botellas. Esa cerradura se abrió con más facilidad. Abrió la puerta y retrocedió mientras emanaba otra potente oleada de aromas. Cuando el olor se disipó, el señor Da Cunha levantó el farol y entró con los demás pisándole los talones.

—Es un milagro —susurró el viejo maestro vinatero mientras la luz del farol revelaba los barriles y las cajas de botellas, que descansaban tan tranquilamente. Se le llenaron los ojos de lágrimas—. Un milagro de santa Deolinda.

Al regresara a la cueva principal, Justin le preguntó a Sofía:

—¿Santa Deolinda?

—Una leyenda local. Ya le hablaré de ella en otro momento. ¿Le apetece probar el vino ahora? Esa será la verdadera prueba de su supervivencia.

—Una idea excelente —replicó el señor Da Cunha—. Voy a por unos catavinos para todos.

Los catavinos se encontraban bocabajo en una mesa situada cerca de la entrada. Un par de ellos se había caído al suelo y se había roto, pero los demás estaban intactos. El maestro vinatero se sacó un pañuelo del bolsillo y los limpió por si tenían polvo, tras lo cual examinó los barriles y las botellas. Una vez tomada su decisión, se llevó los catavinos hasta un enorme barril marcado con el blasón de los Alcántara.

—Alteza, si me disculpa... —Vertió una pequeña cantidad de vino del barril en el catavino y lo probó antes que la princesa. No estaría bien ofrecerle un vino malo a un comerciante de vino que estaba de visita.

Tras un cauteloso primer sorbo, el señor Da Cunha soltó un profundo suspiro de placer. Llenó otro catavino.

—Alteza, creo que es apropiado para un paladar real.

Ella lo probó y asintió con la cabeza.

—Delicado y suave. Ha envejecido bien aquí dentro, sin que lo perturbaran. ¿Justin? —Le ofreció su propio catavino, porque le gustó la intimidad del gesto.

Él lo aceptó con una sonrisa, y le rozó los dedos con los suyos mientras el catavino pasaba de una mano a la otra. Sofía atesoró esas pequeñas caricias e intentó no pensar en lo que sentiría si lo besara mientras lo veía probar el vino. Tenía una boca preciosa, sensual y expresiva.

Primero bebió un sorbo. Después apuró el resto, encantado.

—Un vino de gran calidad. Tenemos que encontrar el modo de llevarlo a Oporto.

Tanto Atenea como Will estaban probando el vino, concentrados en sus catavinos y guardando las distancias. La intensidad con la que evitaban mirarse era palpable.

Verlos era desquiciante. Sofía sabía que sentían algo el uno por el otro y no había razones obvias que los mantuvieran separados. Debía de haber algún motivo no tan obvio, porque Atenea no era tonta. Hablaba poco de su pasado, pero era evidente que su condición de hija ilegítima y su poco convencional infancia la habían marcado.

Atenea se merecía a un hombre espléndido como Will. En cambio, había huido de su lado nada más enterarse de que era un aristócrata.

Tenían que estar juntos, y se le ocurrió la manera de unirlos.

—Lord Masterson, este es el último de los proyectos de ingeniería que propuso, pero antes de que regrese a Inglaterra espero que considere uno más.

Will miró a Atenea de forma casi imperceptible.

—Sofía, será un placer. No tengo prisas por marcharme de San Gabriel.

—Propongo que cabalguemos hasta el río San Gabriel para examinar su curso y ver si se puede alterar lo bastante como para hacerlo navegable —dijo—. Justin, Atenea, usted y yo podemos acampar en la orilla mientras consideramos si es o no factible.

Atenea parecía espantada.

—¡Mi presencia no es necesaria en semejante expedición! No sé nada de ingeniería.

—Pero te necesito como carabina —señaló Sofía.

—Hay otras posibles carabinas —replicó Atenea, contrariada—. O quizá puedan ir solos el mayor Masterson y el señor Ballard. Seguramente vayan más rápido y sean más eficientes sin nosotras, que los retrasaremos.

Había llegado el momento de sacar la artillería pesada, de modo que Sofía dijo en voz baja:

—¿No sería agradable cabalgar por las montañas? La última vez que lo hicimos fue el día que llegaron los franceses. Desde entonces he estado muy ocupada. Muy cansada. Muy preocupada. Ahora que los asuntos de estado parecen ir mejor, merecemos un pequeño asueto.

—¡Eso es un golpe bajo, hermanita! —exclamó Atenea, que sonrió muy a su pesar—. Pero tienes razón. Después de un año duro, el futuro de San Gabriel comienza a parecer más brillante. Siempre me han gustado las largas cabalgadas. Supongo que ya va siendo hora de hacer otra. Será... interesante. —Su mirada se posó en Will, pero no tardó en apartarse.

—¡Gracias por acceder! Será estupendo poder salir del palacio y dejar atrás la necesidad de actuar como una princesa en todo momento. —Sofía abrazó a Atenea y, después, siguió—: Ahora elegiremos dos barriles pequeños de los viñedos de los Alcántara para la fiesta. Uno tinto y uno blanco. ¡No del que lleva brandi añadido, porque no queremos que se nos vaya la celebración de las manos!

Se echó a reír y los guio para salir de la cueva al lugar de la fiesta. La vida era buena, y seguramente Justin y ella bailarían antes de que el día llegara a su fin.

Aunque Atenea no se había arrepentido en ningún momento de enterrar la entrada de las cuevas, sintió un gran alivio al saber que los vinos, el tesoro de San Gabriel, habían sobrevivido en perfectas condiciones. Ese descubrimiento aumentó la moral de los gabrieleños, y tal vez también aumentara el mermado erario público.

La fiesta fue ganando concurrencia a medida que la gente oía las buenas noticias, y llegaba desde lejos. Se sacaron más barriles de vino, empezó a sonar la música y, al cabo de poco rato, todo el mundo festejaba.

Siendo una dama en sus años de madurez, Atenea observaba a los bailarines a cierta distancia cuando el ordenanza de Will, Tom Murphy, se acercó con esa sonrisa irlandesa que desarmaba a cualquiera.

—Lady Atenea, ¿le apetece bailar conmigo?

Ella se echó a reír.

—¡Con todas las jóvenes gabrieleñas tan guapas que hay esperando bailar con un apuesto soldado!

—Pero usted tiene la altura apropiada —adujo él mientras la tomaba de la mano y la guiaba por los pasos de una alegre contradanza gabrieleña—. Y la señora Oliviera no permite que María Cristina sea mi pareja de continuo.

—Esa es una razón y otra es que no quiere usted darles esperanzas a las demás muchachas, porque Cristina puede ser su media naranja.

La pálida piel irlandesa de Murphy adquirió un intenso rubor.

—Lady Atenea, creo que lo es. Pero los soldados tendemos a ser cautos, así que me lo pensaré durante un par de días más, aunque... —Su mirada buscó a Cristina, que estaba bailando con su padre. Los miró como si hubiera presentido el interés de Tom, y ambos se sonrieron, encantados. Él exhaló un suspiro de felicidad mientras decía—: Cristina hace que me sienta de maravilla. ¡Si decidimos casarnos, el mayor ha dicho que nos comprará una casa como regalo de boda!

«Ese dichoso mayor es un hombre muy decente», pensó Atenea, contrariada. Pero era muy generoso por su parte regalarles semejante comienzo a unos recién casados. Sospechaba que no a muchos aristócratas se les ocurriría hacerlo. Además, sería un buen enlace. Cristina era tan guapa como inteligente, y tenía mucha imaginación, una buena cualidad si una se casaba con un irlandés.

Desterró toda idea de Will de su pensamiento y se relajó mientras bailaba. Murphy era desde luego de la altura adecuada, casi tan alto como Will, aunque no tan ancho de hombros, y le gustaba bailar tanto como a ella.

El baile implicaba muchos giros entre las parejas y, a veces, incluso cambios, así que no debería haberse sorprendido cuando acabó cara a cara con Will en el siguiente cambio de pareja.

Él le sonrió, la tomó de las manos y la guio para hacer un giro. Sintió un ramalazo de emoción cuando sus manos unidas se alzaron. El placer, no obstante, fue seguido de inmediato por el recuerdo de que ese hombre era un aristócrata, ¡lord Masterson!

Consciente de que se había tensado, Will añadió en voz baja, tanto que la música casi le impedía oírla:

—Decidiste que podíamos seguir siendo amigos, y los amigos bailan juntos, ¿no es verdad?

Incapaz de resistirse a su sonrisa, Atenea contestó con renuencia:

—¡Sí, pero seguramente sea un error disfrutarlo tanto!

La sonrisa de Will se ensanchó.

—Seguiré en San Gabriel unas semanas más. Vivimos bajo el mismo techo y esa princesa tan revoltosa tuya acaba de organizar una excursión con acampada, así que ¿no sería mejor que nos relajáramos cuando estamos juntos? No haré nada que no desees que haga.

Sería mejor relajarse, pero eso no facilitaría las cosas. Sin embargo, después de haberse repuesto de la sorpresa de saber que un matrimonio entre ellos sería imposible, comprendió que quería disfrutar de su amistad durante el tiempo que les quedara. Lo miró con una sonrisa.

—Muy bien, seremos amigos de baile.

—Y compañeros de acampada. Excelente. —Su mirada se tornó más intensa—. Soy consciente de que no me quieres, pero me arrepentiría mucho si no pudiéramos ser amigos de baile.

—Yo también —susurró ella, y en ese momento llegaron a la parte en la que cambiaban de nuevo de pareja. Amigos de baile. Una nueva categoría. Una categoría que le gustaba.

22

Aunque Atenea sabía que la expedición por el río le reportaría varios momentos incómodos con Will, la embargó una emoción chispeante cuando los cuatro se reunieron en el patio de armas del castillo. Sofía la miró con una sonrisa traviesa antes de permitir que Justin la ayudara a montar. Las dos vestían faldas pantalón para poder montar a horcajadas con comodidad, y en las alforjas llevaban todo lo necesario para un par de días.

Atenea comprobó su fusil antes de guardarlo en la funda que colgaba de su silla. Will le estaba ajustando las cinchas a su caballo, pero levantó la vista y dijo:

—Me pregunto qué le pasó al fusil que tenía en Oporto.

—El oficial francés que nos escoltó hasta la iglesia miró el fusil, miró mi hábito de monja y luego me quitó el fusil sin hacer preguntas. Dado que era un arma francesa, no protesté. —Sonrió—. Además, no me quedaban balas.

—Un fusil sin balas bien podría ser un garrote. Aunque, a veces, un garrote es muy efectivo. —Will guardó su rifle de precisión—. ¿Sería una ofensa mortal si me ofrezco a ayudarla a montar?

—No, aunque no es necesario. —Montó sin problemas sola—. Ser más alta de lo normal tiene sus ventajas.

—¡Ser alto no tiene nada de anormal! —Will también montó—. El efecto puede ser magnífico.

Ella lo miró con las cejas enarcadas.

—Creo que eso entra en la categoría prohibida de coqueteo.

—¡En absoluto! —protestó Will con expresión inocente al mismo tiempo que azuzaba su caballo—. Es la verdad, nada más.

Atenea se echó a reír, encantada con el mundo. Hacía sol y una temperatura agradable, tenía la mejor de las compañías e iba a tomarse un descanso de sus deberes habituales. Sofía tenía razón: las dos necesitaban ese periodo de asueto. Y, si bien viajar con los hombres a quienes deseaban pero que estaban fuera de su alcance podría ser enervante, también sería una bendición.

Mientras se internaban en el valle, Will le preguntó a Sofía:

—¿Qué parte del río vamos a seguir?

—La meridional, la que discurre junto al camino de Oporto. Está cerca del río durante casi todo el camino —contestó Sofía—. Justin, ¿examinó el estado del río mientras venía a San Gabriel?

—Sí, Will me había pedido que prestara atención, pero el camino se distanció del río en la zona más escarpada del ascenso a las montañas —contestó el aludido—. Supongo que esa zona es en la que el río es imposible de transitar para llegar al Duero.

—Sí, hay una estrecha garganta con rápidos muy peligrosos y una catarata bastante grande —dijo Sofía—. Solo he visto la catarata de lejos, pero es un obstáculo formidable.

—Hace tiempo que no me alejo tanto del castillo —comentó Atenea mientras saludaba con la mano a unos niños que había junto al camino y que los estaban saludando como locos al pasar—. Si la memoria no me falla, hay un sendero agreste que sigue el curso del río y que parte del punto en el que el camino principal empieza a alejarse. ¿Está lo bastante cerca para echarle un vistazo a la garganta?

—Eso creo —contestó Sofía—. ¡Vamos a verlo!

—Estoy decidido a hacer volar algo por los aires —apostilló Will, con ganas de aportar su granito de arena—. Le pedí a Justin que trajera pólvora con ese único propósito, y todavía no he podido usarla.

Los demás se echaron a reír.

—Puede que consiga su explosivo deseo —replicó Atenea—. Le pido disculpas por privarlo de la oportunidad de hacer volar las cuevas del vino.

—¡Habría sido un crimen contra la humanidad! —exclamó Justin a la vez que se llevaba una mano al pecho con gesto teatral—. ¡El buen vino hay que atesorarlo, no destruirlo!

—Ya es bastante malo sacudirlo —añadió Sofía con retintín—. Hacen falta días para que los sedimentos vuelvan a asentarse en el fondo.

—Es algo muy malo, sí —convino Justin con seriedad—. Yo intento no alterar mi vino en la medida de lo posible.

—Nadie quiere un vino enfadado —replicó Sofía antes de estallar en carcajadas. La muchacha necesitaba ese respiro de sus obligaciones tanto como Atenea.

Los cuatro continuaron sus pullas mientras alcanzaban el río y se dirigían hacia el oeste, hacia Portugal. Justin recuperó la seriedad para decir:

—La corriente del río es muy fuerte aquí y podría ser peligrosa. ¿Se reduce mucho el caudal en los meses secos?

—Siempre hay agua suficiente para que puedan navegar por el valle pequeñas embarcaciones —contestó Sofía—. Incluso en pleno verano es peligroso vadear el río en el centro del valle, razón por la que reconstruir el puente era tan importante.

Cabalgaron a un ritmo constante, mientras Will tomaba notas acerca de las zonas más difíciles del río. A primera hora de la tarde habían dejado atrás los campos de labor del valle y se habían adentrado en los prados, donde algunos rebaños de ovejas y de cabras pastaban bajo la relajada mirada de sus pastores.

El río fue haciéndose cada vez más angosto y rápido, pero cuando se detuvieron para tomar un almuerzo consistente en pan, queso y vino, Justin dijo:

—Los rápidos suponen un desafío; pero, de momento, el río no es peor que los tramos del alto Duero. Los marineros que manejan los *rabelos*, los barcos de vino, tienen mucha pericia a la hora de navegar por aguas embravecidas.

—Se podrían mover algunas de las rocas para que el canal fuera más plácido —comentó Will con voz pensativa.

Atenea se echó a reír.

—¡Lo que sea con tal de usar la pólvora!

—Cierto. Aunque no merecerá la pena a menos que la parte más baja del río se pueda alterar lo suficiente. —Terminó de tomar notas acerca del río, dieron buena cuenta de la bebida y de la comida y siguieron camino.

Pronto, el camino principal empezó a alejarse del curso del río y ellos siguieron por el estrecho sendero que discurría en paralelo a la orilla. El sendero se fue haciendo cada vez más agreste y empinado, y la ingente cantidad de rocas sueltas le confería al paisaje un aire sobrenatural, casi mágico. Sin embargo, los caballos de montaña gabrieleños se movían con seguridad, y tampoco había zonas intransitables.

El sendero se niveló y, a su derecha, el cauce del río penetró en la ladera de la montaña, formando la garganta de la que les había hablado Sofía. Cuando el sendero empezó a descender, perdieron de vista la parte superior de la garganta, ya que las rocas bloqueaban la visión.

El estruendo del salto de agua aumentó a medida que avanzaban. Will detuvo su caballo y observó con detenimiento las rocas amontonadas y las piedras sueltas.

—A juzgar por el sonido del agua, debemos de estar al otro lado de la catarata. Podría escalar hasta la cima y echar un vistazo a la garganta.

Mientras se imaginaba que las rocas desaparecían bajo su peso y acababa cayendo a la garganta, Atenea sugirió:

—¿Por qué no continuamos por el sendero? A lo mejor damos con un punto desde el que se pueda divisar bien.

—Atenea tiene razón —convino Sofía—. Mi hermano me contó que hay un lugar desde el que se puede ver la catarata. Me..., me prometió que algún día me llevaría. —Tragó saliva con fuerza al pensar en la promesa incumplida.

Tras echarles un último vistazo anhelante a las piedras, Will replicó:

—En ese caso, prosigamos. Si no podemos dar con el sitio, siempre puedo volver a este punto.

—De ser necesario, escalaría yo —se ofreció Justin—. Peso varios kilos menos que tú y tengo menos probabilidades de provocar un corrimiento de tierra.

Continuaron por el sendero, que se abría paso entre más peñascos y algún que otro bosquecillo de pinos. Poco después, el sendero rodeó una enorme roca hasta llegar a un pequeño prado... desde el que se veía la catarata.

Atenea se quedó sin aliento al ver la poderosa y altísima catarata. Aunque estaban muy lejos, notaba las gotitas de agua que le salpicaban la cara. Estaba dividida a partes iguales entre la admiración que el increíble salto de agua le provocaba y la desolación al ver lo poco navegable que era el río.

—¡Es imposible que los *rabelos* pasen por ahí!

Justin examinó la garganta y calculó la altura de la catarata.

—Es una versión en miniatura de la garganta Valeira, que se eliminó, pero fue un proyecto carísimo y se tardaron años.

Sofía se mordió el labio.

—San Gabriel no tiene el dinero suficiente para embarcarse en semejante proyecto.

—Sería demasiado caro instalar un sistema de compuertas, pero creo que es posible construir un sendero que remonte las cataratas —sugirió Will—. Si los *rabelos* pueden transportar toneles desde San Gabriel a una zona por encima de la catarata, un grupo de mulas y de hombres podría llevar dichos toneles hasta los *rabelos* que los esperarían en la parte baja.

—Podría servir —convino Justin, intrigado—. Si el río es navegable más abajo, hasta que se una con el Duero, la única zona imposible sería la garganta y la catarata. Tendremos que ver la zona baja del río, pero salvar la catarata con mulas debería ser una solución muy sencilla y práctica que hará posible que el vino gabrieleño llegue al mercado.

—¿El transporte no aumentará mucho los costes? —preguntó Atenea.

—Sí, pero creo que el vino gabrieleño convencerá a los clientes de pagar más —contestó Justin—. Hay muchos aristócratas ingleses que se enorgullecen de lo caro que es el vino que beben, siempre que dicho vino sea lo bastante bueno para justificar el coste.

—Me gusta la idea de crear puestos de trabajo para mis compatriotas —dijo Sofía con expresión pensativa—. Muchos hombres volverán de la guerra y querrán trabajos que no sean el cultivo de los campos y los viñedos. Sin embargo, antes de poder sacarle beneficios al vino, habrá que pagar a los hombres y tener dinero para comprar mulas y barcos.

—¿Sería posible recabar financiación extranjera para el proyecto? —preguntó Atenea—. Crear Vinos Alcántara. Will y Justin seguro que conocen a algunos ingleses que podrían estar interesados en invertir en la empresa.

—Conozco a algunos hombres a quienes les podría interesar —convino Will—. ¿Justin?

—En cuanto pueda sacar catas de vinos de San Gabriel de estas montañas, sé que encontraré inversores —aseguró el aludido—. Yo mismo invertiré. Creo que será una inversión muy buena.

Sofía lo miró con una sonrisa deslumbrante. El vínculo entre ellos era tan fuerte que Atenea podía percibirlo. Le dolía saber que aquella a la que consideraba su hermana pequeña había encontrado el amor con un hombre a su altura, pero con quien no podría casarse.

¿Aceptaría San Gabriel a un comerciante escocés y protestante como rey consorte? Costaba imaginárselo siquiera. Sofía necesitaba un marido rico y de alcurnia, con más influencia de la que Justin podía aspirar siquiera. Sus posibles pretendientes eran la comidilla de San Gabriel desde hacía años.

Will interrumpió sus pensamientos al decir:

—Creo que es hora de montar el campamento para pasar la noche. Es un buen sitio. Hay hierba para que los caballos pasten, un manantial donde pueden beber y esta roca que nos protege del viento. También hay bastantes árboles diseminados por la quebrada para que no sea difícil encontrar leña con la que encender un fuego.

—Estoy encantada de dar por terminado el día —aseguró Sofía—. Hacía meses que no cabalgaba tanto.

—Pero ninguna de las dos nos ha retrasado en lo más mínimo —comentó Justin mientras desmontaba para ayudar a Sofía a hacer lo propio—. Las dos son amazonas consumadas.

—Hoy, más consumidas que consumadas —replicó Sofía con un deje travieso mientras se dejaba caer entre sus brazos.

Atenea desmontó sin ayuda.

—No he acampado al aire libre desde que volvimos de Oporto hace cinco años. Me resultará raro volver a dormir bajo las estrellas.

—¡Al menos no parece que vaya a llover! —Sofía se quitó el sombrero y se apartó los mechones oscuros que se le habían escapado del recogido—. ¿Recuerdas lo mucho que nos mojamos volviendo de Oporto? Parecíamos ratas mojadas cuando por fin llegamos a casa. ¡No quería ver otra tienda de campaña ni en pintura!

—Igual que yo —convino Atenea con fervor mientras le quitaba las alforjas y la silla al caballo—. Pero aquí estoy, de acampada una vez más y sin tienda.

Will desmontó y empezó a cuidar de su caballo con la eficiencia de la costumbre.

—¿Adónde fueron en la colinas para ocultarse de Baudin?

—A una cueva de montaña —contestó Atenea—. Desde allí teníamos una vista panorámica de todo el valle y también había un manantial de agua en su interior, así que no pasamos sed.

—Compartimos la cueva con los caballos para que no nos descubrieran —añadió Sofía—. ¿Alguna vez ha dormido con caballos en un espacio reducido?

—La verdad es que sí —admitió Will—. No es lo que más me gusta del mundo. Pero fue peor en su caso por lo repentino de la invasión.

Atenea intentó no recordar la sensación de indefensión, la confusión y el pánico que las atenazaron durante aquellos días. Estaban a punto de pasar a tierras españolas cuando los franceses aparecieron de la nada, siguiendo el camino principal desde el este.

—Pasamos mucho tiempo hablando de lo que podíamos hacer, por si acaso había algo que estuviera en nuestras manos. Pero no se nos ocurrió nada.

Con expresión compasiva, Justin les preguntó:

—¿Se les ocurrió ir en busca de ayuda?

—¿Adónde habríamos ido? ¿Quién nos podía haber ayudado? —replicó Sofía con sequedad—. San Gabriel está muy aislado. Hay un largo trecho hasta el pueblo más cercano, y cualquier persona con quien nos hubiéramos topado estaría más preocupada por su propia supervivencia.

Después de que Baudin y sus bárbaros se fueran para reunirse con el grueso de las tropas napoleónicas, me postré de rodillas y di gracias a la Nuestra Señora por su marcha.

—Nos preocupaba que quisieran quedarse —añadió Atenea en voz baja—. Un bonito valle con un castillo impenetrable y buen vino. El paraíso para un soldado.

—Por suerte, la lealtad del ejército francés a Napoleón es fuerte —dijo Will con seriedad—. Si se hubieran atrincherado aquí, habría sido muy difícil echarlos.

Se miraron a los ojos, y Atenea supo que Will estaba recordando la conversación que habían mantenido sobre la posibilidad de que un grupo organizado de guerrilleros decidiera asentarse en la zona. Ella había tenido pesadillas por la idea de semejante invasión.

Habían hecho todo lo que estaba en sus manos para prepararse en caso de semejante ataque, y el ejército gabrieleño volvería en breve, de modo que Atenea se ordenó dejar de preocuparse. La preocupación no ayudaría en nada, y tampoco debía permitir que interfiriese con ese breve respiro.

—Cuando hayamos terminado con los caballos, ¿quiere ir alguien a por leña? Yo empezaré con la cena.

—¿Qué hay de comer? —preguntó Will con interés.

—Ya lo verá —contestó Atenea al tiempo que desataba una de las alforjas—. Pero puedo decirle que habrá vino con la comida.

—¡Ya has arruinado la sorpresa! —exclamó Sofía con fingida tristeza. Mientras los demás se echaban a reír, continuó—. Yo iré a por leña. Justin, ¿me ayuda?

—Será un placer, alteza real. —Justin sacó una hachuela de sus alforjas—. Usted encuentra la leña y yo la corto.

—También le haré transportarla. ¡Avisado queda! —exclamó Sofía al mismo tiempo que se perdía entre dos altos peñascos.

El rugido apagado de la catarata acalló la voz de Atenea mientras veía a la pareja perderse por el laberinto de piedras.

—No estoy siendo una buena carabina.

—Ninguno de los dos traspasará los límites —le aseguró Will en voz baja—. Pero se merecen pasar tiempo a solas.

—Eso mismo he pensado yo —replicó Atenea al recordar la ternura del primer amor. Sofía se lo merecía aunque no tuviera un futuro con Justin—. Si tenemos suerte, puede que incluso recuerden traer algo de leña.

Will sonrió.

—Hay ramas secas junto a esa roca. Encenderé el fuego. A lo mejor podemos tomarnos un buen té inglés antes de la cena con el vino.

—Es usted clarividente —replicó ella—. O tal vez solo inglés. Porque hay té, sí.

Mientras sacaba la comida y los cubiertos de las alforjas, un risueño Will cruzó el claro para recoger las ramitas. Lo siguió con la mirada. Le encantaba ver cómo se movía. Era pura fuerza y eficacia en movimiento, y conseguía parecer decidido y relajado al mismo tiempo. Y ella nunca, jamás, se cansaría de admirar sus anchos hombros.

Esbozó una sonrisilla mientras sacaba el paquete con las hojas de té. Aunque no se hablaran ni se tocaran, le gustaba respirar el mismo aire que él respiraba.

23

Sofía... La mirada afectuosa de Justin siguió su voluptuosa y elegante figura mientras ella abría la marcha a través de los peñascos. Se había preguntado cómo llevaría una princesa lo de andar por un camino difícil, pero era evidente que Sofía se lo estaba pasando en grande. No solo era una estupenda amazona, sino que además no exigía un tratamiento especial. Algo raro para una joven de alcurnia, mucho más para una princesa. Aunque debía admitir que no había conocido a ninguna otra princesa.

Le alegraba ver que la tirantez que se había establecido entre Will y Atenea había desaparecido. Entre ellos había otro tipo de tensión que ambos mantenían firmemente controlada. No había visto el menor indicio de que Atenea Markham estuviera dispuesta a aceptar a Will, algo lamentable, pero entendía bien sus reservas sobre un matrimonio tan desigual que la llevaría al corazón de la aristocracia británica.

Su propia familia era tildada con el apelativo de «vulgares nuevos ricos» en algunos círculos. Pero ellos se lo tomaban a broma. Los Ballard habían trabajado mucho, con ahínco y eficiencia, y habían amasado una fortuna que rivalizaba con la de algunos aristócratas, pero se enorgullecían de ser testarudos comerciantes escoceses. Podían permitirse el lujo de reírse de la arrogancia aristocrática porque habían tenido éxito y, lo más importante, porque eran una familia muy unida.

Atenea Markham carecía de todo eso, y sospechaba que llevaba unas cuantas cicatrices en el alma. Si pudiera agitar una varita mágica y así borrar dichas cicatrices y conseguir que Will y ella acabaran juntos, lo haría en un abrir y cerrar de ojos, porque parecían hacer buena pareja.

Esbozó una sonrisa irónica. Al menos, él y Will podrían compadecerse juntos de haber perdido a las mujeres que amaban. Porque amaba a Sofía y sabía que siempre lo haría. No habían hablado al respecto ni se habían tocado de forma irrespetuosa, pero cuando la tenía cerca, se sentía... feliz. Completo.

—Ese árbol muerto puede proveernos de toda la madera que necesitamos —dijo Sofía, señalando el esqueleto grisáceo de uno de los retorcidos árboles que crecían entre las rocas—. Espero que lleve un hacha afilada.

—Al igual que yo, el hacha está lista para lo que haga falta. —Justin cortó una rama con un par de rápidos hachazos—. Y está bien seca. No debe de venir mucha gente hasta aquí en busca de madera.

Sofía recogió las ramas cortadas mientras Justin seguía cortando, tras lo cual siguió con las más grandes hasta reducirlas a un tamaño manejable. Una vez que tuvieron un buen montón, se enderezó y se sacudió los trozos de la ropa y de las manos.

—Eso es suficiente para pasar la noche. Haré dos o tres viajes para llevar toda la leña al campamento.

—Lo ayudaré. —Sofía lo miró. Sus ojos oscuros eran enormes y tenían una expresión tímida—. ¿Justin?

—¿Sí, princesa? —replicó él con curiosidad.

—¿Quieres besarme? —siguió Sofía, tuteándolo.

Se sintió como si acabara de golpearlo en la cabeza con una pesada rama. Después de tragar saliva, contestó:

—No hay nada que desee más en el mundo, pero ¿sería sensato?

—No, pero es necesario. —Sofía se mordió el labio antes de continuar hablando—. Si no fuera quien soy ni lo que soy, nuestra situación sería muy distinta. Pero San Gabriel debe ser mi prioridad. Mis posibles pretendientes son la comidilla del país y los que menos rango social poseen son los hijos de los aristócratas portugueses y españoles. Cuando el coronel Da Silva vuelva a casa, redactaremos una lista corta y empezaremos a negociar con aquellos que puedan convertirse en el consorte más apropiado para la reina de San Gabriel.

A Justin se le encogió el corazón.

—¿Tan pronto?

—Tengo veinticuatro años. Es hora de que me case y tenga familia propia, porque no está bien que la rama principal de los Alcántara, la familia real gabrieleña, solo la conforme yo. —Alzó la barbilla y adoptó una expresión desafiante—. Cumpliré con mi deber, pero quiero que me beses... para atesorar ese momento durante los años y las noches venideras.

Asombrado de que ella compartiera sus sentimientos, Justin replicó:

—Yo también deseo besarte, *meu anjo*, ángel mío. Tal vez sea mejor que seas tú quien me bese a mí.

Ella asintió con la cabeza y se acercó a él con timidez. Justin era tan alto como la media de los hombres, pero Sofía era tan menuda que parecía excepcional y frágil. Después de haberla visto cabalgar, sabía que no tenía nada de frágil, pero sí era excepcional. Muy excepcional.

Le colocó las manos con delicadeza en los hombros y lo miró a la cara con seriedad unos segundos, como si quisiera memorizar sus facciones y el momento. Después, se puso de puntillas y acercó los labios a los suyos. Tenía unos labios muy suaves.

Incapaz de resistirse, Justin la abrazó por la cintura, por debajo de la chaquetilla, y la pegó a su cuerpo para besarla a placer. Era una muchacha rebosante de vida y sensualidad. Su boca era tan dulce como las fresas. Consciente de que no debían permitir que el beso fuera a mayores, murmuró:

—Ambos olemos a caballo.

En vez de sentirse insultada, Sofía replicó:

—Como somos los dos, no me había dado cuenta. —Acto seguido, se inclinó hacia delante para besarlo de nuevo y, en esa ocasión, separó los labios.

Sus lenguas se rozaron, y el deseo atravesó a Justin.

—*Meu anjo* —susurró entre besos y mordisquitos a sus labios, a su mejilla, tan suave con el satén, a su deliciosa oreja—. Mi preciosa, preciosísima muchacha.

Ella le devolvió los apelativos cariñosos, pegándose más y más a él. Las manos de Justin se movieron por voluntad propia, siguiendo las curvas de su cintura y de sus caderas. Era exquisita, perfecta y, durante ese breve instante..., ¡suya!

Al darse cuenta de lo cerca que estaba de perder el control, le enterró la cara en el lustroso pelo oscuro y la estrechó entre sus brazos para inhalar su aroma, sintiendo cómo le latía el corazón contra el suyo. Sofía suspiró y se relajó contra él sin dejar de abrazarlo.

—Sabes que me casaría contigo si pudiera, ¿verdad? —susurró.

—Lo sé. —Después de un largo silencio, Sofía añadió—: Me he preguntado si esto es lo que llaman «amor de juventud» y si duraría. No he tenido la oportunidad de conocer a muchos hombres interesantes y atractivos. Eres el único que he conocido con el que he deseado poder casarme.

Era siete u ocho años más joven que él y, aunque en ciertos aspectos Sofía parecía más madura de lo que le correspondía por su edad, en otros era una inocente.

—No puedo medir la profundidad de tus sentimientos, *meu anjo* —replicó él tras elegir las palabras con mucho tiento—. Por tu bien, espero que lo que sientas sea un mero enamoramiento que pasará sin más y que el destino te tenga preparado un marido al que puedas amar por completo y para siempre.

—Yo también lo espero —repuso ella con sequedad—. Pero las princesas rara vez son tan afortunadas.

—En ese caso, rezaré para que la suerte te sonría. —Justin se apartó sin dejar de abrazarla, para poder mirar esos ojos oscuros y esos rasgos tan exquisitos—. En cuanto a mí..., he vivido las experiencias habituales de un hombre de mi posición. Eso incluye el amor de juventud y un breve enamoramiento. Pero no he sentido nada semejante a lo que siento por ti. Creo que es el tipo de amor que perdura para siempre. —De hecho, estaba seguro de que lo era.

Los ojos de Sofía se llenaron de lágrimas.

—Espero que te cases por amor y que tengas unos niños sanos y guapos.

Él le dio un beso en el pelo.

—Yo también lo espero, princesa mía. Pero siempre te llevaré en el corazón.

—Y yo a ti en el mío. —Sofía cerró los ojos un instante y después se alejó, una vez recompuesta su expresión—. He estado pensando en nombrarte conde de San Gabriel para que seas más elegible —dijo con un deje jocoso—. Si se lo pido, el tío Alfonso accedería a firmar el decreto.

—¿Lord Ballard de Oporto? —bromeó Justin—. Sospecho que incluso así habría quienes no me considerarían un consorte apropiado. Es muy posible que mi padre consiga una baronía dentro de poco por sus servicios a Gran Bretaña, es decir, por haber gestionado varias empresas de éxito, pero eso tampoco creo que impresione a nadie en San Gabriel.

—Me temo que los títulos británicos no cuentan. Solo son válidos los títulos antiguos de la península Ibérica —le informó Sofía con una sonrisa—. Debemos regresar al campamento antes de que Atenea envíe a una partida de búsqueda.

—Estoy de acuerdo. —Justin se inclinó y recogió un montón de leña.

Sofía le colocó en los brazos unos cuantos leños más y después cogió un montón que ella llevaría.

—Después de esto, solo necesitaremos un porte más.

Regresaron por el camino que habían seguido. Puesto que llevaban la leña en los brazos, les era imposible tomarse de la mano, pero no les importó.

Al llegar al campamento, Atenea los miró desde la pequeña fogata que había encendido.

—Qué oportunos. Estaba a punto de quedarme sin leña.

—Pues nos espera otro cargamento como este. —Justin soltó la leña que llevaba al lado de Atenea y después colocó encima la de Sofía.

—Te acompañaré para traerla —se ofreció Will.

Consciente de que no volvería a quedarse con ella a solas, Justin lideró la marcha para ir en busca de la leña. Mientras la recogían, Will comentó con deje burlón:

—Has cortado mucha leña teniendo en cuenta los pocos hachazos que he oído.

—He trabajado rápido a fin de que Sofía y yo tuviéramos tiempo para hablar.

—Hablar —murmuró Will—. Por supuesto.

—No he hecho nada que la comprometa —le soltó Justin.

Will pareció sorprendido.

—Por supuesto que no. Es obvio que os deseáis, pero eres demasiado inteligente como para hacer una tontería. —Extendió el brazo para recoger más leña—. Solo un mojigato consideraría un beso como una deshonra.

—Me conoces demasiado bien —murmuró Justin mientras recogía lo poco que quedaba de la leña. Una vez que se enderezó, dijo—: ¿Acabaremos siendo dos viejos que beben oporto mientras piensan con melancolía en las muchachas que dejaron escapar?

—Es muy posible —contestó Will mientras enfilaban el camino de regreso—. Todavía no he abandonado la esperanza, pero sospecho que hará falta un milagro para convencer a Atenea de que no se arrepentirá si se casa conmigo.

Justin torció el gesto.

—Me temo que yo necesitaría mucho más que un milagro.

Sin embargo, le fue imposible desterrar del todo la esperanza.

Mientras Atenea añadía más leña a la fogata, preguntó:

—¿Habéis encontrado algo interesante mientras buscabais leña?

—Más peñascos y rocas, unos cuantos árboles de aspecto triste. —Sofía se sentó sobre sus mantas extendidas con las piernas dobladas hacia un lado. Atenea había dispuesto sus sillas de montar y sus mantas alrededor de la fogata. Los dos hombres a un lado, y ellas en el otro. Sofía añadió—: No he hecho nada demasiado escandaloso.

Atenea alzó la vista con una sonrisa.

—Yo no he dicho nada.

—Me remuerde la conciencia —admitió Sofía a regañadientes—. Haber estudiado en un colegio de monjas me ha hecho creer que un beso fuera del matrimonio es un pecado mortal y que no hay que disfrutar demasiado de los besos ni aun casada.

Atenea se sentó sobre los talones.

—La pasión es poderosa y puede tener consecuencias importantes —replicó con seriedad—. La gente joven en particular siente el deseo con más ímpetu, de manera que las religiones hacen lo que está en su mano para mantener bajo control la pasión exacerbada. Pero el deseo es algo natural, y sin él la humanidad no existiría. Al igual que sucede con muchas cosas en la vida, el equilibrio es lo más deseable. —Sonrío—. Según me han dicho, el matrimonio reduce poco a poco la pasión enloquecedora de una fiebre a un estado más manejable. Claro que yo no sabría decírtelo con seguridad.

Sofía suspiró y se quitó las horquillas del pelo, tras lo cual se masajeó el cráneo con los dedos.

—¿Crees que hay alguna posibilidad de que San Gabriel aceptara a Justin como consorte real? Mi país tardará años en recuperarse de los daños sufridos en la guerra y de la pérdida de jóvenes. No soportaría que mi pueblo se enfrentara entre sí por una decisión mía.

Atenea sopesó la respuesta antes de contestar:

—Tu país valora mucho la tradición, pero eres muy popular, así que la gente tal vez se muestre más dispuesta a aceptar tu elección. El mundo está cambiando. No voy a decir que será imposible que lo acepten. Deberías discutir esta cuestión cuando llegue la hora, para analizar todas las posibilidades.

—Pero las opciones son muy escasas. Ser popular significa que la gente quiere lo mejor para mí y, para muchos, eso significa un duque Sapo. —Sofía se puso en pie y se sacudió la falda del traje de montar—. ¿Puedo ayudarte en algo?

—Corta el queso, el pan y el jamón. —Atenea sacó una enorme sartén de hierro de las alforjas y la colocó sobre tres montones de piedras que había dispuesto a un lado de las ascuas—. Es demasiado pesada para un desplazamiento largo, pero pensé que merecía la pena traerla si solo íbamos a pasar dos días en el camino. Serán días especiales para ambas, Sofi. Me alegro de que sugirieras este respiro.

—Y yo. —Sofía se inclinó para ocultar el rubor mientras sacaba un voluminoso trozo de queso y una hogaza de pan de sus alforjas. Atenea y ella se habían dividido la comida y los utensilios para transportarlos. Durante dos días, disfrutaría de ser la ayudante de la cocinera en vez de la princesa.

Para cuando los hombres regresaron, Atenea había preparado la sencilla cena. La verdad, Will ataviado con su uniforme rojo estaba arrebatador, pero era Justin quien atraía la mirada de Sofía. Al verla con el pelo suelto en torno a los hombros, puso los ojos como platos. Las monjas dirían que lo estaba tentando. Le alegró poder hacerlo.

Mientras Will añadía su leña al montón, dijo:

—Creo que estoy viendo una especie de emparedado que, además, huele requetebién. ¿Debo suponer lo que es o recibiré una explicación?

Atenea se echó a reír.

—Es más o menos lo que ha estado comiendo desde que llegó a San Gabriel, pero tostado en una sartén de hierro. —Dejó dos emparedados bien dorados en un plato, donde ya había otros seis—. Rebanadas de pan con queso ahumado, jamón ahumado y una salsa de pimientos del país. Después se calienta al fuego hasta que el queso se funde y el pan se tuesta. Como acompañamiento, almendras tostadas.

—El vino es un tinto suave que va muy bien con estos emparedados —añadió Sofía mientras les pasaba unos vasos ya llenos a los hombres—. En el castillo sería una cena muy modesta, pero como comida de acampada está muy bien, ¿no les parece?

Will se sentó en sus mantas, extendidas delante de las alforjas, y le dio un mordisco al emparedado caliente, tras lo cual bebió un sorbo de vino.

—¡Excelente! No sabía que tuviéramos entre nosotros tan buena cocinera, Atenea.

—Me he visto con frecuencia en la tesitura de tener que cocinar, de manera que he aprendido a hacer unos cuantos platos que más o menos me salen bien —adujo mientras se sentaba con las piernas cruzadas delante de su silla de montar, sobre sus mantas—. Este es uno de ellos.

—Los placeres sencillos suelen ser los mejores. —Justin levantó su vaso de vino para brindar—. ¡Por la buena comida y la buena compañía!

Todos se inclinaron para que sus vasos se tocaran. Sofía deseó que esa excursión durara para siempre. Ya era que imposible, se conformó con disfrutar de cada momento al máximo.

—¡Por la amistad y por santa Deolinda! —exclamó, y se bebió medio vaso de un trago.

Justin bebió después del brindis y, acto seguido, alargó el brazo para coger un emparedado.

—Sofía, sobre la historia de santa Deolinda. El nombre significa «diosa hermosa», ¿verdad?

Ella asintió con la cabeza.

—Es la historia de la fundadora de San Gabriel, aunque tal vez solo sea una leyenda. Hace muchísimos años, la hermosa Deolinda, una muchacha portuguesa de orígenes nobles, se casó con el príncipe Alexandre, el hijo y heredero del rey de Alcántara.

—¿Era un reino español situado donde está hoy en día la ciudad de Alcántara?

—Sí, Alcántara deriva de un término árabe que significa «el puente» y ese nombre le viene que ni pintado. El rival al trono de los Alcántara invadió la ciudad con su ejército por la noche y asesinó al rey. —Sofía hizo una pausa para apurar el emparedado—. El príncipe Alexandre luchó con valentía hasta la muerte para permitir que su amada esposa pudiera huir.

—Sin duda, era una noche oscura y tormentosa —añadió Justin con solemnidad.

—Por supuesto —replicó Sofía con un brillo travieso en los ojos—. ¡En las leyendas nadie huye durante un bonito día soleado! Puesto que estaba en avanzado estado de buena esperanza, Deolinda y un soldado fiel huyeron hacia el norte, hacia las montañas, y acabaron en este valle. Alumbró a su hijo en una cueva cerca del lugar donde se emplaza Castelo Blanco. El arcángel san Gabriel se le apareció y le dijo que ella y su hijo serían santos y que regirían en una tierra de paz y abundancia, donde todos podrían vivir seguros.

—Parece una leyenda basada en un acontecimiento real —comentó Justin, intrigado.

—Siempre lo he pensado, porque la predicción del ángel acabó siendo cierta —dijo Sofía, pensativa—. Hasta aquí llegaron los refugiados de España y Portugal, de ahí que tengamos nombres y palabras de ambas lenguas. Se dice que solo aquellos que eran guiados por los ángeles encontraban el camino hasta aquí. —Apretó los labios—. Y era una tierra de paz hasta que llegaron los franceses.

—Recuperaremos la paz —le aseguró Atenea con delicadeza—. El valle ya está sanando.

—Es una historia bonita —dijo Will mientras apuraba su tercer emparedado tostado—. Si la princesa era santa Deolinda, ¿quién fue su hijo?

—San Gabriel de la Montaña —contestó Sofía—. Llamado así en honor al arcángel. Y el país lleva su nombre por ellos dos. Como Gabriel tenía sangre real, San Gabriel es un reino en vez de un ducado o un principado, aunque sea tan pequeño.

Se levantó haciendo una floritura elegante, retrocedió varios pasos para alejarse del fuego y, acto seguido, dio varias vueltas y dijo, con exagerada arrogancia:

—¡Arrodillaos frente a mí, plebeyos, porque por mis venas corre la sangre real de Alcántara, España y Portugal!

Sus compañeros le rieron la gracia.

Y, al instante, se vieron rodeados por disparos y peligro.

24

Atenea estaba relajada y un poco achispada a causa del vino, la comida y el disimulado escrutinio del fabuloso físico de Will cuando empezaron los disparos que atravesaron el claro. Las balas rebotaron en las rocas y el ensordecedor ruido reverberó a lo largo de la quebrada y del rocoso paisaje. Paralizada por la impresión, oyó que alguien gritaba en francés:

—¡Coged a la muchacha! ¡Hace mucho que no disfrutamos de una ramera de campamento! ¡Matad al oficial británico y a los otros!

Los disparos seguían sonando cuando Will se puso de pie, sacó su rifle de la silla de montar que tenía detrás y empezó a disparar.

—¡Poneos a cubierto!

Una bala levantó una nube de polvo en el sitio exacto donde había estado sentado poco antes. Mientras hincaba una rodilla en el suelo, amartillaba el arma y apuntaba en dirección al tirador situado sobre uno de los peñascos, gritó:

—¡Atenea, coge tu arma y muévete!

Acto seguido, disparó, y en el centro del pecho del tirador se vio una mancha roja que comenzaba a extenderse. Con una lentitud espeluznante, el hombre y su arma se separaron y cayeron al suelo. El fusil se disparó por el impacto. Atenea se percató del fuerte olor a azufre de la pólvora y tuvo la impresión de que se quedaba sin aire que respirar por culpa de la detonación de las armas.

Su breve parálisis acabó y se puso en pie con torpeza mientras dos hombres ataviados con andrajosos uniformes azules del ejército francés aparecieron de repente en el claro. Uno agarró a Sofía y el otro apuntó con su arma a Will, a quien podría disparar a quemarropa.

El francés tenía el dedo sobre el gatillo y Will aún estaba recargando su rifle. Aterrada, Atenea cogió la sartén que seguía en el fuego, derramando las almendras tostadas por todos sitios, y blandió el pesado utensilio contra el soldado.

La sartén de hierro, que achicharraba después de haber estado tanto rato en el fuego, lo golpeó en la cara. El hombre gritó y trastabilló hacia atrás a la vez que soltaba el fusil y se llevaba las manos a los ojos. La bala de Will acabó con su sufrimiento antes de que llegara siquiera al suelo.

Atenea cogió su fusil y se puso a cubierto detrás de una roca situada enfrente del lugar por el que habían llegado los asaltantes franceses. Mientras jadeaba en busca de aire, recorrió con la mirada el claro cubierto por el irritante humo provocado por la detonación de las armas.

El soldado que había agarrado a Sofía comenzaba a arrastrarla, pero ella se resistía pataleando y luchando como una gata salvaje. El soldado soltó un juramento y la levantó en volandas.

—¡Sofi! —Justin se abalanzó sobre ellos mientras el francés intentaba reducirla. Golpeó al francés con el puño derecho en el mentón a la vez que agarraba a Sofía por un brazo con la mano izquierda.

Mientras intentaba alejarla de su captor, el soldado soltó una retahíla de insultos en francés, desenfundó una pistola que llevaba al cinto y disparó. Justin se apartó de ellos, pero el movimiento repentino de su cuerpo delató que la bala le había dado. De todas formas, no soltó a Sofía.

El francés siguió profiriendo insultos mientras devolvía el arma a su funda y sacaba un puñal. Sofía gritó en ese momento:

—¡Justin! —Le asestó una patada al soldado en la rodilla, pero no pudo evitar que apuñalara a Justin, que a su vez se las apañó para agarrarla por la cintura. Su peso la liberó de los brazos del francés y ambos cayeron al suelo, aunque él la protegió con su cuerpo.

Con los dos en el suelo, el captor de Sofía era objetivo fácil. Atenea apuntó sin piedad y disparó. Apuntó al pecho, porque había menos margen de error, pero la bala le atravesó el cuello. El hombre hizo una especie de gorjeo espantoso y se desplomó contra la roca tras la cual se había escondido antes.

Will había desaparecido. Puesto que no lo vio tumbado en el claro, supuso que debía de haber salido en persecución de los demás atacantes. Atenea soltó una maldición al caer en la cuenta de que había dejado el resto de la munición al lado de su silla de montar y de que había disparado la bala que estaba en el fusil.

Estaba a punto de echar a correr hacia la silla de montar en busca de la munición cuando un hombre salió de repente de detrás del peñasco situado a su izquierda. Llevaba un fusil, pero se detuvo nada más verla, justo antes de darse de bruces con ella. Abrió los ojos de par en par, seguramente debido a la sorpresa de haberse topado con una mujer más alta que él.

Sin esperar a que se recobrara de la impresión, Atenea aferró su arma descargada por el cañón y se la estampó en la cabeza con todas sus fuerzas. El pesado fusil lo golpeó en la sien, y el hombre cayó a plomo. Will tenía razón. Un arma descargada servía para dar buenos porrazos.

Se oyeron disparos en las cercanías. Tres o cuatro. Era difícil precisar con el eco. Tras el tiempo necesario para recargar las armas, otros dos o tres más.

Después, se hizo el silencio.

Atenea cogió el fusil del francés y salió con precaución de su refugio, detrás del peñasco. Vio a Sofía, cubierta de sangre, arrodillada sobre Justin mientras sollozaba llamándolo por su nombre y examinaba sus heridas. Atravesó el claro para acercarse a ellos sin dejar de mirar para todos lados.

No había soldados franceses a la vista, salvo los caídos. No se oían pasos de hombres que se acercaran, aunque con el ruido de la catarata de fondo era difícil estar segura. Comprendió que el sonido del agua era lo que había ayudado a esos demonios franceses a sorprenderlos.

Cargó el arma de nuevo mientras se mantenía atenta a la posible aparición de alguna amenaza.

—¿Cómo está Justin? ¿Cómo estás tú, Sofía?

—Estoy..., estoy bien —contestó ella con voz ahogada—. Justin respira, pero ¡hay muchísima sangre!

Atenea se acercó a ellos, se arrodilló al otro lado de Justin y dejó los dos fusiles, el suyo y el de francés, al alcance de su mano. El disparo le había pasado rozando la cabeza, y era lo que le había provocado la hemorragia, junto con la puñalada. Para su alivio, Justin abrió los ojos.

—Sigo aquí —susurró—. Pero he tenido... momentos mejores.

Aliviada al ver que hablaba de forma coherente, Atenea dijo:

—La herida de la cabeza no parece grave. Sofi, trae las toallas de tus alforjas, mi cuchillo de cocina y agua del manantial.

Sofía tragó saliva y se puso de pie con dificultad para obedecerla sin pérdida de tiempo. La sangre le manchaba la camisa blanca y la falda del traje de montar.

Mientras esperaba a que Sofía regresara, Atenea le rompió a Justin la camisa, que ya estaba desgarrada por la puñalada. Tenía un corte en el hombro derecho que le llegaba hasta casi la cintura.

Sofía le entregó varias toallas pequeñas y Atenea procedió a enrollar una y a presionar con ella la herida para detener la hemorragia. Después, le limpió la herida de la cabeza para poner examinarla mejor.

—Justin, la bala solo te ha rozado —le informó con voz serena—. Las heridas de la cabeza suelen sangrar mucho, y vas a tener un dolor de cabeza descomunal, pero no parece que sea grave.

—Los escoceses tenemos... la cabeza dura —logró decir antes de cerrar los ojos de nuevo.

Atenea usó el cuchillo que le había llevado Sofía para hacer jirones una toalla.

—¿Has traído una petaca con brandi para el viaje? Necesitamos algo para limpiarle las heridas.

—Ningún Alcántara viaja sin brandi. —Sofía intentó sonreír antes de ir de nuevo hacia las alforjas en busca de una petaca de plata con el blasón de los Alcántara grabado. Una vez que hubo regresado con ella, se sentó al otro lado de Justin y le aferró una mano como si pudiera curarlo solo con su fuerza de voluntad.

Atenea limpió por segunda vez la herida de la cabeza de Justin y después abrió la petaca de brandi.

—Justin, esto te va a doler, pero es necesario para prevenir una infección.

—Deja un poco... para que me lo beba —susurró él.

—Eres un orgullo para tus ancestros escoceses. —Le echó el brandi en la herida de la cabeza y después se la cubrió con las improvisadas vendas.

Había llegado el momento de tratarle la puñalada. La hemorragia casi se había cortado.

—Sofí, al igual que la herida de la cabeza, esto es muy escandaloso, pero no es grave —dijo para tranquilizar a la princesa.

—Eso es porque el soldado francés desconocía la manera correcta de apuñalar a un hombre. —Era Will quien había hablado. Atenea alzó la vista y lo descubrió atravesando el claro hacia ellos.

El simpático Will se había convertido en un oficial frío y letal, en un hombre capaz de reaccionar ante el peligro en un abrir y cerrar de ojos. En un oficial que llevaba la camisa blanca manchada de sangre por debajo de la casaca roja. En cuanto lo vio, a Atenea le dio un vuelco el corazón. Aunque caminaba sin dificultad y llevaba varios fusiles franceses debajo de un brazo, el miedo la había dejado sin respiración.

Él dijo para tranquilizarlas:

—La sangre no es mía. ¿Cómo está Justin? —Frunció el ceño al ver el estado de su amigo.

—Una bala me ha rozado la cabeza y tengo un corte en el pecho, pero ninguna de las dos heridas es grave según Atenea —contestó Justin con voz áspera y apenas audible—. Dime, si no te importa, ¿cuál es la forma correcta de apuñalar a un hombre?

—Se debe mantener el brazo bajo y asestar la puñalada de abajo hacia arriba —contestó Will mientras dejaba en el suelo su rifle y los fusiles franceses—. Es más probable dañar algún órgano vital de esa manera. Tu atacante te apuñaló desde arriba y se topó con los huesos del hombro y con las costillas. Un mal entrenamiento, al que debemos estar agradecidos. Estoy de acuerdo con Atenea. Tus heridas son muy escandalosas por culpa de las sangre, y dolorosas, pero no son mortales.

—¡Gracias a Dios! —exclamó Sofía, que estaba blanca como un fantasma.

Atenea sintió el mismo alivio. Cuando todo eso acabara, quería encontrar un lugar donde pudiera desmayarse tranquilamente. O gritar.

Luego. A lo largo de los años había tratado muchas heridas y en ese momento necesitaba hacerlo de nuevo, pero Sofía no tenía por qué ver al hombre que amaba mientras le curaban unas heridas que podían haberlo matado.

—Sofi, Justin está bien —le aseguró—. No hace falta que sigas aquí mientras lo vendo.

—Tienes razón. No es bueno que una princesa tiemble como si fuera una crema de vainilla —replicó Sofía con trémulo humor. Después de darle un beso fugaz a Justin en la frente, se puso de pie para dirigirse a sus alforjas. Acto seguido, se tumbó sobre las mantas, enterró la cabeza entre los brazos y empezó a respirar despacio y profundamente.

Cuando Will se acercó para ayudarla a vendar a Justin, Atenea se percató de que tenía una fea quemadura en el cuello, provocada por la pólvora. Tragó saliva e intentó parecer tranquila.

—La sangre no será tuya, pero han estado a punto de dispararte en el cuello.

—A punto no significa nada cuando hablamos de balas —repuso él encogiéndose de hombros—. ¿Necesitas más brandi o tienes bastante con la petaca de Sofía?

—Guarda el tuyo para beberlo —le aconsejó ella—. Todos lo necesitaremos.

—Usa el de Will para limpiar las heridas —murmuró Justin con los ojos cerrados—. El de Sofi es mejor para beber.

—Quedo corregida por un experto —replicó Atenea con tono jocoso mientras tapaba de nuevo la petaca real—. Will, además de darnos tu brandi, ¿tienes alguna prenda que nos pueda servir para vendarle el pecho a Justin? Las toallas no son lo bastante largas.

Will rebuscó en sus alforjas y sacó una desgastada petaca de brandi y una larga corbata blanca, muy apropiada para convertirla en una venda. Cuando regresó a su lado, dijo:

—Atenea, no sabía que curar heridos fuera una de tus múltiples habilidades.

—No me desmayo al ver la sangre, así que me han obligado a hacerlo antes —adujo mientras limpiaba el corte con una toalla húmeda. La hemorragia se había detenido por completo.

—Mi hermano se desmaya al ver la sangre —dijo Will mientras abría su petaca, llena con un brandi más humilde—. Mac es un hombre corpulento y fuerte como yo, así que le resulta bochornoso.

—He visto a otros hombres corpulentos y fuertes desmayarse por lo mismo. Me alegro de que no seas uno de ellos. —Esbozó una sonrisa torcida—. Sería muy inconveniente.

Atenea le echó el brandi sobre la herida, y Justin dio un respingo antes de obligarse a quedase quieto.

—¿Puedo beber un poco de brandi del de Sofi? —preguntó con voz tensa.

—Eres un pedante en lo que al brandi se refiere —le dijo Will mientras abría la petaca Alcántara y vertía con mucho cuidado un sorbo en la boca de su amigo.

Justin tragó.

—Es mi trabajo. De la misma manera que el tuyo es mantenerte alerta como estás haciendo ahora. —Le quitó la petaca de las manos y bebió un poco más.

Atenea comprendió que Justin tenía razón. Aunque Will estaba lo bastante relajado como para bromear, no paraba de vigilar atentamente todo aquello que los rodeaba.

Una vez que acabó de vendarle el pecho a Justin y lo tapó con una manta, preguntó:

—Will, ¿sabes cuántos atacantes había? ¿Todos llevaban uniforme francés? Y, si es así, ¿acaso no sabían que la guerra ha terminado?

—Todos los hombres que he visto llevaban uniformes harapientos y destrozados por las batallas. Supongo que no todos en el ejército querían rendirse, así que este grupo se ha dedicado al pillaje —contestó con el ceño fruncido—. En cuanto al número, hay cinco muertos que yo haya contado, pero he visto seis caballos ensillados en el camino y me he dado cuenta de que tienes un fusil francés. ¿Qué ha pasado?

—Uno apareció a mi espalda cuando me escondí detrás de aquel peñasco —dijo—. Mi arma estaba descargada, así que le di un porrazo con la culata. Cayó desplomado, pero no creo haberlo matado. —Esperaba no haberlo hecho. Haber matado de un disparo al captor de Sofía ya le suponía bastante con lo que lidiar por un día—. Lo siento, se me había olvidado por completo.

—Espero que no se despertara y saliera huyendo. Ya va siendo hora de obtener respuestas. —Will se puso de pie y se alejó hacia el lugar indicado. Regresó al cabo de un momento, arrastrando al soldado por el suelo y sujetándolo por las axilas.

El francés empezaba a recobrar el conocimiento y a moverse. Will lo sentó contra una roca y después le ató las manos con un pañuelo. Estaba escuálido y malnutrido, era un muchacho más que un hombre hecho y derecho. Atenea dio las gracias en silencio por no haberlo matado.

Will le preguntó en un francés fluido:

—¿Quién eres y qué haces en San Gabriel?

El muchacho gimió y no contestó. Al otro lado del claro, Sofía cogió la palangana, la llenó de agua fría del manantial y se la echó al soldado francés por la cabeza. Mientras el muchacho espurreaba, la insultaba e intentaba liberarse, Sofía se apartó y lo observó con los ojos entrecerrados y el ceño fruncido.

Will la miró y asintió con la cabeza en señal de aprobación.

—Ahora que por fin nos prestas atención, te lo pregunto de nuevo. ¿Quién eres y qué haces en esta área tan remota asaltando a personas inocentes?

El francés lo miró con expresión desesperada.

—¿Por qué debería hablar? De todas formas, va a matarme.

—No necesariamente —le aseguró Will con serenidad—. Vamos a empezar por los nombres. Yo soy el mayor Masterson, y tú eres... —Al ver que el muchacho titubeaba, añadió—: ¿Qué daño puede hacer que me digas tu nombre?

A regañadientes, el soldado contestó:

—Jean-Marie Paget.

—Gracias. Llevas el uniforme de un cabo. ¿Es correcto?

—Iban a ascenderme a sargento después de...

Al ver que Jean-Marie guardaba silencio, Will preguntó:

—¿Después de qué? Me apetece muchísimo saber qué hacen unos soldados franceses tan lejos de su casa. ¿O es que ya no te consideras un soldado francés?

—¡Siempre! —masculló el cabo.

—¿Aunque tu emperador haya abdicado y haya desmantelado su ejército?

—¿Por qué deben los soldados acatar las órdenes de un líder que se ha rendido? Un líder que mandó a la muerte a muchos franceses y que después escapó como un cobarde para mantenerse a salvo. ¡Un verdadero emperador habría muerto antes que hacer eso! —El muchacho parecía estar repitiendo las palabras dichas por otra persona.

Will decidió seguir su intuición.

—Así que, como estaba enfadado con Napoleón, tu comandante decidió convertir a sus hombres en bandidos.

—¡En bandidos no! —lo corrigió el cabo, enfadado—. El general tiene un plan. El valle de San Gabriel solo tiene a una princesa débil como heredera, sin ningún hombre que se ocupe de ella. El general se casará con la princesa y le ofrecerá al valle el líder fuerte que necesita. Todos los que lo apoyemos recibiremos tierras y mujeres. ¡Puedo ser un hombre de relevancia, como nunca lo habría sido de haberme quedado en Burdeos!

Mientras Sofía jadeaba, Will replicó con mordacidad:

—Qué generoso por parte del general. ¿No se le ha ocurrido que los gabrieleños tienen planes propios?

—La mitad de las mujeres del valle son viudas después de la guerra —respondió Jean-Marie—. Agradecerán tener en sus camas hombres de verdad y un líder fuerte en el trono. Una vez que el general Baudin se case con la princesa, todo será legal. Ella seguramente también agradezca contar con la ayuda de un hombre de verdad que cuide de ella y del país.

El nombre «Baudin» fue como si hubiera caído un rayo en el claro. Will comprendió que los planes del francés tenían sentido. Baudin había visto ese valle remoto y seguro, y también había visto la posibilidad de convertirlo en su refugio si Napoleón se rendía, como haría tarde o temprano. Después de quitar de en medio al rey y al heredero, y tras haber dejado San Gabriel en manos de un regente anciano, el país estaba listo para la conquista. Si Baudin se casaba con Sofía, ningún otro país se atrevería a interferir porque todos estaban ocupados restañando las heridas provocada por la guerra.

Sofía se acercó a Will echando chispas por los ojos y miró al soldado francés.

—La princesa heredera de San Gabriel jamás agradecerá la presencia en su cama de un cerdo francés —masculló—. Como intente forzarla, ella lo degollará. ¡Te lo garantizo!

25

Jean-Marie miró boquiabierto a Sofía, embobado por su brillante pelo negro y sus exquisitas facciones.

—El general dijo que la princesa es una niña tonta y débil —dijo él con voz titubeante—. Nos dijo que recibiría de buen grado su abrazo.

—Yo soy Su Alteza Real la princesa María Sofía del Rosario de Alcántara —replicó ella con voz acerada—. Si tu general intenta ponerme una mano encima, se la cortaré. Ya asoló mi tierra en una ocasión. ¡No permitiré que vuelva a hacerlo!

—¡No puede ser la princesa! —exclamó el francés.

—¿Porque no soy débil ni estoy indefensa? —Esbozó una sonrisa dulce—. En otro tiempo lo era, pero ya no. Tu general es el culpable de que dejara de ser una mariposa y me convirtiera en una leona. Y las leonas protegemos y defendemos lo que es nuestro.

—Dijo que la princesa vive en un gran palacio en el valle —susurró el muchacho—. Y... ¡las princesas llevan corona!

—Tengo varias tiaras, y en mi coronación luciré la corona real de San Gabriel. Mi pueblo consiguió esconder las joyas reales de las garras de tu general cuando invadió mi país el año pasado. —Enarcó las elegantes cejas—. Normalmente resido en Castelo Blanco, pero mis consejeros y yo estamos estudiando formas de reforzar mis tierras.

Jean-Marie abrió los ojos como platos, horrorizado, al darse cuenta de que sus camaradas y él habían atacado a la princesa real y a sus consejeros, y quienquiera que dirigiese la partida francesa había querido convertirla en la ramera del campamento.

—Sin-sin ánimo de ofender, alteza —tartamudeó el muchacho—. El general Baudin siente el mayor de los respetos por usted y la tiene en mucha estima. Jamás querría que sufriera daño alguno.

—En ese caso, no debería haber mandado una patrulla de reconocimiento a mi país. Porque es lo que sois, ¿no? Una patrulla de reconocimiento. —Cuando él asintió con la cabeza, le ordenó—: Cuéntame los planes de tu general para invadirnos.

Con la cara blanca como el papel, el cabo dijo:

—Ya he dicho demasiado.

Tras haber observado a Sofía con absoluto placer, Will ordenó sin rodeos:

—En absoluto, has dicho muy poco. ¿A qué distancia está el general Baudin? ¿Cuántos hombres trae consigo?

Jean-Marie tragó saliva con fuerza, haciendo que su nuez se moviera muy deprisa. Miró a Sofía con veneración desesperada, pero era evidente que estaba dividido por la lealtad que le debía a su general.

Sofía cambió de táctica y le puso una mano en el brazo con ternura.

—Cabo Jean-Marie Paget. Tus padres te pusieron el nombre de Marie para pedir la bendición de la Santa Madre, la Virgen María, ¿verdad?

Una vez que él asintió con la cabeza, titubeante, la princesa continuó:

—San Gabriel es un país donde se venera a la virgen. Tu general Baudin arrasó mi país el verano pasado. Robó la venerada imagen de la Reina del Cielo. ¿Formaste parte de aquel asalto?

Él meneó la cabeza.

—Su brigada sufrió muchas bajas y me enviaron como reemplazo después de que se reuniera con el grueso del ejército. Los hombres que habían estado en San Gabriel me dijeron que era un lugar muy bonito y que habían disfrutado mucho de la visita. Me dijeron que el país era nuestro si lo queríamos.

—¡La visita! Seguro que les encantó que no pudiéramos oponer resistencia y que tuviéramos comida de sobra que poder robar —masculló Sofía, incapaz de controlar la rabia—. ¿Te hablaron de la muerte y de la destrucción que nos trajeron? ¿De que quemaron las viñas, los campos de labor y las casas? ¿Por qué, por lo más sagrado, creerían que los recibiríamos de nuevo con los brazos abiertos?

El cabo se encogió al ver su furia.

—Los hombres que habían pasado por el valle hicieron que pareciera un paraíso. Dijeron que nos recibirían encantados. Nosotros..., yo... quería algo así. Mi familia ha muerto, así que no me espera nada en Francia. Si me deja en libertad para que pueda volver a mi casa, me matarán los españoles, que odian a todos los franceses. —Cerró los ojos y añadió, descorazonado—: Nada. No tengo nada. Ni vida, ni esperanza. ¡Adelante, máteme ya por los crímenes de mis camaradas! Un oficial británico sin duda me matará más deprisa que los guerrilleros españoles.

«Sí, muy joven», pensó Will. «Y melodramático, además.» Mientras sopesaba qué táctica usar, Sofía le ordenó:

—¡Cabo Jean-Marie Paget! ¡Mírame!

Cuando el muchacho abrió los ojos, lo miró fijamente a la cara y añadió:

—Si le juras lealtad a San Gabriel, puedes tener una vida aquí, pero como individuo, no como parte de un ejército invasor. Serás libre y podrás trabajar en las propiedades de los Alcántara. Con el tiempo, puede que consigas una esposa y tengas una familia propia. A cambio, nos jurarás lealtad y nos contarás todo lo que sabes de los planes de Baudin para la invasión.

Al ver que el muchacho titubeaba, Atenea se acercó con un vaso de vino y los dos últimos emparedados de jamón y queso que había preparado.

—Will, desátale las manos para que pueda comer mientras se lo piensa, porque es una decisión muy importante que le marcará el resto de la vida. No intentarás hacerle daño a nadie, ¿verdad, cabo Paget?

—No, señora —contestó, apocado—. No cuando han sido tan amables conmigo.

Will se sentó sobre los talones y observó la escena con sorna. Había estado dispuesto a hacer todo lo necesario para sonsacarle la información al prisionero, pero prefería con creces el ataque de ternura de Sofía y de Atenea.

Era evidente que Atenea encandilaba al cabo tanto como Sofía, aunque de un modo distinto. El muchacho casi se tragó el primer emparedado sin masticar siquiera. Aunque estaban fríos, seguro que era lo mejor que había comido en varias semanas.

Después, bebió un sorbo de vino. Tras un instante de sorpresa, bebió otra vez.

—¡Su vino es muy bueno, princesa! Tan bueno como el burdeos de mi hogar, pero con su propia alma.

—Sí que es buen vino, sí —convino Sofía—. Estamos buscando los medios para transportar nuestros vinos a Oporto y, de allí, a Inglaterra y más allá. Cuando eso suceda, cultivaremos más tierras en las montañas. Los hombres que sepan hacer buen vino y que trabajen duro podrán ser dueños de sus propios viñedos.

—¿Eso podría pasarme a mí? —preguntó Jean-Marie con un hilo de voz.

—Podría —respondió Sofía con cautela—. Como heredera al trono, te juro que tendrás las oportunidades necesarias para labrarte una buena vida. Pero solo si le juras lealtad a San Gabriel de todo corazón. Y si después trabajas duro. Son las mismas oportunidades que tienen los súbditos de San Gabriel.

La resistencia del muchacho se derrumbó.

—Perdóneme los pecados que he cometido contra su país, princesa —susurró a la vez que se santiguaba—. Juro lealtad a San Gabriel y a usted. La ayudaré en todo lo que pueda.

Una vez que Sofía se ganó el corazón y el alma del muchacho, llegó el momento de centrarse en asuntos militares.

—¿Cuántos hombres acompañan al general Baudin? —le preguntó Will—. ¿Con qué armamento cuentan? ¿Disponen de artillería de campaña?

Jean-Marie frunció el ceño.

—Menos de un batallón. Entre quinientos y seiscientos hombres. El general Baudin comandaba una brigada completa, pero sufrió muchas bajas en Toulouse, y cuando decidió dirigirse hacia el oeste, a San Gabriel, tuvo que desplegarse muy rápido y no pudo esperar a que más hombres se unieran a sus filas. —Se detuvo para darle un bocado al segundo emparedado. En esa ocasión comió más despacio, saboreando el queso ahumado y el jamón, así como lo crujiente que estaba el pan tostado—. Toda la tropa va armada con fusiles y tienen reservas de munición, pero la artillería de campaña se perdió al vadear un río en España.

Una buena noticia, desde luego.

—¿Cuándo planea invadir Baudin? —preguntó Will.

—Dentro de... —El cabo se detuvo para calcular—. Unos cinco días. El domingo al amanecer, porque el general cree que los gabrieleños estarán en misa y los podrá sorprender.

Will se tensó de los pies a la cabeza. Cinco días hasta la llegada de la destrucción que había presentido.

—¿Cómo planea entrar en el país? ¿A través del camino principal desde España?

—Sí, recorrimos los pasos montañosos y es la única forma que nos permitiría, que le permitiría al general marchar lo bastante deprisa para sorprender a los lugareños.

Will había llegado por la misma ruta. La cabeza le daba vueltas por la cantidad de posibilidades mientras decía:

—Es hora de reunir al consejo de guerra. Cabo Paget, no voy a sugerir siquiera que no confío en el juramento que acaba de hacer, pero necesita tiempo para adaptarse al modo de vida gabrieleño. No le pediré que luche contra sus compatriotas.

Jean-Marie suspiró, aliviado.

—Se lo agradezco. Le debo mi lealtad a San Gabriel, pero no quiero disparar contra hombres que han sido amigos míos.

Will miró de reojo a Sofía.

—Si Su Alteza Real está de acuerdo, ya no eres un prisionero. Puedes irte si así lo deseas, pero lo harás sin tu caballo, tu fusil ni cualquier otra arma.

—Estoy de acuerdo —dijo Sofía—. Si te quedas, debe ser por tu propia voluntad.

El muchacho hizo una mueca.

—A los portugueses les gustan los franceses tanto como a los españoles. San Gabriel es mi mayor oportunidad de tener una vida. No traicionaré mi juramento.

«Un muchacho sensato», se dijo Will. Supuso que en cuestión de seis meses Jean-Marie hablaría el gabrieleño con fluidez. También era apuesto, o lo sería cuando dejara de ser un saco de huesos. Llegado el momento, no le costaría encontrar esposa ni formar el hogar que ansiaba.

—Mientras discutimos el plan —prosiguió Will—, busca en los alrededores un lugar donde enterrar fácilmente a tus camaradas. No quiero dejar los cuerpos al aire libre para que se los coman las alimañas, pero tampoco tengo tiempo para cavar tumbas. Busca algo adecuado como su lugar de descanso eterno.

A Jean-Marie se le demudó el semblante.

—¿Usted solo ha matado a todos los demás?

Will miró a Atenea de soslayo.

—He contado con ayuda. Lo siento si eran amigos tuyos, pero nos atacaron por sorpresa y querían matarnos sin más. Salvo a la princesa, a quien tu líder quería capturar y... deshonrar. —Will señaló el lugar en el que Justin descansaba, no muy lejos—. Hirieron a mi amigo al salvarla.

Jean-Marie se quedó blanco.

—Yo estaba rodeando su campamento y no me enteré. El teniente que lideraba nuestra escuadra era..., era un bruto.

—Se ha hecho justicia con ellos y con los demás —adujo Sofía con frialdad—. Como hijos de Dios, se merecen un entierro digno, pero no lloraré sus muertes.

—Es muy bondadosa al no dejar que sus cuerpos sean pasto de los lobos. —El cabo se puso en pie—. Daré con un lugar adecuado para enterrarlos. Si me lo permite...

Will asintió con la cabeza y el soldado se alejó del claro con expresión decidida. Sofía preguntó en voz baja:

—¿Creéis que volverá?

A lo que Atenea replicó:

—Sí, sin ningún sitio al que volver y estando solo, sin caballo y sin armas nunca sobreviviría al viaje por España para llegar a Francia. Has sido muy lista al ofrecerle esperanzas, Sofi. Has logrado que deje de ser un enemigo para convertirlo en un aliado.

—No quería que lo ejecutaran, y necesitábamos la información —dijo la aludida con un deje pragmático—. Pero... ¡madre del amor hermoso, Will! ¿Qué podemos hacer contra cientos de soldados bien entrenados y armados? Nuestras milicias son pequeñas, no tenemos suficientes armas y solo hay un puñado de soldados experimentados.

—Dado que estamos al tanto de cuándo y por dónde van a invadir, les tenderemos una emboscada —contestó Will—. Yo vine atravesando las montañas desde España, y hay un buen trecho del camino que queda en una hondonada y está muy encajonado antes de coronar la ruta hacia San Gabriel.

Sofía se aferró a esa idea con alivio y exclamó:

—¡Parece un plan estupendo! Will, ¿puedo nombrarte comandante en jefe de las tropas militares de San Gabriel? Incluso puedo nombrarte general si lo prefieres. O, mejor, mariscal de campo... Es una graduación todavía mayor, ¿no?

Will esbozó una sonrisilla torcida.

—Nunca he tenido deseos de ser general, pero acepto el nombramiento temporal de comandante en jefe, dado que soy la persona más cualificada para el puesto. Me gustaría que Gilberto Oliviera y Tom Murphy fueran ascendidos temporalmente a capitanes, dado que ambos tienen mucha experiencia y son muy capaces.

—Haz lo que creas más conveniente, Will. —Sofía esbozó una sonrisa contrita—. Mi contribución a las defensas de San Gabriel serán las plegarias. Primero, para dar gracias de que estés aquí y de que estés dispuesto a ayudar, y después rezaré con más fervor para que salgamos victoriosos.

—¿Qué probabilidades hay de que lo consigamos? —preguntó Atenea en voz baja—. Con suerte, tendremos la mitad de los hombres y menos de la mitad de las armas, y solo los veteranos que volvieron contigo desde Toulouse han entrado en combate.

Will titubeó, ya que no le gustaba lo que tenía que decirle, pero tanto Sofía como Atenea tenían que conocer la realidad.

—Puede que tengamos un cincuenta por ciento. —Como mucho.

Sofía preguntó, esperanzada:

—¿Podría ser que el coronel Da Silva y el resto del ejército gabrieleño hubieran vuelto para entonces?

—No es imposible —contestó Will—. Pero deben atravesar España al completo con hombres que se están recuperando de sus heridas. No sé hasta qué punto verán ralentizada su marcha.

Sofía alzó la barbilla.

—Rezaré por su pronta llegada a casa y recordaré lo que Will ha dicho acerca de la mejor forma de apuñalar a un hombre si Baudin intenta llevarme a la cama.

—No será necesario, Sofi —le aseguró Atenea—. Eres el trofeo que legitimaría la conquista de Baudin. Si se acerca demasiado, saldrás del castillo por el túnel y te esconderás en una de las cuevas. —Soltó una risilla—. ¡Tanto trabajo para abrir las cuevas con el vino y lo hemos hecho antes de tiempo!

—Hablando de viajar deprisa —comentó Will—, ¿Justin podrá volver a caballo a Castelo Blanco mañana?

Antes de que Atenea pudiera contestar, Justin se le adelantó con un hilo de voz:

—Lo hará. Átame al dichoso caballo si hace falta. No podemos perder el tiempo. Si me desangro, que así sea.

—Cabalgaremos lo más deprisa que sea posible sin matarte en el proceso —le prometió Will—. San Gabriel te necesita vivo para que vendas sus vinos.

Sofía hizo una mueca, pero Justin soltó una carcajada que acabó en una tos.

—Siempre me ha gustado tu sentido común, Will —consiguió decir cuando recuperó el aliento—. ¡Pero no me hagas reír! Duele.

Con el ceño fruncido, Sofía sugirió:

—Tal vez deberías adelantarte tú, Will, ya que eres vital para la defensa de San Gabriel. Los demás podemos seguirte más despacio.

Meneó la cabeza.

—Volveremos juntos. Nadie es sustituible. Y, tal como hemos descubierto hoy, el país se encuentra en un peligro mucho mayor del que creíamos.

Para su alivio, nadie se lo discutió. Ya había combatido bastante por ese día.

26

Jean-Marie Paget encontró un agujero excavado por el agua en el terreno pedregoso capaz de albergar cinco cadáveres; junto al agujero había un montón de piedras sueltas. Will y él envolvieron a los soldados franceses muertos en sus mantas y los trasladaron a su lugar de descanso eterno.

Aunque el sitio no se veía desde el claro, Atenea alcanzaba a oír los ruidos de la tierra y las piedras al cubrir la tumba. Otro motivo para alegrarse de que Sofía hubiera convencido al joven francés de que cambiara de bando. De haberlo matado, ella habría tenido que ayudar a Will, dado que Justin no estaba en condiciones de realizar semejante esfuerzo y era impensable pedirle a una princesa que enterrase cadáveres. Aunque Sofía habría ayudado de habérselo pedido, porque era así de honorable.

Después del entierro, dijeron unas breves palabras por los muertos. Jean-Marie pronunció sus nombres y habló un poco de cada uno. Will pronunció un quedo réquiem militar. Sofía rezó por sus almas. Justin no se acercó a la tumba, aduciendo que necesitaba conservar las fuerzas. Aunque Atenea sí estuvo presente, no habló, pero en silencio maldijo a los viejos que orquestaban las guerras en las que morían los jóvenes.

Agradeció el hecho de que el sol se estuviera poniendo cuando por fin regresaron al campamento, porque así podían retirarse a pasar la noche. Jean-Marie estaba envuelto en una manta raída a una distancia prudencial de los demás, cerca de los caballos. Sofía sacó sus dos mantas de las alforjas y declaró con deje desafiante:

—Voy a dormir junto a Justin.

Atenea sonrió.

—Ni se me ha pasado por la cabeza discutírtelo. Si empeora durante la noche, despiértame, pero confío en que los dos durmáis bien.

Justin se echó a reír, pero luego empezó a toser de nuevo.

—Yo también confío en ello. Y no tienes que preocuparte, no estoy en condiciones de comprometer a nadie, aunque sea la muchacha más guapa del mundo.

La tensión de Sofía se disolvió entre risas.

—A tu adulación no le pasa nada, está claro. —Se dispuso a arropar bien a Justin con las mantas, tras lo cual se tumbó en la suya, lo bastante cerca para tocarse.

Él la cogió de la mano y dijo en voz muy baja, para que nadie lo escuchara:

—Da igual cuánto viva, nunca olvidaré la noche en la que dormí con una hermosa princesa. —Sus palabras le arrancaron más carcajadas a Sofía.

Atenea se alejó hasta que el ruido del agua ahogó sus palabras. Desayunarían un poco de pan y queso antes de partir por la mañana, con las primeras luces del alba, de modo que recogería todo lo que no iban a necesitar.

Después de guardar lo esencial, buscó a Will con la mirada y lo encontró apoyado contra el peñasco que estaba más cerca del fuego, que alimentaba con más leña. Mientras se preguntaba si tenía los nervios tan a flor de piel como ella, se acercó a él y le dijo:

—Se me ha ocurrido preparar un poco de té. ¿Te apetece?

Will la miró con una cálida, aunque cansada, sonrisa.

—Desde luego. Después del día que hemos pasado, a todos nos hace falta una buena taza de té.

Los últimos rayos de sol habían desaparecido y parecían estar solos en mitad de la noche, aunque otras tres personas descansaban no muy lejos. El constante y lejano rugido de la catarata hacía que la situación pareciera más íntima. Mientras colgaba la pequeña tetera sobre el fuego, le preguntó:

—Supongo que vas a montar guardia esta noche, ¿no?

Él asintió con la cabeza.

—Jean-Marie ha dicho que no creía que hubiera más patrullas de reconocimiento francesas por la zona, pero puede que quede alguna por ahí. —Señaló el montón de fusiles franceses que tenía a la izquierda—. Limpiar esas armas, y también la mía, es una buena forma de pasar el tiempo.

Atenea frunció el ceño.

—Tengo que limpiar mi fusil. En circunstancias normales lo habría hecho ya, pero ha sido un día muy ajetreado.

—Tráemelo y te lo limpiaré mientras tú preparas el té.

Le llevó el fusil y Will lo limpió mientras ella se relajaba y esperaba a que hirviese el agua.

—Cuesta recordar que salimos del castillo esta misma mañana —dijo ella—. Parece que ha sido más una semana que un día.

—Y una semana muy larga y dura, además —convino Will—. Me duelen partes del cuerpo que ni siquiera sabía que tenía.

—¡Igual que a mí! —El agua empezó a hervir, de modo que añadió las hojas de té y dejó la tetera en el suelo para que se hiciera la infusión.

Will le cogió una mano y le dio un tironcito, instándola a sentarse en la manta doblada, junto a él.

—Has tenido un día especialmente desagradable —le dijo él en voz baja y muy seria—. ¿Cómo lo llevas?

Abrió la boca para decir que se encontraba bien, pero la cerró, incapaz de hablar. Lo intentó de nuevo y se echó a temblar como una hoja.

—Es-espero que no te importe que me deje llevar por la histeria —contestó ella con voz estrangulada—. Cuando pienso en lo cerca que hemos estado de morir... —Se le quebró la voz.

Will la abrazó con más fuerza, ofreciéndole su calidez, su fuerza y su consuelo.

—Te has ganado el derecho a dejarte llevar por la histeria —le aseguró con firmeza—. Deja que te diga que lo que has hecho hoy ha sido extraordinario. De no ser por tu valentía y tu improvisación, estaríamos todos muertos. O algo peor.

Atenea recordó lo que los franceses querían hacerle a Sofía y a duras penas controló las náuseas.

—Ha sucedido todo tan deprisa que no sé muy bien qué he hecho.

—Pues permíteme recordártelo. —Will soltó un ronco suspiro—. He sido un idiota redomado al dejarme engañar por la aparente calma del país, y eso casi nos ha costado la vida. Me escapé por los pelos del tirador del peñasco. Conseguí apartarme a tiempo y acabar con él, pero ese otro francés me habría matado mientras recargaba el arma si no le hubieras dado un sartenazo en la cara.

—Fue instintivo. —Sus nervios destrozados empezaban a calmarse gracias a la calidez y la cercanía de Will—. La cogí y lo golpeé sin pensar.

—¡Menos mal que tienes buen instinto! Habrías sido un soldado excepcional. Aunque habría sido una gran pérdida. —Empezó a acariciarle el brazo con la palma de la mano. Atenea tuvo la sensación de ser como un gato al que acariciaban—. Salí en pos del resto de los atacantes, porque tenía que hacerlo, pero fuiste tú quien impidió que se llevaran a Sofía.

—Fue Justin quien la salvó. Yo me limité a aprovechar el momento en cuanto se me presentó un tiro limpio cuando consiguió liberarla de su secuestrador. —Se estremeció al recordarlo.

—No creo que haya sido la primera vez que matas a un soldado francés para proteger a un ser querido —dijo él en voz baja—. Pero eso no implica que sea más fácil de hacer... ni de vivir con ello.

Atenea recordó al soldado francés que había matado en Oporto cuando entró en el convento y enterró la cara en el hombro de Will.

—Preferiría no adquirir la costumbre de matar bandidos —replicó ella, con la voz apagada, contra su cuerpo—. Pero si eso es lo que le espera a San Gabriel, ¿quién sabe?

—Ciertamente, ¿quién sabe? —repitió él con sorna—. Agradezco tu valentía y tu ingenio, porque puede que te hagan falta.

Sus palabras confirmaron las sospechas de Atenea.

—¿Es muy mala la situación? Me dio la sensación de que estabas quitándole hierro al asunto durante nuestro consejo de guerra.

Will frunció el ceño.

—Cuesta predecir hasta qué punto tendrá éxito la emboscada. Debemos estar en posición en el momento y en el lugar adecuados, lo que implica tener información veraz para saber el momento exacto. Nuestros hombres tendrán que llegar con antelación y seguramente tendrán que permanecer horas agazapados durante la gélida noche. Inmóviles, en absoluto silencio. Las tropas francesas están curtidas y recelarán de ese punto del camino precisamente porque es un lugar perfecto para una emboscada. El más mínimo ruido o atisbo de uno de nuestros hombres los pondrá en alerta y nos quitará el elemento sorpresa.

A regañadientes ella se alejó de su reconfortante brazo y sirvió el té en dos jarrillos de lata, a los que añadió terrones de azúcar. Mientras le ofrecía un jarrillo a Will, le dijo:

—Sabes las tropas de las que dispones. ¿Cuál crees que será el resultado más probable?

—Si todo sale bien reduciremos en mucho las tropas francesas, pero como repelerán el ataque, nuestras filas también sufrirán numerosas bajas. Algunos de los milicianos huirán, porque nunca han estado en combate. Estarán todos aterrados —le aseguró sin rodeos—. En el peor de los casos, casi todos los milicianos rompen filas y huyen, y la huida se convertirá en un baño de sangre.

Atenea sujetó el jarrillo de lata con ambas manos, ya que necesitaba su calor.

—Si ese es el peor de los casos, ¿cuál te parece el más probable?

—Cada milicia estará comandada por uno de los soldados que sirvieron bajo el mando de Da Silva. Ojalá que haya bastante hombres así para tranquilizar a los demás, de modo que no se produzca una retirada masiva —contestó Will muy despacio—. Sin embargo, los franceses repelerán el ataque con todas sus fuerzas. Han marchado muchos kilómetros para apoderarse de San Gabriel y no huirán en retirada así como así. Al igual que sucede con Jean-Marie, ¿adónde iban a ir? Dado que no depusieron las armas con la abdicación, ahora son proscritos a ojos de los aliados. Lucharán como animales arrinconados.

Atenea bebió un buen trago del té medio frío mientras sopesaba las posibilidades.

—Seguro que tendremos la oportunidad de usar la pólvora que te mueres por hacer estallar.

Will rio entre dientes.

—Sí, y después de haber examinado el lugar de la emboscada, seguro que sabré cómo sacarle todo el partido. Pero quinientos o seiscientos hombres que marchan por un estrecho camino de montaña se extenderán a lo largo de varios kilómetros. No tengo pólvora suficiente para hacerlos volar por los aires a todos a la vez. Puedo aumentar nuestras probabilidades, pero las explosiones no bastarán para ganar la batalla.

—¿Y si sobreviven bastante oficiales franceses para hacerse con el control del país?

Will encogió esos fuertes hombros suyos.

—Tendremos que rezar para que las casas seguras y las cuevas protejan a la mayoría de la población hasta el regreso del coronel Da Silva. Mis cálculos más optimistas son que el ejército volverá dentro de dos o tres semanas.

Atenea deseó que fuera antes.

—Así que la situación no es buena, pero tampoco es desesperada.

Will apuró el té.

—Hay mejores perspectivas que cuando huías de los franceses por el puente de barcos o que cuando yo esperaba en un sótano a que me ejecutaran al amanecer. Los dos sobrevivimos entonces contra todo pronóstico, y haremos todo lo que esté en nuestras manos para sobrevivir ahora. Es lo único que podemos hacer.

—¡Bien dicho! —Atenea apuró el té que le quedaba y luego se tapó la boca al bostezar—. De repente, soy incapaz de mantener los ojos abiertos. Necesito dormir unas horas, y tú también. Despiértame a mitad de la guardia para reemplazarte.

—Si es necesario, lo haré, pero no necesito dormir mucho. —La miró con una sonrisa íntima—. Túmbate a mi lado, Atenea. Mi muslo será una almohada decente.

—Es un ofrecimiento que debería rechazar, pero no lo voy a hacer. —Bostezó de nuevo. Acto seguido, se tumbó de costado en las mantas antes de apoyar la cabeza en su muslo—. Pero puedo cambiarme de postura si necesitas moverte. ¡Y despiértame para que puedas descansar!

Will le colocó una mano en el hombro y sintió cómo se le relajaban los músculos al sumirse rápidamente en el sueño. Una parte de su mente se mantenía alerta por si oía algún ruido que no perteneciera al río o a las silenciosas criaturas nocturnas, pero la mayor parte pensaba en lo tranquilo que estaba allí, con Atenea durmiendo, confiada, a su lado.

Era una mujer increíble que habría sido un soldado magnífico, pero prefería con creces que fuera mujer. Bajo las mantas, podía ver la preciosa silueta de su cuerpo fuerte y elegante. Unas piernas maravillosas y largas. Un valor y una fuerza inigualables. Y poquísima confianza en que pudieran establecer una vida en común.

Esa noche la posibilidad de una vida juntos parecía un asunto menor. San Gabriel estaba a las puertas de una guerra, él era el comandante en jefe de sus limitadísimas tropas y un buen oficial no daba órdenes desde la retaguardia.

Si hubiera rechazado la petición de Duval para que fuera a San Gabriel, a esas alturas podría estar a salvo en Inglaterra. Claro que así no habría conocido a Atenea; pero no se arrepentía de tenerla en su vida, aunque fuera por un periodo tan breve de tiempo.

—Dulces sueños, lechucilla mía —le susurró—. Dulces sueños.

Atenea durmió como un tronco y se despertó justo a tiempo para obligar a Will a descansar un par de horas. También ella era una buena almohada, le informó Will antes de quedarse dormido.

A Atenea le encantaba sentir su cabeza en el regazo, si bien le costaba la misma vida no ceder a la tentación de acariciarle todo lo que tuviera a mano. El pobre necesitaba descansar.

En la oscuridad de la madrugada, antes del amanecer, pensó en los breves y mágicos días que habían pasado desde que Will y ella se conocían. Su resistencia al cortejo de Will tenía unas raíces profundas y angustiadas. Pero en ese momento se enfrentaban a una invasión en apenas cuatro días. La vida era frágil. Bastaba una bala de plomo para destruir un espíritu tan luminoso como el de Will o el de Sofía. La bala que le había rozado la cabeza a Justin podría haber sido letal de haberse desviado un centímetro.

Habían sobrevivido ese día, pero tal vez estarían muertos dentro de una semana.

Miró fijamente el apuesto rostro de Will, demudado por la responsabilidad incluso mientras dormía, y se juró que no malgastaría ni uno solo de los valiosísimos momentos que les quedaban.

27

El largo camino de regreso a Castelo Blanco fue agónico para Sofía, no por ella, sino por Justin. Era evidente que sufría, pero se portaba como un estoico y recalcitrante escocés y se negaba a admitir que pasaba algo. Claro que tampoco podían hacer mucho para aliviar su dolor cuando necesitaban llegar al castillo a toda prisa. Sofía cabalgó a su lado y rezó para que no se le reabrieran las heridas y comenzaran a sangrar de nuevo.

Por extraño que pareciera, Jean-Marie se mostraba igual de solícito, ya que cabalgaba al otro lado de Justin y no lo perdía de vista. Tenía el instinto de un buen ayuda de cámara.

Will también se preocupaba por el bienestar de su amigo, pero se preocupaba todavía más por San Gabriel y su defensa, de modo que no cuestionó a Justin. Cabalgaron a paso vivo con pocas paradas, y las que hicieron fueron más por los caballos que por los jinetes.

Sofía sintió un enorme alivio al llegar al castillo. Justin tenía muy mala cara debido al dolor y al cansancio, y corría el peligro de caerse de bruces del caballo. Will lo ayudó a desmontar sin sobresaltos y lo sujetó hasta que dos mozos de cuadra salieron de las caballerizas con expresiones preocupadas.

—Han herido al señor Ballard durante un ataque —les explicó Sofía—. Miguel, ayuda al cabo Paget a llevar al señor Ballard a su habitación. Sancho, ve al pueblo y trae contigo al doctor De Ataide tan rápido como puedas.

Los mozos de cuadra miraban a Jean-Marie espantados.

—¡Un soldado francés! —exclamó Miguel, estupefacto—. ¿Ha perdido el juicio, alteza? ¿La está amenazando este salvaje?

—El señor Paget ya no es un soldado francés —respondió Sofía con sequedad—. Ha jurado lealtad a San Gabriel. Te ayudará a llevar al señor Ballard a su habitación.

Miguel abrió la boca para seguir protestando, pero Sofía se le adelantó sin miramientos.

—¿Estáis poniendo en duda mis decisiones?

Miguel tragó saliva con fuerza.

—No, alteza. —Se colocó junto a Justin y le pasó un brazo por la cintura mientras Jean-Marie adoptaba una postura parecida al otro lado del herido.

En inglés, Justin le susurró con un deje guasón:

—Cada día te pareces más a una reina, princesa mía. A una de las que dan miedo.

Una vez que echaron a andar hacia el castillo, el gabán de Justin se abrió y Sofía alcanzó a ver las manchas de sangre fresca que había en el vendaje de su torso. Espantada, exclamó:

—¡Eso quiere decir que puedo darte órdenes, plebeyo escocés! ¡Vas a irte a tu habitación y vas a quedarte allí hasta que el médico diga que estás recuperado!

—¿Me decapitarás de lo contrario? Sí, majestad —replicó él con voz apagada, pero con un brillo travieso en los ojos, antes de subir el primer escalón, momento en el que se vio obligado a contener un jadeo de dolor.

Sofía se mordió el labio y siguió a Justin y sus acompañantes hasta su habitación. Justin gimió cuando lo dejaron con cuidado en la cama, sobre el cobertor, y cerró los ojos. Seguía teniendo el rostro demacrado por el agotamiento, pero al menos estaba acostado en vez de dando tumbos a lomos de un caballo.

Sofía les dio las gracias a los dos hombres y luego añadió:

—Miguel, te necesitan en las caballerizas. Ya has visto que hemos vuelto con más caballos de la cuenta.

El aludido asintió con la cabeza.

—Animales escuálidos, pero con los cuidados necesarios, serán útiles. ¿Qué les pasó a los jinetes?

—Seis soldados franceses renegados cometieron el error de atacarnos —contestó con sequedad—. Cinco de ellos no vivieron lo suficiente para arrepentirse. Jean-Marie, ¿ayudas al señor Ballard a quitarse el gabán?

Miguel se fue a las caballerizas y Jean-Marie incorporó con cuidado a Justin lo suficiente para quitarle el gabán. Parecía que la hemorragia se había detenido, pero Sofía no se quedaría conforme hasta que el médico le examinara las heridas y le cambiara el vendaje.

Una vez que Justin estuvo tumbado de nuevo, Sofía dijo:

—Jean-Marie, será mejor que te quites la casaca del uniforme francés. A nadie se le ha olvidado la invasión francesa del año pasado, y no quiero que te maten por error.

—Yo tampoco quiero que eso pase, alteza —replicó él con fervor mientras se quitaba la raída casaca azul.

Con los ojos cerrados, Justin dijo:

—Si no te importa tener que limpiar las manchas de sangre, puedes quedarte con el gabán que me acabas de quitar. Ahora te vendrá un poco grande, pero debería quedarte bien en cuanto cojas algo de peso.

—¿Me daría su propio gabán, señor? —Jean-Marie examinó la prenda—. Es un gabán muy bueno.

—Confeccionado en Londres con una tela y un corte excepcionales —convino Justin—. Pero no podré usarlo sin recordar que me apuñalaron y me dispararon, así que te lo doy encantado.

—¡Gracias, señor! —Jean-Marie se lo puso. La tela era de color marrón oscuro, de modo que las manchas de sangre no resaltaban demasiado, y le quedaría bastante bien en cuanto engordara un poco.

—Bienvenido a la vida civil, señor Paget —le dijo Sofía.

El muchacho acarició el paño de la manga izquierda del gabán.

—Me enrolaron forzosamente en el ejército. No voy a echarlo de menos.

—Creo que te gustará mucho más ser un gabrieleño —le aseguró Sofía—. De momento, ve a las caballerizas y ayuda con los caballos. Después, pregunta dónde puedes encontrar al señor Oliviera y dile que he ordenado que te den trabajo y comida, y que te busquen un alojamiento. —Agitó una mano con gesto cansado—. Durante los próximos días, la vida será un caos por aquí.

—Cualquier cosa que desee que haga, alteza, solo tiene que pedírmelo. —Le hizo una profunda reverencia y se marchó.

Al hacerlo, una figura peluda entró corriendo en la habitación. Sofía soltó el aire, deshaciéndose de toda la tensión, y cogió en brazos al gato.

—¡Querido *Sombra*! —exclamó frotando la mejilla contra su suave pelo.

—¿Llamas «querido» a otro, princesa? —preguntó Justin con voz ronca.

Sonriendo, Sofía se sentó en el borde del colchón.

—Mi gato guardián ha llegado. Cuando no estoy aquí pasa el tiempo en la cocina, donde se toma muy en serio su patrulla contra los roedores, pero siempre sabe cuándo regreso y viene a buscarme. —Sostuvo al gato por delante de ella y le habló con seriedad—: *Sombra*, quiero que vigiles a este hombre. Hazle compañía, ofrécele consuelo y, si intenta levantarse, ¡muérdele!

Dejó el gato en la cama. *Sombra* fue hasta la almohada y empezó a lamerle a Justin la barbilla con diligencia.

—*Sombra* cree que hace falta que te afeites —dijo Sofía—. Tiene razón.

Justin se echó a reír y empezó a rascarle el cuello y la cabeza al gato. En recompensa, obtuvo un ronroneo que hizo temblar la cama.

—Ya veo que tengo un rival por tu afecto. Supongo que es tu compañero de alcoba, ¿no?

—Desde luego. —Le cogió una mano a Justin—. Me quedaré contigo hasta que llegue el médico. Con la invasión en ciernes, tengo mucho que hacer. Se me ha ocurrido algo... ¿Aceptarías a Jean-Marie como ayuda de cámara? Vas a necesitar ayuda extra durante unos días.

Justin sopesó sus palabras.

—Me gusta la idea. Parece deseoso por complacer y reconoce una buena prenda de ropa a simple vista.

—También está desesperado por encontrar un lugar en el mundo —repuso Sofía en voz baja—. Si recibe buen trato, te servirá toda la vida.

Él le dio un apretón en la mano.

—Tienes un don para inspirar lealtad, princesa. Como dijo Atenea, has hecho que un enemigo se convierta en un aliado.

—¡Ojalá pudiera hacer lo mismo con todos los franceses! —Suspiró—. Tengo miedo, Justin. Mucho, muchísimo miedo. Baudin regresa con muchos hombres a su mando y el deseo de apoderarse de San Gabriel y de mí. Si consigue atrincherarse aquí antes de que vuelva el coronel Da Silva, costará mucho echarlo. Habrá una guerra con muchos muertos.

—No subestimes a Will. Es un buen oficial, se le da muy bien sacarles lo mejor a sus hombres. —Justin hizo una pausa para recuperar el aliento—. Y tu pueblo va a luchar por sus hogares. Eso les otorga más fuerza.

Ojalá Justin tuviera razón, se dijo ella. De hecho, rezaba para que la tuviera.

—¿Justin? ¿Cómo te sientes?

La voz ronca de Will sacó a Justin de sus febriles sueños. Se despertó y parpadeó con la vista clavada en el dosel de la cama.

—Me duele todo —contestó con voz adormilada—. El dichoso médico me ha dado láudano. Ojalá no lo hubiera hecho. Seguro que Sofía insistió.

Will rio entre dientes al mismo tiempo que aparecía delante de la cara de Justin.

—A mí me pasa lo mismo con el láudano. Que viene bien no sentir tanto dolor, pero tener la cabeza abotargada es muy molesto.

Justin miró hacia la ventana.

—¿Cuánto he dormido?

—Solo un par de horas. —Will se apoyó en uno de los postes del pie de la cama, con aspecto cansado—. Lo justo para perderte el torbellino de espanto y sorpresa que ha arrasado el castillo cuando se han enterado de la inminente invasión.

Justin frunció el ceño mientras deseaba poder pensar con claridad.

—¿Se ha corrido mucho la voz?

—Se ha contenido prácticamente a la servidumbre de la casa real. No queremos arriesgarnos a que la población se entere antes de tiempo y que las noticias lleguen a Baudin. Sin el elemento sorpresa, San Gabriel no tiene muchas probabilidades de contener la invasión. —Will se acercó a la mesilla emplazada junto a la cama y llenó un vaso de agua—. Pareces sediento.

Justin apuró el vaso de agua de un solo trago.

—Lo estaba, y ni me había dado cuenta. —Le tendió el vaso para que se lo rellenara—. Se me han aclarado un poco las ideas con el agua, y también se me ha ido el regusto del láudano de la boca. Supongo que la gente de Sofía y tú habéis estado trabajando en un plan más detallado.

—Sí, el viernes evacuaremos las granjas que están cerca del camino principal que nos une a España y trasladaremos a cuantas familias podamos a los refugios. Se pondrán guardias en el camino a España para evitar que la gente pueda salir del valle en dirección este, y también para controlar la llegada de Baudin.

Justin se bebió el segundo vaso de agua más despacio antes de incorporarse contra los almohadones con mucho cuidado. No parecía tener la cabeza demasiado mal, salvo por un dolorcillo constante. El dolor de la puñalada era más soportable, no una agonía.

—Estaré preparado para unirme a tus fuerzas el sábado por la noche.

Will meneó la cabeza.

—No vas a participar en la emboscada.

Antes de que pudiera continuar, Justin, que por regla general era un hombre ecuánime, estalló.

—Mi puntería es bastante decente y también tengo la experiencia necesaria en combate, ya sea en la guerra o contra bandidos, como para no salir huyendo a las primeras de cambio. ¡Maldita sea, vas a necesitar a todos los soldados experimentados que puedas reunir!

—Sí, lo siento, sé que serías de gran ayuda —se disculpó Will—, pero tengo una tarea mucho más importante en mente que te viene como anillo el dedo.

—¿Qué puede ser más importante que repeler el ataque de los franceses?

—Sacar a Sofía de San Gabriel y llevarla a Oporto —replicó Will—. Si no impedimos que los franceses se apoderen del valle, lo primero que intentarán será capturarla y llevarla a rastras a la cama de Baudin.

A Justin se le revolvió el estómago solo de pensarlo.

—El castillo es prácticamente inexpugnable.

—Sí, pero si lo asedian con ella dentro, Baudin puede tomarse su tiempo para hacerse con el control del resto del país, y también podría prepararles una emboscada al general Da Silva y a sus hombres cuando regresen. Si te llevas a Sofía a Oporto, con tu ayuda podrá recabar el apoyo de los británicos y de los portugueses si es necesario. Supongo que conoces a un montón de oficiales portugueses de alta graduación. Siempre puedes ponerte en contacto con tus influyentes amigos británicos para que recaben apoyo para la hermosa princesa exiliada. —Will hizo una mueca—. Ojalá que no llegue a ese extremo, pero es mejor estar preparados.

Justin titubeó.

—Entiendo la estrategia de ayudarla a escapar, pero se me antoja una cobardía. Tú tienes mejores contactos en la élite británica que yo y serías un guardián excelente para ponerla a salvo.

—Si la situación se vuelve desesperada, yo estaré muerto —replicó Will con voz tensa—. Tú eres la mejor baza de Sofía y de San Gabriel. Ella no querrá irse por los mismos motivos que tú no quieres irte. Moriría por su país. Tu trabajo consiste en convencerla de que tiene que vivir por su país. Entre Atenea y tú, podéis convencerla de que debe irse si es necesario.

—Esto también pondría a Atenea a salvo —comentó Justin.

—Un detalle que no se me ha escapado —apostilló Will—. Ya te habrás dado cuenta de que Atenea también es una guardiana excelente. Junto con un par de gabrieleños con experiencia en el combate, podrás moverte con rapidez, sin dejar rastro.

—Me has convencido. —Justin esbozó una sonrisa torcida—. A decir verdad, la idea de morir por una noble causa no me atrae demasiado.

Will se echó a reír.

—En otra época, yo creía que sería algo noble, pero ese tiempo pasó. De todas formas, desde que me uní al ejército, supuse que moriría luchando. Si me ha llegado la hora... —Se encogió de hombros—. Al menos, no será una sorpresa.

—La vida como soldado provoca una sorprendente vena fatalista —masculló Justin, que se esforzaba para no evidenciar lo mucho que lo alteraba la tranquilidad con la que Will aceptaba su más que probable muerte—. Creo que sobrevivirás porque tanto tu hermano como tú sois imposibles de matar, o esa sensación me da.

Will sonrió.

—Ojalá fuera cierto.

Justin apartó la ropa de cama.

—Saca el orinal. Puede que necesite tu ayuda para no caerme de bruces. ¡Dichoso láudano!

Will lo cogió del brazo justo cuando se caía de la cama.

—Le diré a Jean-Marie que se asegure de que no te dan más. Se ha erigido en tu ayudante personal. Si no está aquí es porque lo he mandado en busca de comida, tras haberle asegurado que no permitiré que mueras mientras yo te velo.

—Empieza a caerme bien el muchacho —dijo Justin, que se tambaleó un poco—. Puede que me lo quede.

Uno de los sueños inducidos por el láudano acudió a su mente. La imagen de una mujer menuda que le recordaba mucho a Atenea. Parpadeó y pensó en esa imagen.

—He estado pensando en unos amigos de Inglaterra, y puede que sepa quién es el padre de Atenea...

28

El día había sido largo y agotador y a lo mejor ya era demasiado tarde, pero Atenea no podía demorarse más. Tal vez no tuviera otra oportunidad. Se desvistió y se puso la bata larga, tras lo cual se soltó el pelo y se lo cepilló para que le cayera por los hombros y la espalda.

Salió sin hacer ruido de su habitación al largo pasillo que llevaba de un extremo de la planta al otro. El silencio reinaba en el castillo y por las ventanas de ambos extremos del pasillo entraba la luz de la luna, de manera que no necesitó vela alguna para alumbrarse.

Con el mismo sigilo que el gato de Sofía, llegó a su destino y llamó a la puerta del dormitorio de Will para alertarlo, ya que estaba segura de que sorprender a un soldado experimentado no era una buena idea. Como no obtuvo respuesta, probó a girar el pomo. La puerta se abrió sin problemas y entró en el dormitorio.

Un rayo de luna iluminaba la cama, pintando el musculoso y desnudo torso de Will con su luz plateada. Yacía de costado, con un brazo sobre la almohada y la parte inferior del cuerpo tapada con una manta.

—¿Will?

Se despertó al instante.

—Atenea, ¿qué pasa? —Se incorporó hasta sentarse. La manta se deslizó hacia abajo y fue evidente que estaba desnudo en toda su gloria—. Hay demasiado silencio, así que no creo que los franceses hayan adelantado la invasión.

Ella torció el gesto con tristeza.

—Esto es otro tipo de invasión.

Se adentró en el rayo de luna, deseando poseer aunque solo fuera una décima parte del atractivo de su madre.

—Podrían habernos matado en la quebrada. Eso ha hecho que me dé cuenta de lo ridículas que eran mis dudas y mis temores. He descubierto que no quiero morir sin... acostarme contigo. —Se le quebró la voz—. Si me deseas todavía, claro está. No te culpo si has perdido el interés.

—¿Que si te deseo? —Su sonrisa fue tan deslumbrante que iluminó el dormitorio mientras le tendía una mano—. Querida mía, no me imagino que llegue el día en el que no te desee. Ven aquí.

Con las piernas flojas por el alivio, se acercó a él y le aferró la mano con dedos temblorosos. Puesto que no sabía lo que él pensaba de ella, dijo con voz insegura:

—No soy virgen.

—Ni yo tampoco. —Will tiró de ella para que cayera a la cama y la abrazó, rodeándola con su fuerza y su ternura—. Por favor, dime que no es un sueño. —Le enterró la cara en el pelo ondulado y ella sintió el cálido roce de su aliento en el cuello—. No, si es un sueño, no me lo digas. No quiero que termine.

Atenea soltó una queda carcajada y se relajó ante semejante bienvenida.

—Es real. Tú eres real. Me cuesta trabajo recordar por qué me resistí cuando te deseo tanto.

—Según lo que has contado de tu infancia, tus dudas eran comprensibles. —Se apartó un poco de ella para poder examinar su cara a la luz de la luna, con gesto penetrante—. El peligro hace que olvidemos las preocupaciones sin importancia, pero, una vez que pasa, es fácil arrepentirse de lo que se ha hecho cuando la muerte es inminente. Si crees que tal vez te arrepientas después, estás a tiempo de retirarte. —Torció el gesto—. No quiero que te vayas, pero tampoco quiero que te arrepientas después.

—Solo me arrepiento de haber esperado tanto —dijo con sinceridad—. No te contengas, Will.

Él enarcó las cejas.

—¿Te importaría explicarme qué quieres decir con eso?

Con dificultad, contestó:

—Te dije que nunca querría traer a un hijo ilegítimo a este mundo, pero me he dado cuenta de que ansío tener un hijo tuyo. —Esbozó una sonrisa burlona, como si se riera de sí misma—. Dicho de otra manera, soy tan egoísta como lo fue mi madre. Aunque creo que lo que ella ansiaba era tener un hijo sin más, y yo quiero que sea tuyo. Es improbable, porque tenemos muy poco tiempo, pero si sucede, me alegraré mucho.

Él contuvo el aliento.

—Es el halago más grande que me han hecho en la vida. Si estás segura...

—Estoy segura. —Impaciente, se inclinó hacia delante y lo besó en los labios.

Él respondió como si ella fuera una chispa y él, la yesca.

—Atenea —susurró—. ¡Eres una diosa...! —La besó con más pasión, estrechándola contra su cuerpo, y esas manos tan grandes y cálidas comenzaron a explorar las curvas de su espalda y de sus costados—. Tan elegante y tan fuerte —murmuró. Una de sus manos se coló por debajo de la bata y su voz cambió—. ¡Y lo más interesante es que estás desnuda debajo de la bata!

Atenea inclinó la cabeza, avergonzada.

—Una de las alarmantes perlas de sabiduría que me transmitió Delilah fue que pocos hombres pueden resistirse a un cuerpo femenino desnudo. Tal vez así fue como sedujo a mi padre, el horrible duque. Estoy segura de que, en su caso, este método era más fiable, pero yo... pensé que, si estabas indeciso, podía quitarme la bata. Solo para que la humillación fuera completa si me rechazabas de todas formas.

Podía bromear al respecto porque no la había rechazado. Ni siquiera había tenido que recurrir a quitarse la bata.

Will se echó a reír.

—Sus palabras encierran parte de verdad, pero no toda. La desnudez femenina siempre es interesante, pero lo más importante es que la mujer sea interesante. Y tú, lechucilla mía, eres la mujer más interesante que he conocido en la vida.

—¡No soy una lechucilla, los diminutivos no encajan conmigo! —protestó.

—¿Eres una lechuza grande y hermosa? Tal vez sea cierto, pero como apelativo cariñoso es mejor el diminutivo. —La colocó de espaldas sobre el colchón con delicadeza y le desató el cinturón de la bata—. Es usted un festín, milady —dijo con voz ronca por el deseo—. Fuerte, esbelta y exquisitamente femenina.

Acarició su cuerpo desnudo desde los hombros hasta las caderas y después subió de nuevo hasta los pechos. Atenea jadeó cuando le rozó un pezón con el pulgar. Se endureció al instante, provocándole un ramalazo de deseo que se extendió a las zonas más sensibles y secretas de su cuerpo.

Le acarició el otro pecho con la otra mano y se inclinó hacia delante para darle un beso que empezó siendo lento y húmedo y luego se tornó más apasionado.

—Un festín de texturas y sabores irresistibles —añadió con la voz más ronca si cabía.

Allí donde su boca la tocaba, sus sentidos cobraban vida. Siguió el contorno de una oreja con la lengua. ¿Quién iba a imaginar que las orejas podían ser tan sensibles? Atenea arqueó el cuello contra sus labios, adoptando una postura vulnerable. Will le mordisqueó la clavícula. Y los pechos, ¡los pechos, por el amor de Dios!

Sintió la poderosa presencia de su erección contra un muslo y se frotó contra él, encantada al oír el jadeo que se le escapó y el respingo que dio. No quería estar sola en esa enloquecedora vorágine. A medida que las sensaciones acallaban la parte racional de su mente, el deseo de ir más allá, de que no acabara nunca, iba en aumento.

Cuando la boca de Will empezó a descender, susurró entre jadeos:

—Yo... no sé cuánto más podré soportarlo. Es posible que estalle en llamas.

—Ese es el objetivo —replicó Will, que soltó una carcajada, y su cálido aliento le rozó el vello rizado de la entrepierna.

Y, justo después, esa boca y esa lengua pecaminosas y traviesas acariciaron la parte más sensible y más femenina de todas, y Atenea estalló en llamas. Levantó las caderas y le clavó los dedos en los hombros hasta que el infierno se calmó, dejándola agotada y atónita.

—¡Por Dios! —exclamó—. ¡Por Dios!

Will murmuró algo, satisfecho, mientras le apoyaba la cabeza en el abdomen. Respiraba con la misma dificultad que ella.

—¿Todavía sigues pensando que lo quieres todo de mí?

—Sí, ¡sí! —Experimentaba la ardiente necesidad de devolverle el placer que ella había sentido, para que ese encuentro se le quedara grabado a fuego en el alma de la misma manera que se le quedaría a ella.

Will se apoyó sobre los codos encima de ella, con esos muslos tan fuertes entre los suyos. Atenea acarició sus preciosos y anchos hombros, descendió por su torso y exploró sus costados. Todos esos músculos, esa fuerza, esa masculinidad al desnudo eran suyos durante esos preciosos momentos.

—Si yo soy Atenea, tú eres Hércules, un hombre tan espléndido que acabó transformándose en dios.

Él se echó a reír.

—La luz de la luna lo sofistica todo. Salvo en tu caso, que resalta la belleza existente.

Se apoyó en un codo y con los dedos de la otra mano exploró los pliegues más secretos de su cuerpo, trémulos aún por el deseo. Atenea pensaba que ya no podía sentir nada más, pero descubrió que se equivocaba. Empezó a mover las caderas, anhelando otro tipo de satisfacción.

En un alarde de intrepidez, extendió un brazo y le acarició el miembro. Él jadeó y se quedó paralizado un instante. Después, se inclinó sobre ella y la penetró despacio, pero sin titubear.

—Ha pasado mucho tiempo para ti, ¿verdad? —le preguntó con voz entrecortada.

—Muchísimo. —Se estremeció de placer y levantó las caderas para sentirlo más adentro. Era tan poderoso, tan masculino y tan... adecuado—. Ha merecido la pena esperar por esto.

Will empezó a moverse, y descubrió que adaptarse al ritmo del otro era una nueva fuente de placer. Absorbió su fuerza y su deseo y se los devolvió con toda la pasión que llevaba suprimiendo desde hacía tanto tiempo.

Estaba tan acompasada al cuerpo de Will que no fue consciente de su propio deseo hasta que experimentó otro clímax arrollador mientras él gemía y se derramaba en su interior. Los espasmos sacudieron su cuerpo mientras estallaba y volvía a nacer de nuevo. Jamás volvería a ser la mujer que había sido, ni quería serlo.

Will se relajó mientras se apartaba de ella y se tumbaba de costado para no aplastarla. Mientras la estrechaba entre sus brazos, murmuró:

—Ha sido más asombroso de lo que jamás habría soñado. —La besó en la frente—. Me alegro muchísimo de que estés aquí.

—Yo también. ¡Y me alegro más aún de haberte dado una habitación de invitados con una cama tan grande! —Le encantaba la intimidad de la desnudez. Le encantaba cómo la tenue luz esculpía los contornos de los músculos de ese cuerpo tan masculino y hermoso. Y, sobre todo, le encantaba que lo que había entre ellos fuera algo tan íntimo y tan apropiado.

Will murmuró en ese momento:

—¿Qué estás pensando? Espero que no sea algo del estilo de que has cometido un error espantoso.

—¡Eso jamás! —Le colocó una mano en el pecho y sintió los fuertes latidos de su corazón—. Me estaba preguntando si Delilah se sentía así con sus amantes, si por eso había tenido tantos. Pero ¿cómo es posible sentir esto con distintos hombres?

—Es una pregunta interesante —reconoció Will con deje pensativo—. Por un lado está el enorme placer derivado de la satisfacción animal de copular con una pareja bien avenida. Pero la unión emocional añade mucho más. Tal vez le gustara la satisfacción física, pero nunca encontrara el vínculo emocional profundo. Tal vez tuvo tantos amantes porque estaba buscando algo más que la mera unión física.

—Tal vez. Nunca lo sabré. Pero tenía un carácter inquieto. A lo mejor las satisfacciones que encontraba le resultaban efímeras. —Frunció el ceño—. Detestaría pensar que es así contigo. Porque yo quiero más, no menos.

—Y yo. Eres consciente de que ahora empezaré a incordiarte para convencerte de que te cases conmigo.

Atenea se puso de costado, dándole la espalda.

—He superado los escrúpulos de convertirnos en amantes, pero el matrimonio es harina de otro costal.

Will se puso de costado también para abrazarla. Le pasó un brazo por la cintura y pegó las piernas a las suyas para que sintiera su calor.

—¿No te gustaría dormir así todas las noches durante el resto de tu vida? —Le dio un beso en el cuello.

Ella extendió el brazo hacia atrás para darle unas palmaditas en el costado.

—En Inglaterra nos congelaríamos.

Sin pérdida de tiempo, Will se incorporó para tirar de la manta y se acostó de nuevo una vez que estuvieron arropados.

—Nos adaptaremos. Estar acurrucados y calentitos en la cama mientras en el exterior ruge la tormenta y los cristales retumban me resulta una idea muy apetecible.

Atenea replicó con cierta tirantez:

—Eso parece muy agradable, pero sigo siendo la hija de lady Ramera.

—Nuestro pasado forma parte de lo que somos, pero serías lady Masterson —señaló él—. Tal vez haya momentos difíciles, pero no permitiré que ningún hombre te insulte, y te garantizo que mis amigos más íntimos y mi familia estarán de tu parte.

—He vivido como una paria demasiado tiempo como para que sea fácil convencerme de que puedo formar parte del estamento de los privilegiados —susurró con un nudo en la garganta—. Y estas preguntas son ridículas cuando tal vez no sigamos vivos la semana que viene.

—Tienes razón —convino a la vez que le colocaba la mano en el pecho—. Pero tal vez ambos sobrevivamos. Tú tienes muchas más probabilidades de sobrevivir que yo, así que mañana por la mañana le escribiré a mi hermano y le diré quién eres y lo que eres para mí. Será tu amigo y se convertirá en un tío para tu hijo si tienes uno. Jamás deberás temer la pobreza de nuevo.

Ella tomó una entrecortada bocanada de aire.

—Debe de ser estupendo confiar tanto en una persona.

—Le confiaría cualquier cosa a Mac. Si algún día lo necesitas, es sir Damian Mackenzie. Su club se llama Damian's y está en Pall Mall. Vive en la casa de al lado. Recuérdalo.

—Damian Mackenzie, Damian's, Pall Mall —repitió, obediente.

Will la estrechó con más fuerza por la cintura.

—O podríamos decirle al cura que venga al castillo y que nos case por la mañana, y de esa manera, si te quedas embarazada, el niño contará con la protección de mi apellido y de mi fortuna.

—Eres persistente, ¿verdad? —replicó ella, con más guasa que irritación.

—Sí —admitió Will—. O lo soy cuando el objetivo merece la pena. Igual que tú, lechucilla.

El apelativo cariñoso estuvo a punto de derribar sus defensas. Tras decidir que necesitaban cambiar de tema, Atenea preguntó:

—¿Cómo era tu esposa? Si te resulta posible hablar de ella, claro.

Tras un largo silencio, Will contestó:

—Ellen era alegre y guapa y estaba llena de vitalidad y optimismo. Yo siempre he sido aburrido y serio y...

—¡Yo no te describiría así!

—No me conocías cuando tenía veintiún años —replicó él con sequedad—. Pero éramos jóvenes y estábamos en la edad de enamorarnos, así que llegamos al matrimonio casi sin darnos cuenta. No era consciente de que Ellen era delicada de salud. Ella sabía que tenía un corazón débil, pero nunca me lo dijo. Nos alegramos mucho cuando descubrimos que estaba encinta. Pero empezó a desvanecerse delante de mis ojos. Contraté los servicios del mejor médico de Londres, que me dijo que nunca habría debido quedarse embarazada, pero para entonces ya era demasiado tarde. Lo único que pude hacer fue ver cómo se debilitaba más y más. Dio a luz de forma prematura y... ni ella ni nuestro hijo sobrevivieron.

Atenea giró para tumbarse de espaldas y poder mirarlo a la cara.

—Lo siento muchísimo, Will. La vida es a menudo muy cruel.

Estaba pensando qué más podía decir cuando él le soltó:

—¡Debería haber sabido que no era lo bastante fuerte! Tenía la evidencia delante de las narices, pero no la vi. Fui tonto de remate. Quería creer que éramos demasiado jóvenes y felices como para que nos golpeara la tragedia.

Atenea lo cogió de la mano y le dio un apretón.

—El optimismo forma parte de la juventud. No es un pecado.

—Si hubiera estado más alerta, ella no habría muerto —dijo sin más.

Atenea se dejó llevar por la intuición y preguntó:

—¿Es la muerte de Ellen el pecado que necesitas redimir?

Después de un largo silencio, Will contestó:

—Era mi responsabilidad y le fallé.

La parte trágica de ser un líder era la de soportar la culpa de todo aquello que saliera mal. Tras elegir sus palabras con cuidado, Atenea dijo:

—Por lo que me has dicho, Ellen sabía que su salud era frágil y que no llegaría a vieja. Sospecho que decidió vivir la vida al máximo mientras pudiera. Quería amar y ser amada. Quería pasión, y descubrió todas esas cosas contigo. ¿Estaba enfadada al final, cuando se sentía tan débil? ¿Te culpó de algo?

—No —respondió él despacio—. Pero siempre he pensado que podía estar disimulando la ira para no hacerme daño. —Se le quebró la voz—. Me dijo que me quería con su último aliento.

—Ay, Will. —Atenea se llevó su mano a la mejilla—. Que os quisierais tanto fue una bendición, aunque no pudierais estar juntos mucho tiempo.

Will soltó el aire de forma entrecortada.

—Lechucilla, tus palabras son sabias. Tal vez tengas razón. Yo llevo años viendo tan solo su pérdida y el fallo que cometí al no cuidarla como merecía.

—¿Acaso no has ayudado a muchos otros a lo largo de los años? ¿Como, por ejemplo, cuando arriesgaste tu vida para evitar que unas monjas y unas niñas se ahogaran en un río? ¿Acaso no se aprestaron tus calaveras en necesidad de redención a prestar ayuda?

—Sí, pero eso no cambia el hecho de que le fallara a Ellen.

—Eso es discutible. Y, aunque fuera cierto, todos cometemos errores, y la gente decente se martiriza por cosas que se escapan a su control —replicó con delicadeza—. Pero tú has hecho mucho para equilibrar la balanza. Ellen a un lado y, al otro, todos los actos generosos que has hecho. Estoy segura de que los platillos están equilibrados a estas alturas.

Will frunció el ceño.

—Tendré que reflexionar al respecto. Entretanto, me toca a mí hacer las preguntas incómodas y, tal vez, incluso dolorosas. Háblame de tu vida amorosa. ¿Tuviste un gran amor al que perdiste?

Atenea contestó con renuencia:

—Un amor de juventud intenso que no llegó a consumarse y, más tarde, una locura que supuso un error enorme. El amor de juventud murió cuando comprendí que el causante de mi enamoramiento jamás se casaría con la hija de lady Ramera, aunque estaba dispuesto a hacer cualquier cosa que pudiera deshonrarme. —Y ella que pensó que había encontrado a su amor para toda la vida. En cambio, aprendió lo que era la traición.

Will silbó por lo bajo.

—Ahora entiendo cada vez más la pésima opinión que tienes de los supuestos caballeros. ¿Y qué hay de esa locura?

Detestaba tener que revelar su estupidez, pero debía admitir que la estrategia de Will de hacer preguntas importantes les había otorgado una gran intimidad emocional en un corto periodo de tiempo. Jamás había sido capaz de hablar de esas cosas con otro hombre.

—Sucedió poco después de la debacle del amor de juventud. Decidí que sería como Delilah, que tendría amantes y disfrutaría de aventuras apasionadas y salvajes, y que después los abandonaría con el corazón intacto. —Suspiró—. En fin, me atraía la parte de la pasión.

—Ser apasionada es una de tus muchas y admirables características —le aseguró Will con firmeza—. Pero supongo que no acabó bien, ¿verdad?

—Descubrí que no podía acostarme con un hombre si no sentía algo profundo por él, y que ese camino llevaba al sufrimiento —respondió, incapaz de evitar el deje amargo de su voz—. Entonces fue cuando descubrí que debía resignarme a ser una solterona virtuosa.

Will frunció el ceño.

—¿Tu amante no quiso casarse contigo?

—Ya estaba casado. Yo trataba de imitar a Delilah. La aventura me hizo comprender que jamás podría ser como ella. Ni siquiera quería ser como ella. —Miró a Will a los ojos—. Nos hemos conocido siendo adultos, experimentados y sensatos. Eso no significa que debas casarte conmigo, aunque creas que te lo exige el honor.

—Al cuerno con el honor. ¡Quiero casarme contigo sin más! —exclamó con exasperación—. Pero debemos dormir. Mañana será otro día largo y agotador. —La estrechó entre sus brazos y la besó en la frente.

—No vas a rendirte, ¿verdad? —Atenea le apoyó la cabeza en el hombro, disfrutando de la relajante intimidad de la postura, de saberse rodeada por sus brazos.

—No, pero durante los próximos días debemos concentrarnos en otras preocupaciones. —Titubeó antes de añadir—: Eres tan testaruda como yo, así que hacerte cambiar de opinión tal vez sea imposible. Pero si me matan, por favor, por favor, pídele ayuda a mi hermano aunque no la necesites. Háblale del tiempo que he pasado en San Gabriel. Querrá saberlo.

—Te prometo que lo haré —susurró ella. Le debía a Will eso y mucho más.

Muchísimo más.

29

La estaba perdiendo...

Will se despertó con el corazón desbocado y un lío en la cabeza por la sensación de pérdida y el pánico causado por el cada vez más distante recuerdo de Ellen y la posibilidad de perder a Atenea. El corazón se le fue calmando al ver que Atenea seguía dormida entre sus brazos. Observó su rostro sereno y se preguntó si Justin habría acertado al suponer quién podía ser su padre. Ella había dicho «el horrible duque» y no había muchos duques. A él no le importaba mucho, pero seguramente a ella sí.

Atenea se despertó con una sonrisa dulce y sensual a la vez, tras lo cual su mirada se clavó en la ventana. El amanecer.

—¡Tengo que irme! —Hizo ademán de levantarse—. No puedo arriesgarme a que me descubran manteniendo una aventura inmoral que puede tener un impacto negativo en la imagen de Sofía.

—Un ratito más. Por favor. —La estrechó entre sus brazos—. Creí que nos despertaríamos más temprano y que tendríamos algo más de tiempo. Quería hacer otra vez el amor. —Pero ¿podría haberlo soportado con la certeza de que tal vez fuera la última vez?

—Habría sido una manera fantástica de empezar el día —replicó ella en voz baja, con la cara enterrada en su cuello y abrazándolo tan fuerte como la abrazaba él—. Pero, dado lo largo que fue el día de ayer y lo ocupados que hemos estado durante buena parte de la noche, no me sorprende que no nos hayamos despertado antes. —Se apartó de él y le sonrió con una calidez y una confianza que Will no le había visto antes—. Eso sí, he dormido estupendamente.

—Yo también he dormido bien. Eres buena para mí. —Le colocó una mano en una mejilla, anhelando todo aquello que podrían haber tenido—. Tal vez no se nos presente otra oportunidad de estar juntos. Me pasaré el día organizando la milicia, vigilando la zona de la emboscada y planeando cuál es la mejor manera de usar la pólvora con la que contamos. Tal vez ni siquiera regrese esta noche al castillo. Mañana por la noche nos apostaremos en el lugar de la emboscada y esperaremos la llegada de los franceses.

Atenea se mordió el labio.

—Yo también estaré muy ocupada ayudando a evacuar a tantas personas como sea posible y a llevarlas a un lugar seguro, y asegurándome de que tenemos todos los recursos necesarios para resistir hasta el regreso de las tropas.

—Va a ser un día intenso, pero seguro que podemos encontrar un ratito después del desayuno para celebrar una boda, ¿no? —le preguntó con tono jovial, aunque por dentro estuviera mortalmente serio.

Ella lo besó y se levantó.

—Tenemos unas agendas demasiado apretadas, mi querido mayor Masterson. —Cogió la bata del suelo y se la puso sin pérdida de tiempo. Mientras se anudaba el cinturón, susurró—: ¡Cuídate, Will! El mundo te necesita. —Después, su elegante figura salió con sigilo del dormitorio y desapareció.

Will se tumbó de nuevo y clavó la mirada en el techo con los puños apretados a ambos lados del cuerpo. Tal vez no volviera a ver a Atenea, y esa idea era como si le arrancaran el corazón del pecho.

No tardó en levantarse, tras lo cual se lavó y se afeitó, y se puso el uniforme. Tenía por delante una batalla que librar. Y después, regresaría y lograría hacerla cambiar de opinión con respecto al matrimonio, ¡por sus muelas que lo haría!

El desayuno con los Oliviera fue serio, pero sin dejarse llevar por el pánico. Por lo menos esa vez estaban avisados de la invasión francesa. Justin ocupaba un lugar en el extremo más alejado de la mesa, con la cabeza vendada, aunque no tenía mal aspecto dentro de lo que cabía. Le hizo un gesto afirmativo a Will con la cabeza y esbozó una sonrisa. Atenea no estaba presente, como tampoco lo estaba Sofía. Se preguntó si ya habrían comido y estarían ocupadas con sus tareas, o si Atenea estaría tratando de evitarlo.

Sus nuevos capitanes, Tom Murphy y Gilberto Oliviera, estaban sentados a un extremo de la larga mesa, con una silla vacía entre ambos. Le hicieron un gesto para que se sentara con ellos. Al igual que él, llevaban sus maltrechos uniformes.

—¿Por dónde empezamos, comandante en jefe? —le preguntó Tom con una sonrisa.

—Por llamarme así, Gilberto tendrá un rango superior al tuyo y será mi lugarteniente —le contestó Will mientras tomaba asiento.

—¿Lo ves, Murphy? El comandante en jefe reconoce el talento superior —se burló Gilberto mientras le pasaba a Will un plato de sabrosas salchichas, seguido de otro de huevos, patatas y pimientos asados.

—Lo hace porque eres gabrieleño —replicó Tom. En mitad de la mesa habían dispuesto un enorme jarro de café con el que llenó la taza de Will antes de rellenar la suya y la de Gilberto.

Will bebió un agradecido sorbo de café.

—Tienes razón, Gilberto es mi lugarteniente porque es gabrieleño y sabe más sobre su país de lo que tú y yo descubriremos en la vida. Además, no tiene por costumbre perder la dignidad participando en carreras de burros.

—Una tradición irlandesa —le explicó Tom a Gilberto—. Muy divertida.

Gilberto sonrió, pero el buen humor no tardó en evaporarse.

—En esta campaña no tendremos tiempo para celebrar carreras de burros. Mayor Masterson, ¿cuáles son mis órdenes para hoy?

—Eres el encargado de organizar a los milicianos, ya que sabes quiénes son los más fiables y quiénes sabrán mantener sus puestos bajo el fuego enemigo. Tus veteranos serán la espina dorsal de nuestras fuerzas, y deberás colocarlos entre el resto para alentar a la tropa.

—¿Y las mías, señor? —le preguntó Will, también muy serio.

—Tú y yo vamos a reconocer el terreno para ver dónde colocamos a nuestros hombres y el mejor uso que podemos darle a la pólvora. Gilberto, ¿puedes recomendarme a algún explorador? Alguien que pueda tomar el camino hacia España y avisarnos cuando el enemigo se acerque.

Gilberto sopesó sus posibilidades.

—Joaquim Cavaco. Mi padre dice que es el mejor cazador furtivo de San Gabriel. Es rápido y listo y parece más joven de lo que es, así que, si los franceses lo ven, no lo tomarán como una amenaza. Los franceses mataron a su padre el año pasado, así que estará dispuesto a realizar la tarea. Le diré que venga para que le enseñe bien el camino que viene de España.

—Parece el hombre perfecto —dijo Will—. Tom, ¿has pensado cuál será la mejor manera de proceder?

Tom tenía algunas ideas. La mayoría ya habían sido tomadas en cuenta, pero hizo un par de sugerencias interesantes. Los tres lo discutieron todo, analizando distintas ideas y descartando las que no servían. Aunque el comandante en jefe siempre tenía la última palabra, Will estaría cometiendo un error ridículo si no aprovechara la experiencia y las ideas de sus subordinados.

Cuando la discusión llegó a su fin, Will había apurado el desayuno y estaba listo para marcharse. Pero en ese momento se hizo el silencio en la estancia porque entró Sofía, con aspecto regio, ya que iba tocada con una tiara.

Atenea la seguía de cerca con expresión seria, pero llevaba un precioso y alegre vestido mañanero de color amarillo limón. Will sonrió solo con mirarla. Ella le devolvió el gesto al punto, y la calidez de su expresión no evidenciaba ni por asomo que estuviera arrepentida de lo sucedido la noche anterior.

Sofía levantó una mano para llamar la atención.

—Amigos míos, sois conscientes de la grave situación a la que nos enfrentamos. Trabajaremos juntos para defender San Gabriel y su modo de vida, pero el peso recaerá especialmente en los hombros de nuestros soldados, que tendrán que luchar contra el enemigo. William Masterson, Gilberto Oliviera y Thomas Murphy, por favor, acercaos.

Sorprendidos, los tres se levantaron y atravesaron la estancia hasta colocarse frente a Sofía.

—Gilberto Oliviera, te nombro capitán del ejército de San Gabriel. Acércate para que pueda ponerte la divisa de tu rango.

Gilberto obedeció y murmuró:

—¡Sofi, cada vez se te da mejor lo de parecer de la realeza!

Ella le sonrió a su antiguo compañero de juegos y replicó, también en voz baja:

—Compórtate o te clavo el alfiler mientras te coloco la divisa.

Gilberto se cuadró e hizo el saludo militar mientras decía con voz seria:

—Alteza real, cumpliré con mi deber para con San Gabriel, aunque me cueste la vida.

—¡Intenta que no sea así, bribón! —exclamó su madre en voz alta, y sus palabras reverberaron por la estancia para regocijo de los presentes, que estallaron en carcajadas.

Sofía contuvo una sonrisa y siguió:

—Thomas Murphy, has abrazado esta tierra como si fuera tuya. Te nombro capitán del ejército de San Gabriel.

—Es un honor, alteza real —repuso él con voz firme, y le hizo el saludo militar una vez que la princesa le colocó la divisa.

Le llegó el turno a Will.

—Mayor lord Masterson, durante el breve periodo de tiempo que ha estado en San Gabriel ha hecho muchísimo para reconstruir mi país tras la desolación de la guerra —dijo Sofía con voz clara y firme—. Ahora, por virtud de su experiencia y habilidad, lo nombro comandante en jefe del ejército de San Gabriel. Dijo que no quería ser general, así que le impongo el rango de coronel. —Se acercó a él con la divisa en la mano. Era muy bajita.

—Cualquier rango me vale, siempre y cuando sea mayor que el de los otros —repuso con una sonrisa.

—Desde luego. —Sofía tuvo que ponerse de puntillas para colocarle la divisa. Una vez que se alejó de él, dijo—: Mientras sea comandante en jefe, tendrá el derecho de llevar la Espada Real de San Gabriel. Lady Atenea, por favor, entréguesela a lord Masterson.

Atenea se acercó y le ofreció la reluciente espada que llevaba en las manos. Sorprendido, él la aceptó y dijo en voz baja:

—¡Atenea, la diosa de la guerra, desde luego que sí!

—¡Ojalá la espada no fuera necesaria! —replicó ella—. Es de acero de Damasco, fuerte, flexible y muy antigua.

La empuñadura brillaba gracias a las incrustaciones de oro, pero, una vez que la empuñó e hizo unos cuantos movimientos para probarla, descubrió que estaba perfectamente equilibrada. Normalmente llevaba un sable de mayor tamaño, más adecuado para su altura, pero la espada le iría muy bien.

Levantó el arma y se colocó la empuñadura en el pecho a modo de saludo.

—Es una espada magnífica, alteza real. Me siento orgulloso de empuñarla en nombre de San Gabriel.

—Sé que la portará con honor. —La mirada de Sofía recorrió la estancia, deteniéndose en los rostros conocidos de sus amigos—. ¡Que Dios y la Virgen María nos mantengan a salvo!

Joaquim Cavaco era un diablillo muy listo que aceptó entusiasmado la tarea de explorar el terreno más allá de la frontera de San Gabriel y de estar atento a la llegada de las tropas francesas. Tenía dieciséis años, pero aparentaba doce. Además, con la zarrapastrosa ropa que llevaba, de tonos marrones y beis, se fundiría bien con el paisaje.

Rechazó con cierta renuencia el caballo que le ofrecieron para cabalgar, aduciendo que una mula sería más segura y una montura más adecuada para un muchacho harapiento como él. Si fuera español, habría formado parte de las guerrillas españolas. Sin ellas, Wellington habría sido incapaz de expulsar a los franceses de la península Ibérica.

Will, Joaquim y Tom cabalgaron juntos por el camino que llevaba a España. Al pasar frente al altar de la Virgen de las Rosas, Will vio un ramo de flores estivales delante de la tosca imagen de la virgen y debían de haberlo puesto hacía poco, porque seguían frescas. Una ofrenda para suplicar ayuda divina ante la invasión francesa, tal vez.

Siguieron avanzando y Will dijo:

—Si mal no recuerdo, la hondonada no está muy lejos.

—Tiene usted un buen ojo para el paisaje, señor —comentó Tom—. Yo apenas me percaté de nada la primera vez que pasamos por aquí.

—Los gabrieleños estaban desesperados por regresar a casa, así que avanzamos muy rápido por este tramo. —Will se protegió los ojos del sol mientras examinaba el camino que tenía por delante. La hondonada estaba a menos de un kilómetro de donde se encontraban, calculó. El camino era estrecho y empinado, pero a lo largo de los siglos, muchos pies y muchas pezuñas lo habían asentado de manera que en esa zona quedaba unos dos o tres metros por debajo de las paredes de roca que tenía a cada lado—. Joaquim, conoces bien esta zona. ¿Hay algún accidente geográfico que pueda garantizarnos el éxito de la emboscada?

El muchacho sopesó la respuesta.

—Por detrás de la pared izquierda de la hondonada está el cauce seco de un arroyo. Vamos a verlo dentro de nada. —Examinó el terreno y señaló cuando avanzaron un poco más—. Ahí. Podemos cabalgar hasta cierto punto, pero no hasta arriba del todo.

La ruta parecía más bien un camino de cabras, pero los llevaba en la dirección correcta. Siguieron subiendo la cuesta hasta llegar a un pequeño prado con un manantial. El camino ascendía un poco más, pero era mucho más empinado, de manera que desmontaron y ataron los caballos junto al manantial para seguir a pie.

Más arriba, el estrecho cauce discurría en paralelo con la hondonada, pero quedaba por debajo de la pared de roca.

—¡Perfecto! —exclamó Will—. Podemos ocultarnos aquí hasta que tengamos noticias de que los franceses se acercan y, después, colocarnos en posición sobre el camino.

Tom asintió con la cabeza en señal de aprobación.

—¿Quiere que nos apostemos a un lado o en ambos?

—En ambos, para poder atraparlos bajo un fuego cruzado. Pero quiero más hombres en este lado, porque será más fácil ocultarse hasta que estemos listos para atacar.

—Bueno, entonces, cuando vea a los franceses, vengo al galope para avisar a todo el mundo —dijo Joaquim—. ¿Dónde estará usted, coronel?

Will se encontraba en el borde de la hondonada, estudiando el terreno.

—En este lado, pero en el extremo más bajo que se adentra en el valle. —Señaló en la dirección indicada—. Cuando los franceses estén encerrados aquí debajo, haré un disparo a modo de señal para que dé comienzo el ataque. Tom, quiero que te sitúes en la parte más alta del lado contrario para ayudar a mantener en sus puestos a la milicia, con Gilberto enfrente y el sargento de rango más alto de los veteranos enfrente de mí.

—Tiene sentido, pero se va a colocar usted en el punto más bajo de la hondonada. Si alguno de esos diablos franceses viene a caballo y tiene dos dedos de frente, atravesará el paso al galope y no tardará en llegar al lugar donde usted se encuentre.

Will se encogió de hombros.

—Alguien tiene que colocarse allí, y soy un buen tirador. —Se volvió para decirle al explorador—: Joaquim, ¿estás listo para ir a España y mantenerte atento a la llegada de los franceses?

—Sí, señor. —Le hizo un breve saludo—. Tengo víveres suficientes para dos o tres días, que supongo que será lo que tarden en atacar si ese franchute está diciendo la verdad.

—Estoy bastante seguro de que nos ha contado todo lo que sabe, pero los planes cambian. —Will le tendió una mano al muchacho—. Ve con Dios, Joaquim.

El muchacho sonrió.

—Si hago un buen trabajo, ¿me puedo quedar con la mula?

Will se echó a reír.

—Desde luego que sí.

Mientras Joaquim bajaba por la empinada cuesta en dirección al pequeño prado donde la mula estaba atada, Will dijo:

—Tom, ¿cuál es el mejor uso para la cantidad de pólvora que tenemos? No esperaba tener que librar una batalla, así que mucha de la que ha traído Ballard tendrá que emplearse para las armas. Gracias a Dios que la tenemos. Pero ¿qué hacemos con el resto?

—¿Y si la metemos en unas cuantas cajas de madera y las colocamos a lo largo del camino del enemigo? Podemos disparar cuando estén justo al lado. Siempre que lo hemos hecho, ha resultado efectivo. —Tom sonrió—. No vea usted cómo suena cuando explota.

Will sopesó la idea.

—Eso funciona en ciertos casos, pero se necesita mucha pólvora. Aunque intentemos ocultar las cajas, pueden llamar su atención porque parecerán estar fuera de lugar en un camino como este. Además, dispararles será difícil si los franceses llegan de noche, que parece lo más lógico.

—Buenas razones —replicó Tom con renuencia—. ¿Y si fabricamos granadas?

—Creo que son nuestra mejor opción. —Will examinó la hondonada de nuevo—. Botellas de vino, las de cristal más fino que haya disponibles, con pólvora en su interior y selladas con cera y una mecha.

—Tendrán que encargarse de lanzarlas los hombres que tengan experiencia en combate y buena puntería —sugirió Tom—. Los milicianos sin experiencia se aterrarán al verlas.

—Cierto. Mejor no dejar las granadas en manos de aquellos que pueden hacer saltar por los aires a las personas equivocadas. —Se le ocurrió otra cosa de repente—. Podemos crear una especie de metralla introduciendo guijarros o clavos y trozos de metal en las botellas. Cuando exploten, los trozos se esparcirán por todo el paso. Debería ser muy efectivo en la oscuridad.

—¡Me gusta esa idea! —Tom sonrió—. Somos un par de sanguinarios, ¿verdad, señor?

—Sí, pero defendemos una buena causa. —Will empezó a caminar en paralelo a la hondonada, estudiando el terreno—. Vamos a examinar este lado y después haremos lo mismo en el otro, para saber dónde colocar mejor a nuestros hombres. Después, nos iremos a las bodegas de los Alcántara para que nos den botellas. Probaremos con una. Si funciona, tendremos suficiente pólvora para hacer más de veinte.

Una vez trazado el plan de las granadas, Will se sintió un poco más esperanzado. Con mucha suerte, tal vez lograra regresar al castillo esa noche.

El patio de armas del castillo estaba a rebosar de familias enteras que habían llegado para acampar. Puesto que era el lugar más fácilmente defendible de San Gabriel, el castillo se había designado como refugio para muchos de los habitantes de la ciudad y de los alrededores. Los más ancianos y los enfermos se alojarían en los distintos edificios anexos, pero el tiempo era lo bastante agradable para que la mayoría de la gente pudiera acampar en el exterior. De hecho, Atenea suponía que no tardarían mucho en empezar con la fiesta. Los gabrieleños estaban hechos de pasta dura.

Mientras Sofía supervisaba a los refugiados que habían llegado al castillo, Atenea y el señor Oliviera cabalgaron hasta Espirito Santo, situado en el otro extremo del valle, para poner en marcha la evacuación. Allí la situación era menos urgente, porque el castillo estaba más cerca del camino de España y ese extremo del valle tendría más tiempo para prepararse cuando llegara el aviso.

Pero, si los franceses sobrevivían a la emboscada y entraban en el valle, ningún lugar sería seguro.

Si eso ocurría, Will posiblemente hubiera muerto. No huiría acobardado. Intentaría arengar a sus hombres, pero ¿y si no había bastantes capaces de mantenerse en sus puestos?

Se estremeció al pensarlo. Aunque había aceptado que su aventura sería breve, esperaba algo más que una sola noche. ¡Necesitaba más que una sola noche! Necesitaba su comprensión, su humor, su cariño. Y su pasión, que la hacía sentirse deseada y... querida. Querida como jamás se había sentido.

Se pasó las largas horas del camino rezando para que los franceses sufrieran una derrota sin que murieran muchos gabrieleños en general. Y, en particular, su comandante en jefe.

30

Era muy tarde cuando Will regresó al castillo. Para guardar las formas nada más, sopesó la idea de no ir a la habitación de Atenea, pero ya tenía clara su decisión. Tras asearse un poco en su habitación, echó a andar en silencio hacia el otro extremo del pasillo.

Aunque el patio era un hervidero de actividad, los aposentos de la familia estaban en silencio. Se alegró al descubrir que la puerta de Atenea no estaba cerrada con el pestillo. Giró el pomo y entró.

—¿Atenea? —dijo en voz baja—. No me dispares, soy yo.

—¡Will! —exclamó ella, que saltó de la cama y acortó la distancia que los separaba con tres zancadas. Se lanzó a sus brazos y lo estrechó con tanta fuerza que le dolieron las costillas—. ¡Cómo me alegro de que hayas venido! Ya me había hecho a la idea de que no volverías esta noche.

Las burbujeantes emociones que había experimentado a lo largo del día brotaron a la superficie y lo consumieron por completo. Su amante, su amada, su compañera.

—Ha sido por los pelos. Siento haber venido tan tarde.

Como respuesta, Atenea le buscó los labios y lo besó con una urgencia descontrolada. El mundo desapareció, y en su lugar solo quedó el acuciante deseo de hacerle el amor.

—Atenea —susurró—. Diosa mía...

Llegaron a la cama dando tumbos y, por cuestión de suerte, acabaron en el colchón en vez de en el suelo. Will descubrió que ella no llevaba nada bajo el camisón suelto y que se le daba muy bien desabrocharle la pretina de los pantalones.

Se unieron con tal fuerza que los cielos debieron de temblar. Con la fusión de sus cuerpos, llegó también la de sus almas. Will no sabía que el deseo podía ser tan intenso, ni tan satisfactorio. Aunque lo mejor era saber hasta qué punto satisfacía a Atenea. La oyó gemir de placer, sintió sus uñas en la espalda mientras se abrían paso hacia el éxtasis. Su diosa, su lechucilla, a quien nadie había querido como se merecía, y quien se merecía todo lo que él pudiera darle y mucho más.

—¡Will!

El clímax de Atenea le provocó el suyo y casi le derritió el cerebro. También le aflojó todo el cuerpo a medida que la tensión desaparecía, y se acurrucó contra ella. Cuando su mente volvió a funcionar, susurró sin aliento:

—No he venido con la idea de aprovecharme de ti. Al menos, no tan rápido.

Ella soltó una carcajada entrecortada.

—No creo que pueda decirse que te has aprovechado cuando yo te he arrancado la ropa.

Will rodó hasta quedar de costado y la pegó a él antes de cubrirlos a ambos con la ropa de cama.

—Aunque el día ha sido muy ajetreado, he tenido presente en todo momento el miedo a no volver a verte. Tengo la sensación de que estamos empezando a conocernos. Detesto pensar que esto podría terminar antes casi de haber comenzado.

—Yo siento lo mismo. —Con un deje travieso en la voz, añadió—: Nunca he conocido a un hombre como tú. Quiero pasar tiempo contigo para descubrir si eres tan maravilloso como aparentas. Pero ahora todo está suspendido en un limbo. Es como si la espada de Damocles pendiera sobre nuestras cabezas.

Will le acarició la mejilla y los hombros, masajeándole con suavidad los tensos músculos.

—Exacto, aunque son más bien cientos de espadas.

—O, mejor dicho, fusiles. ¿Has podido hacer todo lo que necesitabas?

—Sí, esta noche estaremos todo lo preparados que se puede estar. Hoy hemos estudiado la zona de la emboscada y hemos enviado a un explorador para que reconozca el terreno y nos avise en caso de que aviste a Baudin y sus tropas, y también me he pasado la tarde fabricando granadas con botellas de vino y pólvora.

Atenea le bajó la mano por el cuello hasta la cintura, una caricia tierna y tranquilizadora.

—Parece que has tenido un día más interesante que el mío. ¿Sabías que tienes una espalda preciosa? Muy fuerte y perfecta para tocarla, aunque lleves varias capas de ropa encima.

—La verdad es que no he pensado mucho en mi espalda —replicó él con cierta sorpresa—. Doy por sentado que va a hacer lo que necesito que haga. ¿Qué has hecho tú hoy?

—El señor Oliviera y yo cabalgamos por el valle y animamos a todos a refugiarse en las residencias seguras y en las cuevas con suficiente agua y comida para que les dure al menos dos semanas. La gente está nerviosa, pero no ha cundido el pánico. Están mejor preparados que el año pasado.

—Las semanas de planificación y de instrucción han merecido la pena, aunque no esperaba un ataque frontal a San Gabriel —repuso él con sorna—. Me temía una banda de bandoleros como mucho, pero no esto.

—Ahora que ya has analizado el lugar de la emboscada y has fabricado tus granadas, ¿te haces una mejor idea de lo que va a pasar?

Will frunció el ceño.

—La verdad es que no. Una vez que empiece la lucha, los planes se van a ir al traste. El lugar de la emboscada es bueno. El explorador que nos ha buscado Gilberto debería avisarnos con la suficiente antelación como para tomar las posiciones. Pero siguen superándonos en número de forma abrumadora, tal vez sean dos contra uno o incluso más, y solo uno de cada diez milicianos tiene experiencia en combate. La mayoría debería mantener sus posiciones mientras estén en puntos altos y disparando hacia abajo, pero cuando los franceses se defiendan, que lo harán, algunos de los milicianos más verdes huirán. Cuando eso sucede, más hombres suelen huir.

—Tal parece que vas a necesitar a todos los tiradores expertos de los que dispongas —repuso Atenea despacio—. Iré a la emboscada.

—¿Cómo? —Will se incorporó de un salto y la miró, boquiabierto, aunque no podía ver su expresión a la tenue luz—. ¡No puedes hacer eso!

—¿Por qué no? —preguntó ella con voz paciente—. Tengo buena puntería, y tú mismo has dicho que mantengo la calma en combate mejor que muchos soldados experimentados.

—Sí, pero no soporto la idea de que te expongas a semejante peligro —replicó él con sequedad.

—¿Acaso no es peor que yo te vea partir a la batalla? —le preguntó—. Necesitas a tiradores capaces, no a personas que salgan huyendo. He demostrado que me mantengo firme y que hago lo que sea necesario.

No podía negarlo, pero la idea de que se enfrentara en combate a los franceses le resultaba insoportable.

—¡No, no y no! Yo soy el comandante en jefe y doy las órdenes, por más irracional que sea.

—No soy soldado y no estoy a tus órdenes —le recordó ella—. La verdad, no veo cómo vas a impedírmelo. La emboscada está bastante lejos de aquí, ¿no? Puedo tomar posiciones sin que te des ni cuenta en la oscuridad de la noche.

Todos los horrores que podían suceder durante una batalla acudieron en tropel a la mente de Will mientras la miraba fijamente.

—Tu lugar no está en el campo de batalla.

Ella le colocó una mano en la barbilla y lo miró con expresión triste.

—Todavía no ha nacido la mujer que se alegre de ver cómo su marido, su hijo o su hermano parte a la guerra; pero, a veces, es imposible evitarla. Soy inglesa hasta la médula, pero San Gabriel me ha dado lo mejor que me ha pasado en la vida. Posición, un hogar, una familia. —Esbozó una sonrisilla—. A ti. He recibido mucho y ahora tengo que devolverlo aunque sea a costa de arriesgar la vida.

—Está claro que Sofía te necesita. Has sido su mano derecha estos cinco años.

—Ahora tiene a Justin, y él puede ayudarla de formas que yo no puedo. —Atenea adoptó un tono de voz más dulce—. Si mi participación en la batalla no influyera en el desenlace, sería distinto. Pero resulta que es posible que influya. Necesitas a luchadores experimentados, y yo tengo algo de experiencia. ¿Puedes negarme que sería de ayuda? ¿O decirme que no tengo derecho a arriesgar la vida por mis seres queridos?

—No, pero... —Dejó la frase en el aire, ya que no sabía cómo expresar lo que, en el fondo, era un atávico afán protector.

Atenea continuó en voz más tierna si cabía:

—Pareces creer que soy una mujer inusual, y eso te gusta. Mi disposición a luchar es parte de lo que me hace única. No puedes negar dicha parte sin negar quién soy y lo que soy.

Desesperado, Will se percató de que ella tenía razón.

—Me rindo, mi sabia y valerosa lechuza —replicó con evidente renuencia—. Pero, si estás allí, te colocarás a mi izquierda, donde pueda protegerte.

—Eso va por los dos. —Le dio un largo abrazo—. Gracias, Will. Por conocerme lo bastante como para dejarme ser quien soy. Por preocuparte lo bastante como para aceptar la posibilidad del dolor y del peligro.

—Al parecer, las mujeres lo llevan haciendo desde tiempos inmemoriales —repuso él con sorna—. ¡Pero saberlo no hace que sea más fácil aceptarlo!

Sofía se quedó de piedra al saber que Atenea se iba a unir a la milicia.

—¡No puedes! ¡Las mujeres no están hechas para el campo de batalla! ¡Te necesito aquí!

—Sofi, cariño, te vas a quedar sin exclamaciones —replicó Atenea al tiempo que guardaba una manta, una cantimplora de agua, pan y queso, municiones y suministros médicos básicos en una bolsa de lona que podría colgarse a la espalda—. Hablas igual que Will.

—Siempre he sabido que ese hombre tiene la cabeza bien amueblada. —Sofía se mordió el labio—. Ya es bastante malo que tantos gabrieleños arriesguen la vida. Tú eres la consejera principal de la princesa heredera de San Gabriel. ¡Te necesito aquí!

—No, eso no es verdad. —Atenea se colgó la bolsa del hombro—. Tienes a los Oliviera, al alcalde de la ciudad, al cura y a Justin, y todos son personas con la cabeza bien amueblada.

—Es antinatural que las mujeres luchen como los hombres —insistió Sofía con terquedad.

—¿Te recuerdo a tu bisabuela, la reina María de las Mercedes de Alcántara? Cuando venía hacia aquí para casarse con tu bisabuelo, atacaron su comitiva y ella lideró la carga que ahuyentó a los asaltantes, arengando a sus guardias y empuñando una espada.

—No le quedó alternativa —adujo Sofía, desolada—. Tú sí tienes.

—No, no tengo alternativa. —Atenea la miró con expresión adusta—. Sabes que poseo habilidades nada comunes en una mujer porque me has visto en acción. No busco el peligro, pero puedo luchar cuando es necesario, y ahora lo es.

Sofía suspiró.

—Sé que tienes razón, pero me aterra tu seguridad. Eres la única familia que me queda. ¡Por favor, por favor, ten mucho cuidado! Y no dejes que maten a Will.

—Haré todo lo que esté en mis manos al respecto. —Atenea la abrazó—. Es hora de irme. Will ha sugerido que Justin y tú no le quitéis la vista de encima a Jean-Marie. No creo que vaya a correr en busca de Baudin para avisarle, pero será mejor que no tenga la oportunidad.

—Nos aseguraremos de que permanezca en el castillo. —Sofía se mordió el labio—. Ojalá que mañana por la tarde todo esto haya terminado y San Gabriel vuelva a estar a salvo. Pero no es muy probable, ¿verdad?

—Will dice que es imposible de predecir. Pero estoy segura de que nuestra milicia les causará muchos daños a los invasores y de que los refugios y los víveres que hemos preparado protegerán a la mayoría de la población. Will ha dicho que, si la emboscada fracasa, la milicia se replegará al castillo y lo defenderá. El ejército gabrieleño volverá dentro de un par de semanas. Tu país sobrevivirá, princesa.

—Pero cuanto antes detengamos a los franceses, menos sufrirá San Gabriel. —Sofía cuadró los hombros—. Te acompañaré a las caballerizas y luego iré a la capilla del castillo para rezar. Es para lo único que sirvo.

—¡Eso no es verdad! —protestó Atenea—. Eres el alma de San Gabriel. Tu valor, tu dignidad y tu compasión hacen que tus súbditos te quieran, y también ayudas mucho a mantener la moral alta. No subestimes eso. Otras personas pueden dispararle al enemigo, pero San Gabriel solo tiene una princesa heredera.

Sofía suponía que Atenea tenía razón, pero, mientras bajaban juntas al patio de armas, se dijo que la vida sería mucho más sencilla si fuera una princesa guapa y frívola sin más preocupaciones que la de escoger un buen marido.

31

A primera hora de la tarde, los milicianos de San Gabriel ya se encontraban en el pequeño prado situado por detrás del paso de la hondonada, donde se produciría la emboscada. Contando a Will y a Atenea, había 198 defensores. Will esperaba contar con algunos más, pero suplían la falta de hombres con una determinación feroz.

Will subió un poco la cuesta hasta quedar por encima de los milicianos. Tras levantar un brazo, dijo:

—¡Hombres de San Gabriel, escuchadme! —Una vez que todos le prestaron atención, dijo con una voz que reverberó por el prado—: Todos sabemos por qué estamos aquí. Si la información que tenemos es correcta, un numeroso grupo de desertores franceses bajo el mando del general Baudin invadirá el país dentro de unas horas para acabar lo que empezaron el verano pasado.

Sus palabras provocaron un murmullo airado. Will esperó hasta que se acalló para continuar:

—Los franceses son soldados experimentados. Saben luchar. Pero contáis con una ventaja enorme. San Gabriel es vuestro hogar. Lucháis para proteger vuestra tierra, para proteger a vuestras familias y a vuestros amigos. Eso os otorga un poder que los franceses no pueden igualar. —Su mirada se movió de un lado a otro de la multitud. Había muchachos imberbes y hombres que peinaban canas. Algunos llevaban mosquetes tan viejos que esperaba que no explotasen; los veteranos del ejército tenían fusiles. Los seis fusiles de los franceses que los habían atacado unos días antes estaban en manos de aquellos hombres que mejor uso podían darles. Atenea y él llevaban armas precisas y ligeras, que eran más fáciles de recargar. Además, él llevaba una pistola. Por no mencionar la Espada Real de San Gabriel. Lo que tenían en común era el compromiso de defender su país—. Lucharemos todos juntos —añadió en voz más baja—. Si tenéis miedo, es normal. Quien no lo tenga es tonto. Pero si permanecéis firmes y lucháis juntos, ¡ganaremos!

La multitud rugió su aprobación. Y, después, alguien gritó:

—¿Qué hace lady Atenea aquí?

—Luchará con los hombres de San Gabriel porque ama este país y a vuestra princesa, y es una buena tiradora —contestó Will—. Ha puesto su fusil y su vida al servicio de nuestra causa.

—¿Por qué permite que una mujer luche con nosotros? —preguntó otra voz con deje escéptico.

—¿Alguna vez has discutido con una mujer enfadada? —replicó Will.

Cuando las carcajadas se acallaron, Atenea subió la cuesta para ponerse al lado de Will. La verdad, con el viento azotándole la falda pantalón y el fusil en la mano, parecía una diosa guerrera.

—Me enfrenté a los franceses en Oporto cuando invadieron la ciudad y, hace unos días, a una patrulla de reconocimiento que nos atacó mientras examinábamos el río —dijo con voz estentórea—. He disparado y he matado al enemigo, y no he huido presa del miedo. —Sonrió—. ¡Si una simple mujer es capaz de plantarles cara y luchar, seguro que todos los hombres aquí presentes pueden hacerlo también!

Eso provocó unas cuantas réplicas y comentarios jocosos, pero el ambiente general era positivo. Will susurró:

—Bien hecho. Ninguno se atreverá a huir mientras tú te mantengas en tu puesto.

—Nada mejor que atacar el orgullo masculino —convino Atenea con sorna.

Will alzó la voz de nuevo.

—Os dividiréis en grupos de nueve, liderados por un veterano. También tendréis una orden para disparar. Cuando yo dé la señal de inicio del ataque con un disparo, aquellos que hayan sido asignados para disparar en primer lugar lo harán, después lo harán los segundos y, por último, los terceros. Para entonces, el primer grupo deberá haber recargado sus armas para disparar de nuevo. La idea es someter a los franceses a un fuego continuo para que no puedan huir y crean que somos más de los que realmente somos. ¿Entendido?

La mayoría asintió con la cabeza. Parecían nerviosos y unos cuantos estaban asustados, pero los veteranos estaban alertas y preparados. No huirían cuando el ataque comenzara, no cuando estaban en peligro sus hogares.

—Algunos pasaremos la noche apostados en nuestras posiciones —siguió Will—. El resto podrá relajarse aquí de momento. Cientos de hombres avanzando harán ruido aunque intenten ser sigilosos. Pero, con suerte, nuestro explorador, Joaquim Cavaco, llegará con tiempo para informarnos del número aproximado de hombres a los que nos enfrentaremos y de la hora aproximada de su llegada. Eso significa que si oís o veis a un muchacho que llega en mula por el camino, ¡no le disparéis! Una vez que Joaquim me informe, os trasladaré la información. —Sonrió porque quería alegrar un poco el ambiente—. A lo mejor Joaquim llega y nos dice que los franceses han cambiado de opinión.

—¡Ni hablar! —gritó Tom Murphy.

—No —convino Will—. A lo mejor Joaquim nos dice que los franceses avanzan más despacio de lo esperado. O que avanzan más rápido. De ahí la necesidad de contar con exploradores. Pero, lleguen cuando lleguen, estaremos preparados. ¡Lucharemos y ganaremos! —Desenvainó la Espalda Real de San Gabriel y la levantó por encima de la cabeza. El rutilante acero de Damasco brilló a la luz del atardecer—. ¡Por San Gabriel, por la princesa María Sofía y por la victoria!

El rugido que brotó de sus tropas debió de oírse de una punta del valle a la otra. Después, la multitud se dispersó, organizada por sus capitanes y sus sargentos, colina arriba para apostarse en los lugares convenidos mientras que el resto buscaba algún lugar donde ponerse cómodo.

Will dijo:

—Ha llegado el momento de ocupar nuestros puestos, Atenea. Si tienes alguna magia especial por eso de que eres la diosa de la guerra, que no te dé reparo usarla.

Ella rio entre dientes mientras subía la cuesta a su lado. Llevaba la falda pantalón de montar, unas botas resistentes, una chaqueta holgada con muchos bolsillos y su reluciente fusil. Al cinto llevaba un puñal envainado y, sobre un hombro, una bolsa de lona con suministros entre los que seguro que había vendas y otros objetos de utilidad. Aunque se preocupara por su seguridad, no le cabía duda de que estaba preparada.

—¿A qué distancia estaremos apostados unos de otros? —preguntó.

—A unos seis metros o así. Los granaderos estarán mezclados con las tropas de manera uniforme.

—A seis metros de ti —murmuró con un deje travieso—. Qué lejos.

—Compórtate, muchacha —le ordenó—. Tenemos una batalla que librar.

—Después de esa arenga que has dado, me siento invencible —replicó ella.

Will deseó sentir la misma confianza que Atenea.

Pasaron las horas sin que sucediera nada relevante, así que Atenea se movió seis metros a su derecha para poder hablar con Will, aunque por desgracia no pudiera tocarlo.

—Acabo de aprender ahora mismo algo terrible sobre el hecho de ir a la guerra —confesó en voz bajísima—. Es muy aburrido.

La luz de la luna iluminaba lo bastante como para ver la sonrisa de Will.

—Largos periodos de aburrimiento e incomodidad, interrumpidos por breves momentos de ruido y terror. La vida del soldado.

—Me estoy dando cuenta de que, cuando me he enfrentado al peligro en otras ocasiones, ha sido algo repentino y no he tenido tiempo de reaccionar. No se me dan bien las esperas.

—Vuelve a tu posición, acuéstate sobre la manta y duerme un poco —le sugirió Will—. Posiblemente falten horas hasta que veamos algo de acción.

—No sé si podré dormir, pero intentaré descansar. —Bajó aún más la voz—. Ojalá pudiera acurrucarme a tu lado, pero supongo que eso haría trizas la disciplina.

—Sobre todo la mía. —Hizo un gesto con la mano para que se fuera a su sitio—. Pero al menos tenemos motivación más que suficiente para sobrevivir.

Atenea rio entre dientes y regresó a su puesto. Por raro que pareciera, pese a la incomodidad de dormir en el suelo y a la amenaza del peligro, se sumió en un duermevela. Se sentía segura con Will al lado.

En el silencio de la noche, donde solo se oían el rumor de las hojas de los arbustos y los sonidos de los animales nocturnos, las apresuradas pisadas de la mula se escucharon claramente. Mientras Will bajaba a la hondonada, se percató de que sus hombres se espabilaban.

Cuando la mula llegó a su lado, reconoció la silueta menuda de Joaquim. Le hizo un gesto con la mano al muchacho para que desmontara a la vez que le preguntaba:

—¿Qué noticias trae, explorador Cavaco?

Joaquim desmontó, jadeante, al igual que el animal.

—¡Los franceses están cerca! A media hora como mucho. Me he retrasado porque me bloquearon el paso y tuve que dar un rodeo. —El muchacho se quitó la gorra y se limpió el sudor de la cara con evidente cansancio.

—¿Alguna idea de su número?

—Creo que más cerca de seiscientos que de quinientos, pero no estoy seguro. Muchos. Avanzan en una sola columna, mantienen el orden y llevan unas cuantas carretas detrás con suministros, pero el grueso lo llevan a la espalda o en mulas.

—¿Parecen descansados y listos para entrar en combate?

—Parecen... hambrientos —contestó despacio el muchacho—. Desesperados, diría yo.

Así que lucharían con la misma motivación que los gabrieleños. La cosa no pintaba bien. Pero, con suerte, estarían agotados después de la larga marcha y no esperarían un ataque en ese momento.

—¿Algo más que puedas añadir que creas de utilidad?

El gesto de asco del muchacho fue visible en la oscuridad.

—Su general, Baudin, monta a la cabeza con varios oficiales, y llevan buenos caballos.

—Seguramente los haya robado del establo de Napoleón —replicó Will—. Sigue hasta el castillo y transmítele las noticias a la princesa Sofía. Después, descansa un poco antes de unirte a las defensas del castillo.

—¿Voy a conocer a la princesa? —preguntó Joaquim, muy contento.

—Sí, y ella estará encantada con el trabajo que has hecho.

Mientras el muchacho seguía por el camino a un paso más lento, Will subió al otro lado del paso para darle las noticias a Ramos, el soldado veterano apostado frente a él.

—Ha llegado el momento de que todos se coloquen en sus puestos. Creo que si logramos abatir a Baudin, podremos acabar con la moral de su tropa —sugirió Will—. Tú y yo tenemos granadas. Después de que yo dé el aviso inicial y empiecen a disparar, ¿te parece bien que le lancemos las granadas a Baudin?

La sonrisa de Ramos hizo que sus dientes brillaran en la oscuridad.

—Con mucho gusto. Que la Santa Madre me conceda el honor de ser quien lo envíe al infierno.

—Tendrás rivales en el empeño —le aseguró Will al mismo tiempo que le daba una palmada amistosa en un hombro—. Y, ahora, ¡todos a sus puestos!

Los siguientes minutos fueron un hervidero de actividad mientras los sargentos colocaban a sus hombres. Cuando Will pasó junto a Atenea, le dijo en voz baja:

—Mantente firme, lechucilla. Y apunta a los oficiales que lideran la columna a caballo. Uno de ellos es Baudin.

—Haré un esfuerzo. Ese hombre es el demonio. —Atenea tragó saliva—. Ve con Dios, Will.

Él le tocó una mejilla y siguió hasta su puesto. Los veteranos estaban haciendo un buen trabajo colocando a los milicianos. Aunque estaban nerviosos y algunos habían vomitado la cena, nadie había desertado. Agradecieron mucho los comentarios y las bromas de Will.

Cuando llegó junto a Gilberto, Will dijo:

—Dentro de muchos años, los ancianos del lugar les contarán a sus nietos que estuvieron aquí esta noche, defendiendo San Gabriel.

Gilberto resopló.

—¡Se recuerda la gloria pero se olvida la sangre!

—La gloria crece en proporción a lo atrás en el tiempo que queda la batalla. Ve con Dios, capitán. —Will le tendió la mano y Gilberto aceptó el apretón. Acto seguido, se dio media vuelta y regresó a su puesto.

Después, esperaron.

32

Cuando las primeras luces del alba iluminaron el horizonte, empezó a oírse el ruido que hacía una tropa de hombres al marchar. Los fuertes pasos, el tintineo de los arneses, alguna que otra orden mascullada de un sargento. El ruido aumentó de intensidad cuando la columna entró en la hondonada y enfiló el estrecho paso.

A Will le picaba la nuca por los nervios y la expectación. A su izquierda, Atenea era una silueta oscura mientras esperaba, con el fusil dispuesto. Se imaginó que los milicianos inexpertos estaban muertos de miedo mientras veían a los franceses marchar justo por debajo, pero no abrieron fuego. Ya había suficiente luz para ver a hombres y caballos como formas individuales, aunque los detalles seguían estando borrosos.

Los seis oficiales a caballo que iban en la vanguardia llegaron a la altura de Will. Apuntó con cuidado al primer jinete, con la esperanza de que fuera Baudin. Mientras el disparo resonaba por las pedregosas colinas, la bala dio en el blanco.

Antes de que el oficial tocara el suelo, el primer grupo de gabrieleños abrió fuego. Se produjo una cacofonía de disparos, de relinchos y de gritos de los sargentos que mascullaban órdenes a sus hombres.

El segundo grupo disparó. El tercer grupo disparó. Y luego de nuevo el primero. Las salvas se hicieron menos compactas dado que el tiempo de recarga variaba, pero las balas estaban haciendo mella y las tropas francesas estaban rompiendo filas.

La hondonada se llenó de humo, y Will vio que decenas de soldados franceses habían caído. Otros se habían agazapado en posiciones de disparo y devolvían el fuego en cuanto veían a alguno de los defensores, pero estaban en franca desventaja.

Will encendió la primera granada y la lanzó hacia los jinetes de vanguardia antes de agacharse. La granada explotó y la metralla voló en todas direcciones. Las maldiciones de los franceses resonaron en el aire.

Atenea estaba pegada al suelo, junto al borde del paso, y disparaba con frialdad a sus objetivos. «¡Menuda mujer!», pensó Will.

El caos de la batalla rugía a su alrededor mientras Will disparaba, recargaba y volvía a disparar sin perder la cuenta de la cantidad de salvas disparadas que había oído y muy atento a cómo aguantaba su milicia y a la respuesta cada vez más segura de los franceses.

De momento, los gabrieleños estaban portándose como verdaderos luchadores, pero cuanto más se alargara la batalla, más ventaja ganarían los experimentados soldados franceses. De hecho, algunos ya empezaban a subir por las paredes del paso, maldiciendo y lanzando cruentas amenazas. La mayoría acababa con un disparo, un golpe de bayoneta o un porrazo al coronar la pared, pero contaban con la ventaja de ser más, y empezaban a subir en mayor número.

El corazón casi se le paró cuando vio que un malnacido subía la pared con tenacidad en dirección a Atenea. Ella estaba recargando su arma, de modo que controló el miedo y le disparó al hombre en el pecho. Mientras el soldado caía de espaldas, Will encendió otra granada y la lanzó al barullo de la hondonada. Los jinetes de la vanguardia se habían dispersado, de modo que otra granada no podría acabar con todos, pero había objetivos a puñados.

Más granadas explotaban por todo el camino, pero, pese a los disparos y el estruendo, los oficiales y los sargentos franceses empezaban a controlar a su tropa. Will se dio cuenta de que la batalla había llegado a un punto crítico. Si la lucha no terminaba pronto, sobrepasarían a los gabrieleños y los franceses tendrían vía libre para invadir el valle.

Apretó los dientes cuando su instinto, curtido en la guerra, reconoció la única forma de acabar con todo de un plumazo: cortarle la cabeza a la serpiente.

Si pudiera acabar con Baudin, la batalla llegaría a su fin. Baudin era el líder inspirador y carismático que había convencido a esos hombres para que atravesaran España entera para conquistar una nación pequeña y débil. Sus hombres no habían esperado esa resistencia tan frontal y sangrienta. Sin su general, las tropas invasoras se convertirían en una muchedumbre desmoralizada. Si tenían que enfrentarse al incesante fuego de los gabrieleños, las tropas francesas supervivientes se replegarían y buscarían una presa más fácil, tal vez incluso volvieran a casa para deponer las armas.

La luz había aumentado, de modo que Will entrecerró los ojos y escudriñó a los hombres que iban a caballo en la vanguardia. La lucha los había llevado a replegarse por el camino, pero seguían a tiro de su rifle. Sí, el hombre de hombros anchos que gritaba órdenes a todo pulmón debía de ser Baudin.

Apuntó con cuidado y disparó, pero Baudin no dejaba de moverse. La cantidad de hombres y caballos que se movían de un lado para otro junto al general imposibilitaban apuntar bien. La bala de Will hirió a uno de los ayudantes del general, pero a él ni lo rozó.

Recargó a toda prisa, pero el segundo disparo tampoco dio en el blanco. Masculló un juramento al darse cuenta de que Baudin tenía la suerte del guerrero que parecía otorgarles a los líderes cierta inmunidad contra las balas. Dicha suerte había conseguido que Wellington siguiera vivo a lo largo de toda su carrera militar, por no hablar de él mismo. Una pena que Baudin también la tuviera. A lo mejor los que no tenían esa suerte morían jóvenes.

Sin embargo, nadie era inmune a una bala disparada a bocajarro. Si no podía acabar con ese malnacido desde allí arriba, tenía que bajar a su nivel.

A sabiendas de que estaba firmando su sentencia de muerte, saltó por el borde de la pared y se deslizó por el terraplén entre una nube de polvo y piedras, con el rifle en una mano y la pistola al cinto. En cuanto tocó el camino con los pies, echó a correr hacia los oficiales a caballo. Las balas volaron junto a él, pero no le dieron. Su suerte en el campo de batalla seguía intacta. Se detuvo a pocos metros de Baudin. A esa distancia veía con claridad la divisa de general.

Se desentendió de los caballos encabritados y de los hombres que lo rodeaban antes de levantar el rifle y apuntar. En el último momento, Baudin lo vio y tiró de las riendas con fuerza, haciendo que su caballo se levantara sobre las patas traseras. La bala de Will impactó en el animal y no en el hombre.

El caballo, malherido, cayó al suelo, pero Baudin saltó de la silla con pericia y rodó por el suelo antes de ponerse en pie. El cielo ya se había aclarado lo suficiente para distinguir las caras, y Baudin lo miró un instante. En mitad del caos, parecía que los dos estuvieran a solas.

—¡Tú! —masculló el francés—. Sí, tú, tú eres el espía grandullón, ¡uno de los que escaparon de mi ejecución en Gaia!

De modo que Baudin era el oficial que había condenado a muerte a cinco hombres sin miramientos. No lo sorprendía en absoluto.

—No soy un espía —replicó Will en un francés seco y desapasionado al mismo tiempo que se sacaba la pistola de la funda—. Soy un soldado.

Sostuvo la pistola con ambas manos para no fallar el tiro, pero, justo cuando apretaba el gatillo, Baudin desenvainó su sable y se abalanzó sobre él, arrancándole la pistola de las manos con la hoja y desviando la trayectoria de la bala.

Will había decidido entregar su vida por acabar con la batalla, ¡y no pensaba fracasar! Presa del fatalismo, pero también con la certeza de estar haciendo lo que debía, desenvainó la Espada Real de San Gabriel y afianzó la postura para enfrentar el ataque del general. Tenía que ponerle fin en ese mismo momento, antes de que los ayudantes de campo de Baudin pudieran dispararle por la espalda.

Los enfrentamientos a espada en los campos de batalla eran sucios, rápidos y mortales. El arma de Will era ligera y la sentía bien en la mano, pero la de Baudin era más pesada y tenía más alcance. El francés se aprovechó de esa circunstancia mientras sopesaba la habilidad de Will con una serie de fintas y de estocadas que provocaron un gran estruendo metálico cada vez que las hojas se encontraban.

Will respondió con torpeza, aprovechándose del hecho de que los oficiales franceses se enorgullecían de ser mejores espadachines que sus homólogos ingleses. Era evidente que Baudin pensaba así, porque, cuando Will fingió tropezarse y se tambaleó, el general se lanzó sin pensar para rematarlo.

Will se apartó a un lado y clavó la hoja de acero de Damasco en el corazón putrefacto del general. Los ojos claros de Baudin se abrieron de par en par por la sorpresa, antes de que se atragantara con su propia sangre y de que su cuerpo se liberase de la espada que lo había matado al caer al suelo. Su enfrentamiento, desde que Will disparó por primera vez hasta el final, apenas había durado un instante.

Supo que luchar en territorio enemigo sería un camino de un solo sentido, y en ese momento pagó el precio de su osadía. La primera bala se le incrustó en el hombro; la segunda, en la pierna.

Cuando el siguiente disparo hizo que perdiera el conocimiento, rezó para que la batalla y la invasión hubieran llegado a su fin.

Atenea observó, espantada, cómo Will saltaba desde el puesto donde se encontraba a salvo, sobre la pared del paso, y se lanzaba de lleno al fragor de la batalla. Tuvo la sensación de que el tiempo transcurría muy lentamente mientras disparaba, abatía el caballo de Baudin y, después, hacía entrechocar sus espadas. El corazón casi se le paró cuando lo vio tambalearse. Pero, acto seguido, ensartó con la espada a Baudin, matándolo, y se dio cuenta de que el traspiés había sido deliberado y letal en su efectividad.

Antes de que pudiera gritarle que huyera, los ayudantes de campo de Baudin ya apuntaban y abrían fuego contra el asesino de su general. Will cayó apenas a un metro del francés, con la espada ensangrentada en la mano.

Con el rostro desencajado por la rabia, los tres ayudantes de campo del general estaban recargando sus armas para rematar a Will. Atenea apuntó con amarga precisión y abatió a uno. Mientras recargaba, Ramos, el veterano apostado al otro lado del camino, le disparó a otro. Atenea volvió a apuntar y le disparó al tercero.

El último de los vengadores del general cayó de su montura y se quedó, inerte, en el suelo. Mientras su caballo salía espantado, Atenea se colgó al hombro la bolsa de lona y se deslizó por el terraplén para saltar al camino, gritando en francés:

—¡Baudin ha muerto! ¡Vuestro líder, vuestro general, ha muerto! ¡Retiraos antes de acabar como él!

Su grito lo repitieron más voces, de modo que la noticia de la muerte del general corrió como la pólvora por la hondonada. Mientras Atenea se arrodillaba junto a Will, oyó cómo las cornetas francesas llamaban a retirada, haciendo que los soldados de azul empezaran a retroceder hacia España.

Se desentendió del peligro de que algunos de los franceses quisieran seguir luchando y empezó a examinar las heridas de Will. Sangraba por varios puntos, pero respiraba.

Había guardado en la bolsa paños limpios y vendas, así como dos cantimploras de buen tamaño, una llena de agua y la otra de brandi barato para limpiar las heridas. Cuando aplicó presión con un paño para cortar la hemorragia que tenía en la cabeza, Will abrió los ojos y preguntó con un hilo de voz:

—¿Ha terminado?

—Sí, han tocado a retirada y ya no veo a soldados franceses por el camino —contestó ella con voz entrecortada—. Vuelven a España.

—Bien. —Él consiguió esbozar una sonrisa—. Me ha encantado conocerte, lechucilla. —Mientras se le volvían a cerrar los ojos, añadió en voz tan baja que Atenea casi no pudo distinguir las palabras—: Que sepas que te quiero.

—Ya hablaremos del tema cuando te encuentres mejor. —Mientras se esforzaba por detener la hemorragia, Atenea se repetía, una y otra vez, que Will viviría, que había esperanza. No iba a morir. ¡No lo permitiría!

No estaba segura de cuánto tiempo transcurrió hasta que Tom Murphy se arrodilló al otro lado de Will. Estaba lleno de polvo y tenía sangre en una mejilla, pero no parecía que fuera suya.

—Los franceses están huyendo con el rabo entre las patas a España y hemos sufrido muy pocas bajas. ¿Cómo está el mayor Masterson?

—Vivo, a duras penas —contestó ella con voz estrangulada—. Ve a por uno de los carros de los franceses para llevar a Will y a los demás heridos de vuelta al castillo.

—Viene uno de camino —replicó él con sequedad—. Me aseguraré de que se dé prisa.

Sin levantar la vista, ella asintió con la cabeza y usó el cuchillo que llevaba a la cintura para apartar la tela de la herida del muslo. Gracias a Dios, parecía que la bala no había destrozado el hueso.

Siguió curándolo hasta que un carro se detuvo junto a ella. Le había atado el último vendaje, y Will seguía respirando. Levantó la vista y vio a un gabrieleño a las riendas del carro y a Tom que se acercaba con una camilla, seguido de varios hombres.

—Nosotros nos encargaremos de él, lady Atenea —dijo Tom en voz baja.

Atenea se puso en pie y se habría caído, de no ser porque Tom la sujetó con una mano.

—Su estado es... muy grave —susurró ella.

—El mayor es el hombre más fuerte que conozco —repuso Tom con ferocidad—. ¡Va a sobrevivir! Lo llevaremos al castillo y lo pondremos en manos del médico lo antes posible.

Entre los demás hombres y Tom colocaron el peso muerto de Will en la camilla y lo llevaron hasta el carro. Atenea los siguió y vio que el carro estaba lleno de heridos, salvo por el espacio hecho para Will.

Después de que lo dejaran en el carro, Tom se volvió hacia Atenea con expresión adusta.

—Sé que quiere acompañarlo, pero hay más heridos aquí que necesitan su ayuda. —Torció el gesto, y no quedó ni rastro del joven alegre que era—. Se tarda más en despejar el campo de batalla que en la lucha en sí.

Atenea se mordió el labio.

—No soy médico.

—Se le da mejor curar heridas de campaña que a cualquier otra persona disponible —replicó Tom sin rodeos—. Cuanto antes se traten las heridas, más oportunidades de supervivencia.

Atenea quería mandar al infierno a todos los demás, necesitaba estar con Will. Sin embargo, había hecho todo lo que estaba en sus manos por él, y en ese momento otros hombres, hijos, maridos y padres también la necesitaban. Conocía a muchos de ellos. Con un suspiro, se rindió.

—Muy bien, haré lo que pueda.

Tom sonrió y le tocó un hombro.

—Gracias. Si alguna vez tengo una hija, la llamaré Atenea.

—No te lo agradecerá —replicó ella con sorna—. Bueno, ¿dónde están los heridos que necesitan atención?

Mientras Tom la acompañaba por el camino, ella dio gracias a los cielos por haber ganado la batalla por San Gabriel. Sin embargo, lo que más le importaba era la batalla por la vida de Will Masterson.

33

Era de noche cuando Atenea regresó por fin a Castelo Blanco, sin apenas fuerzas y cubierta por la sangre de numerosos hombres. Haciendo caso omiso del cansancio y de la sangre, fue directa al dormitorio de Will, situado en el extremo más alejado de la planta donde estaban los aposentos de la familia.

—¿Cómo está? —le preguntó a Sofía, que estaba sentada a las puertas del dormitorio con una expresión angustiada en la cara.

—¡Atenea! —La princesa se lanzó a sus brazos, sin llorar, pero temblando.

Atenea sintió que se le helaba la sangre en las venas.

—¡Por Dios! ¿Ha m...?

—¡No! ¡No! Sigue vivo. —Sofía recuperó la compostura—. Vivo y consciente, pero muy, muy débil. El médico dice que no habría sobrevivido el traslado al castillo si no lo hubieras vendado, ¡pero ha perdido muchísima sangre! —Miró a Atenea a la cara con gran seriedad antes de añadir—: Si tienes algo que decirle a Will, díselo ahora. El doctor De Ataide no puede precisar cuánto tiempo de vida le queda. San Gabriel ha ganado, pero ¿a qué precio?

Atenea cerró los ojos con la impresión de que acaban de arrancarle el corazón del pecho de cuajo. Había rezado para que se produjera un milagro, pero no iba a producirse. O tal vez el gran milagro de haber derrotado a los franceses significaba que no habría milagros pequeños.

Abrió lo ojos y dijo con severidad:

—Will decidió sacrificar su vida para ponerle fin a la batalla antes que perderla. Sí, ha sido un precio demasiado alto, pero él y los demás hombres que han caído hoy han pagado ese precio gustosamente. —Repitiéndose eso para sus adentros, abrió la puerta y se acercó con sigilo a la cama de Will.

La luz de una solitaria lámpara iluminaba su forma desnuda e inmóvil sobre la cama. La cama donde se habían convertido en alegres amantes durante unas cuantas horas.

Aunque estaba cubierto de vendas ensangrentadas, tenía una expresión serena en el rostro.

—¿Will? —lo llamó en voz baja.

Él abrió los ojos, volvió la cabeza hacia ella y dijo con voz ronca:

—¡Lechucilla! Me alegro mucho de que hayas llegado a tiempo. ¿Se han reagrupado los franceses, han vuelto?

—No, con Baudin muerto y tantos heridos, perdieron las ganas de luchar. Los últimos supervivientes huyeron hacia España. Aunque parezca sorprendente, hemos tenido muy pocas bajas en nuestras filas. Tu emboscada ha sido un éxito. —Le parecía la mar de injusto que Will tuviera que ser una de esas bajas.

—Supongo que mis capitanes siguen montando guardia en el camino. —Al ver que Atenea asentía con la cabeza, añadió con voz débil—: ¿Te importaría tumbarte a mi lado?

Ella titubeó.

—No quiero hacerte daño.

—El médico me ha dado una buena dosis de láudano, así que no me duele casi nada. —Le dio unas palmaditas al colchón para indicarle que se acostara—. Por favor.

La cama era grande y había espacio de sobra, de manera que se tumbó de costado y lo cogió de la mano. Estar allí acostada a su lado, tocándolo..., era un momento de paz que jamás experimentaría de nuevo. Pero no debía llorar. ¡No debía hacerlo!

—¿Tienes algún último mensaje que quieras que transmita?

—Antes de la emboscada, escribí varias cartas para mis amigos. —Hizo una pausa porque sufrió un terrible ataque de tos—. Están en mi escritorio. ¿Puedes encargarte de hacerlas llegar a Inglaterra?

—Por supuesto.

Will le dio un apretón, pero sin fuerzas.

—Tengo un último favor que pedirte, Atenea.

—Lo que quieras —replicó ella sin más.

—Espérate a oírme —le dijo él con un leve deje jocoso—. ¿Te casarás conmigo antes de que sea demasiado tarde?

Ella dio un respingo y se apoyó en un codo para mirarlo a la cara.

—¡No tienes por qué hacerlo!

—A lo mejor no, pero resulta que quiero hacerlo. —Sus ojos grises tenían una expresión despierta y decidida pese a la debilidad que lo embargaba—. No solo para que tú y, en el caso de que estés embarazada, también nuestro hijo tengáis un respaldo económico, sino también porque quiero que seas mi mujer, aunque solo sea unas cuantas horas.

Atenea sentía un nudo en la garganta tan doloroso que no pudo hablar en un primer momento, así que se limitó a asentir con la cabeza.

—Le diré a Sofía que llame al cura —logró decir al final—. Espero que pueda hacer una excepción y obviar los trámites habituales como las amonestaciones por el héroe de San Gabriel.

—Héroes. En plural. —Esbozó una sonrisa radiante antes de cerrar los ojos de nuevo—. Estuviste magnífica, mi preciosa lechucilla.

Aterrada por la posibilidad de que ni siquiera le quedara tiempo para llevar a cabo su último deseo, Atenea se levantó de la cama y salió en tromba al pasillo. Descubrió a Justin y a Sofía abrazados, dándose consuelo mutuo. Justin tenía el rostro demudado por el dolor, porque había sido amigo de Will casi toda la vida.

Sin perder el tiempo con explicaciones, Atenea dijo:

—Sofía, Will quiere casarse conmigo. ¿Es posible que el cura venga rápido al castillo?

Asombrada por las noticias, Sofía contestó:

—El padre Anselmo ya está en el castillo. Vino a darles la extremaunción a varios soldados. Seguramente agradezca poder realizar otro sacramento diferente.

Atenea suspiró.

—Las razones para que la ceremonia se celebre con tantas prisas no son alegres, pero al menos no tendrá que darle la extremaunción a un inglés protestante. ¿Queréis ser nuestros testigos?

—Por supuesto.

Mientras Sofía mandaba llamar al cura, Atenea regresó al lado de Will y se sentó en la cama después de cogerle la mano.

—El cura viene de camino.

—Bien —murmuró él sin abrir los ojos.

Observó ese rostro con la intención de memorizar cada detalle. Las arrugas en las comisuras de los labios provocadas por las risas; la cicatriz blanquecina que tenía en una sien; la barba que no se había afeitado. Ese rostro que tanto quería.

El padre Anselmo llegó seguido de Sofía y de Justin. Era un hombre alto y delgado, y su rostro amable reflejaba la gravedad de las circunstancias. Sofía llevaba un ramillete de flores silvestres cortadas de los jardines del castillo, que le ofreció a Atenea.

Con la otra mano, Atenea aferró la mano de Will como si así pudiera retenerlo a su lado. Susurró sus votos, pero Will pronunció los suyos con una voz sorprendentemente fuerte.

—Hasta que la muerte nos separe...

Cuando llegó el momento de ponerle el anillo, dijo:

—Atenea, quítame el sello del dedo. Es lo único que puedo ofrecerte.

Con el escozor de las lágrimas en los ojos, ella le quitó el anillo con cuidado del dedo anular izquierdo y dejó que se lo pusiera.

—Con este anillo, te desposo. —Atenea sintió deseos de gritar. En cambio, se inclinó para besarlo en los labios—. Nunca pensé que tendría marido, Will, mucho menos un hombre tan espléndido como tú.

Él le sonrió.

—Además, tendrás la ventaja de no verte obligada a aguantar mi mal humor cuando madrugo.

Las lágrimas amenazaron con desbordarse.

—Por favor, no bromees. No lo soporto.

Él le dio unas palmaditas en la mano.

—Lo siento. Ahora que estamos oficialmente casados, podéis marchaos todos. Quiero acostarme con mi mujer.

Sofía lo besó en la mejilla sin decir nada. Justin le estrechó la mano. Después, ambos salieron detrás del cura y dejaron a solas a los recién casados.

—Menos mal que disfrutamos del lecho conyugal antes de pronunciar los votos, o no tendrías mucho que recordar —comentó Will.

En esa ocasión, Atenea sí se echó a llorar.

—Lo siento —dijo mientras se enjugaba las lágrimas—. Nunca pensé que iba a casarme y a enviudar en el mismo día.

—Mejor que no casarse nunca. —Le dio unas palmaditas al colchón para que se acostara a su lado—. Mejor no perder el poco tiempo que nos queda.

Se tumbó a su lado y se pegó a él.

—Es raro que en estas circunstancias me sienta tan tranquila contigo.

—Tú me provocas felicidad —susurró él—. Duerme, lechucilla.

Atenea no tenía intención de dormir, pero estaba tan agotada que acabó rindiéndose al sueño. Se quedó dormida con una mano sobre el torso de Will. Los lentos pero constantes latidos de su corazón le resultaban reconfortantes. «Sigue vivo, sigue vivo, sigue vivo...»

Se despertó y descubrió que el sol había salido y que Will seguía vivo. De hecho, estaba apoyado en un codo, observándola.

—Estás preciosa cuando duermes —dijo él.

Ella parpadeó, sorprendida.

—Pareces mucho más fuerte que anoche.

—Me siento mucho más fuerte. De hecho, no me siento a las puertas de la muerte en absoluto —añadió con voz pensativa—. Creo que vas a tener que aguantarme mucho más tiempo del que pensabas.

Atenea se incorporó hasta sentarse y balbuceó:

—¿Estabas fingiendo que te morías para que me casara contigo?

Él frunció el ceño mientras meditaba la respuesta.

—No. Hubo varias personas que aseguraron que me moría, y pensé que seguramente tenían razón porque sabían más que yo —respondió con seriedad—. Creo que me dieron tanto láudano que estaba dispuesto a creer cualquier cosa que oyera.

—Pero ¿y las heridas de bala? —le preguntó ella, dividida entre la emoción por su recuperación y la sospecha de un posible engaño por su parte—. Te dispararon varias veces y me costó mucho trabajo detener la hemorragia.

Will torció el gesto.

—Las heridas son reales y me duelen, sobre todo ahora que se ha pasado el efecto del láudano, pero recuerdo vagamente que el médico dijo que había tenido suerte de haber recibido heridas superficiales. Perdí tanta sangre que me siento tan débil como un gatito recién nacido, pero ahora mismo no tengo la sensación de estar al borde de la muerte, y nunca he sido propenso a la infección de las heridas. —Le sonrió—. ¡De verdad que espero estar recuperándome, mi preciosa novia!

Siempre había sido tan sincero con ella que le resultaba imposible creer que estuviera mintiéndole, pero el recelo seguía ahí.

—Creo que es verdad que pensaste que ibas a morir, pero ¿me habrías mentido para convencerme de que me casara contigo?

—Esa es una pregunta interesante. Creo que soy un hombre honesto, pero en lo que a tu preocupación se refiere, me da la impresión de que podría recurrir al engaño. —Esbozó una sonrisa cariñosa—. Pero porque te quiero mucho, lechucilla. Me tienes fascinado, asombrado y embobado. ¿No te alegra al menos un poco que de momento no vaya a morir?

Una vez recuperada del asombro y la confusión, la alegría la embargó.

—¡Sí! —Rodó por el colchón para acercarse a él y abrazarlo con entusiasmo.

—¡Ay! —se quejó él, aunque le devolvió el abrazo—. ¡Que sin el láudano me duele!

—Te lo mereces —replicó ella sin el menor remordimiento. Le acarició con la nariz el mentón, áspero por la barba—. Pensar que ibas a morir me destrozó el corazón. —Suspiró, y parte del entusiasmo la abandonó—. En cierto modo, me encanta la idea de estar casada contigo, pero todavía me preocupa el regreso a Londres, a la vida social y a ese mundo al que perteneces, en el que nunca he encontrado cabida.

—¿Confías en mí, lechucilla? —Le colocó una de sus grandes manos en la cabeza y la acarició con ternura—. Mis amigos estarán encantados contigo porque yo te quiero. Juntos encontraremos un lugar donde podamos ser felices, o lo crearemos. Aunque eso signifique regresar a San Gabriel, donde nos reconocerán como los héroes de la invasión francesa.

—Ya que he pronunciado mis votos, debo confiar en ti. —Desterró sus temores y se permitió disfrutar y compartir la seguridad de Will acerca de la viabilidad de su matrimonio—. Me conformo con que tus amigos y tu familia me acepten. De momento, solo quiero seguir acostada a tu lado y ser feliz, aunque no haya sido una noche de bodas muy satisfactoria.

Will se echó a reír y la abrazó.

—Pronto te resarciré, querida mía. Hasta que la muerte nos separe.

Esas palabras ya no eran desgarradoras, sino una promesa de felicidad. Con un suspiro de placer, Atenea se dejó abrazar y le pasó un brazo a Will por la cintura, con cuidado para no hacerle daño en las heridas vendadas. Aunque estuviera herido, seguía siendo un hombre fuerte y deliciosamente masculino. Su marido.

Con un poco de suerte, pasarían horas hasta que alguien los molestara.

34

Sofía hizo uso de su prerrogativa real e invitó a Justin a un desayuno privado en el salón familiar. Cuando él llegó, se encontró a su gato, *Sombra*, sentado con muy buenos modales en una silla, aunque mostraba gran interés por la comida que había sobre la mesa.

Le acarició la cabeza al gato y le dio un beso fugaz a Sofía en la frente. Estaba preciosa y muy serena después del estrés de los últimos días. La melena oscura relucía y llevaba luto como muestra de respeto por los caídos ante los franceses. Con la tez tan blanca y su esbelta figura, estaba preciosa de negro.

Justin contuvo el impulso de besarla de verdad y rodeó la mesa.

—Es una escena maravillosamente doméstica. Por no mencionar que también es muy tranquila.

Sofía lo miró con una sonrisa.

—No soportaría la ruidosa celebración de los Oliviera, que Dios los proteja por muchos años.

—Yo tampoco. —Se sentó enfrente de ella. La cuchillada que tenía en el torso le dolía si no tenía cuidado, pero estaba recuperándose bastante bien. Perdió la sonrisa—. Saber que Will se muere le resta alegría a la celebración. Supongo que ya nos habríamos enterado si..., si hubiera muerto durante la noche.

—Atenea nos lo habría dicho si hubiera empeorado —le aseguró Sofía.

La expresión de Justin se relajó.

—Me alegro de que Will pudiera casarse con Atenea. Lo deseaba muchísimo.

Sofía sirvió café para los dos.

—No me sorprendería que hoy se encontrase muchísimo mejor. El doctor De Ataide acostumbra a ponerse en el peor de los casos. Creo que es de la opinión de que si predice lo peor y el paciente muere, nadie lo culpará; pero si predice lo peor y el paciente se recupera, la gente dirá que es un médico excelente. El doctor admitió que, si bien Will había perdido mucha sangre, ninguna de las heridas era mortal siempre y cuando no se le infectaran.

El alivio de Justin fue reemplazado de inmediato por la suspicacia.

—¿Nos hiciste creer a propósito que Will se moría para que Atenea se casara con él?

Sofía lo miró con expresión inocente e ingenua.

—Puede que exagerara un poquito —admitió ella—. Estaba preocupadísima, y le tengo mucho cariño a tu mayor.

Justin no se dejó engañar ni un segundo y le dijo con severidad:

—Eso no ha estado nada bien, princesa.

—¿No? Atenea y Will forman la pareja perfecta, pero ella estaba dudando y eso les hacía daño a los dos. —La mirada soñadora de Sofía lo atrapó—. Creo que, al menos, una pareja debería tener un final feliz, aunque nosotros no podamos.

Conmovido, extendió un brazo por encima de la mesa y la cogió de la mano.

—¡Haces que sea muy difícil discutir contigo!

—Prefiero no manipular a los demás —añadió ella con seriedad—, pero cuando creces en la familia real desarrollas cierto pragmatismo. Atenea no se arrepentirá de haberse casado con Will, y yo no me arrepentiré de haberles dado un empujoncito en la dirección correcta.

—¡Qué peligro tienes! —exclamó él con énfasis.

Sofía se mordió el labio.

—¿Te has enfadado conmigo por engañar a tus amigos?

Sopesó la respuesta antes de negar con la cabeza.

—La verdad es que no. Coincido en que son perfectos el uno para el otro, pero el origen de Atenea hacía que a ella le costase aceptarlo. Ahora que se han casado, su flamante esposo se encargará de que no se arrepienta de nada. —Miró a Sofía con seriedad—. ¡Pero ni se te ocurra hacerme algo así en la vida!

—No creo que vaya a tener la oportunidad de hacerlo, Justin. Además, me calas enseguida —repuso ella sin subterfugios. Tras probar los huevos cocidos, dejó el tenedor suspendido en el aire—. Acabo de darme cuenta de que no he visto a Jean-Marie desde ayer. ¿Estaba contigo?

—No, dijo algo de salir para echar una mano. Creía que se refería a ayudar a los heridos que estaban llegando al patio del castillo. —Justin frunció el ceño—. ¿Crees que ha aprovechado la oportunidad para huir y reunirse con sus compatriotas?

Sofía meneó la cabeza, desconcertada.

—De haberlo hecho, no los avisó de la emboscada, porque cayeron en la trampa.

—Tal vez cuando dijo que quería ayudar se refería a acudir al campo de batalla. Podría servir de intérprete a los franceses heridos, ya que está aprendiendo con rapidez el dialecto gabrieleño.

—Creía que había pronunciado en serio el juramento de lealtad. —Sofía se mordió el labio—. Supongo que sabremos si lo dijo en serio en caso de que vuelva.

—Si no vuelve... —Justin se encogió de hombros con un gesto que hablaba por sí solo—. Al menos no traicionó a Will contándole sus planes a Baudin.

En el silencio que siguió a sus palabras, oyeron música de fondo. Sofía se tensó y soltó la taza con tanta fuerza sobre la mesa que derramó el café.

—¡Es la marcha del ejército gabrieleño! ¡Debe de ser el coronel Da Silva! —Corrió hacia la ventana para asomarse—. ¡Sí, nuestras tropas suben por el camino del castillo!

Salió disparada hacia la puerta, comportándose más como una niña de cinco años que como una princesa heredera. Justin la siguió más despacio, no solo porque no se había terminado de recuperar. Recibir a las tropas que retornaban era el trabajo de Sofía y él solo estorbaría.

El regreso del ejército era un momento agridulce para él. La vida en San Gabriel volvería a la normalidad o, mejor dicho, a la nueva normalidad establecida por los cambios que había sufrido el mundo en los últimos años. Sin embargo, una de las prioridades de la nueva agenda sería buscarle un marido adecuado a la princesa, y en la lista no estaba un comerciante de vinos escocés.

Sofía llegó al patio de armas cuando las puertas se abrían. La marcha militar sonaba con fuerza, una melodía triunfal de pífanos y tambores que reverberaba en los muros de piedra.

La mayoría de las personas que se había refugiado entre los muros de trabajo había vuelto a sus casas una vez que fue seguro hacerlo, pero todos los gabrieleños que habían oído la música se habían congregado para observar la marcha. Algunos daban saltos de alegría; otros lloraban por la misma emoción.

Al frente del ejército iban dos jinetes con enormes sonrisas en el rostro mientras saludaban con las manos a sus compatriotas. El ejército de San Gabriel había regresado, con los pendones al viento. Sofía era demasiado bajita para ver al coronel con claridad, de modo que se abrió paso a codazos entre la multitud congregada.

Llegó a primera fila y se quedó de piedra, casi sin poder respirar al reconocer a los hombres que encabezaban la comitiva. Cerró los ojos un instante mientras se preguntaba si estaba soñando, pero cuando los abrió, la imagen era la misma.

—¡Papá! ¡Alexandre! —gritó mientras echaba a correr hacia los jinetes.

Su Majestad el rey Carlos Miguel Emmanuel de Alcántara desmontó de un salto y la estrechó entre sus brazos mientras las lágrimas resbalaban por sus mejillas.

—¡Mi pequeña Sofi! Válgame Dios, ¡cómo has crecido!

Su hermano le fue a la zaga y se unió al abrazo.

—No, no ha crecido —repuso Alexandre con una carcajada—. Sigue siendo diminuta, pero parece mucho más mandona.

Sofía retrocedió un paso y miró con detenimiento sus queridas caras. Parecían algo demacrados, pero bastante saludables salvo por ese detalle.

—¿Qué ha pasado? No hemos tenido noticias, no hemos sabido absolutamente nada. ¡Estábamos convencidos de que habíais muerto!

—Es una larga historia, pero la versión abreviada es que tu hermano fue tan desagradable y se mostró tan difícil que el general Baudin nos encerró en una mazmorra francesa con nombre falso, les dijo a los guardianes que no nos permitieran contacto exterior alguno y nos dejó allí para que nos pudriéramos —le explicó su padre—. El carcelero era incorruptible, así que no pudimos pasar ningún mensaje.

—¡Sé justo, padre! —protestó Alexi—. Tú fuiste tan desagradable como yo.

Sofía supuso que los dos habían enfurecido a Baudin, ya que era un talento de los Alcántara en general, pero sin duda el general era demasiado cauto como para matar a dos prisioneros de sangre real sin más, dado que podrían serles muy útiles más adelante.

—¿Os liberaron cuando abdicó el emperador?

—No de inmediato. —Su padre señaló con una mano al hombre que permanecía montado a su espalda—. Este coronel británico, Duval, fue a buscarnos. Es un hombre muy persistente. Con Napoleón destronado, consiguió sonsacarles la verdad a las personas necesarias para localizarnos.

Duval inclinó la cabeza en señal de reconocimiento de sus palabras.

—Supongo que los habrían liberado en algún momento, pero cuanto antes, mejor.

Alexi se encogió de hombros.

—¡Y tanto que sí! También quiero agradecerle que haya propiciado nuestro encuentro con el coronel Da Silva para cruzar España. El coronel se encuentra bien, Sofi, pero fue directo a su casa en cuanto llegamos a la ciudad. Ha estado hablando de su esposa y de su hija los últimos doscientos kilómetros.

—Por supuesto —convino Sofía—. No había necesidad de que perdiera un solo segundo para volver con ellas. —A su alrededor estaban teniendo lugar numerosas reuniones durante las cuales los familiares y los amigos abrazaban a los soldados retornados. La alegría era contagiosa, y también creaba cierta privacidad para Sofía y su familia.

—Me gustaría conocer más detalles de los franceses que huían y que nos encontramos al enfilar el camino de entrada a San Gabriel —le pidió su padre—. Estaban agotados y desmoralizados, y no tenían muchas ganas de hablar, a lo que se sumó que yo no tenía ganas de esperar a que se les soltara la lengua.

—El general Baudin reunió a unos seiscientos soldados franceses y les prometió una vida de ensueño si lo ayudaban a conquistar San Gabriel —resumió Sofía—. Planeaba obligarme a casarme con él y coronarse.

Su padre, su hermano y Duval la miraron, horrorizados. Duval fue el primero en recuperar la compostura.

—Es evidente que no lo han conseguido. ¿Qué ha pasado? Baudin no estaba con sus hombres.

—Está muerto, y conseguimos repeler la invasión en la hondonada del camino de San Gabriel gracias a una emboscada. La comandaba el mayor Masterson, coronel Duval, ¡loado sea Dios por su presencia! —exclamó Sofía—. ¿Qué han hecho con los soldados franceses?

—Los hemos capturado y desarmado, y hemos dejado a una compañía de gabrieleños para que vigilen a los prisioneros hasta que decidamos su destino —contestó Duval—. Como renegados que son, podríamos fusilarlos, pero todos somos de la opinión de que ya se ha derramado demasiada sangre.

—Si Baudin hubiera estado con sus hombres, ¡le habría arrancado el hígado con una cuchara! —exclamó su padre enfurecido—. ¡Y pensar que quería obligarte a que te casaras con él para hacerse con el control de San Gabriel! Murió demasiado rápido.

—Ha muerto y no disponemos de suficiente comida para alimentar a tantos cautivos —aseguró Sofía tras un segundo de reflexión—. Que los escolten hasta Francia y digan que su líder renegado, el general Baudin, los engañó al hacerles creer que seguían luchando con órdenes legítimas.

—Lo dicho, es mucho más mandona —repitió Alexi—. Pero me parece un buen plan.

—Lo mismo digo —convino su padre—. Coronel Duval, ¿podrá encargarse de ese asunto después de que haya descansado un poco?

—Por supuesto. Tal como han dicho, es un buen plan —repuso Duval—. ¿Dónde está el mayor Masterson? No habrá partido ya hacia Oporto, ¿verdad?

—Fue él quien acabó con la vida de Baudin y sufrió heridas graves durante la empresa, pero se está recuperando aquí, en el castillo —contestó Sofía—. De hecho, se casó anoche mismo.

Su padre enarcó las cejas.

—¿Se ha enamorado de una muchacha de San Gabriel?

—No exactamente. Su esposa es Atenea Markham, y forman una pareja perfecta —le aseguró ella. Al considerar que el ambiente festivo era un buen momento para pedir favores, añadió—: Ha sido un auténtico tesoro durante todo este año, papá. No sé qué habría sido de San Gabriel sin ella. ¿Le concederás el título de condesa?

El rey parpadeó.

—Supongo que podría hacerlo. Ha sido una bendición para San Gabriel y para los Alcántara. Redactaré los documentos oficiales cuando se hayan calmado las cosas un poco.

—¡Gracias! —Y había llegado el momento del favor enorme. Sofía miró por encima del hombro y vio a Justin, que esperaba en silencio con una cálida sonrisa mientras contemplaba su felicidad. Le hizo un gesto para que se acercara a ellos y lo cogió de la mano—. Ahora me gustaría presentarte a mi prometido, Justin Ballard de Escocia y Oporto.

La expresión de su padre se volvió amenazadora un instante; pero, después, la curiosidad reemplazó a la rabia.

—¿Oporto Ballard?

—Sí, majestad. —Justin hizo una reverencia formal—. Vine con provisiones desde Oporto a petición del mayor Masterson. Una vez aquí, exploramos el valle, y creo que hemos encontrado la forma de transportar sus increíbles vinos a Oporto para exportarlos.

—¡No me diga! —A Carlos le brillaban los ojos—. Por cierto, tengo que beberme una copa de vino gabrieleño ya. Solo así sabré que he vuelto a casa de verdad. Señor Ballard, tenemos que hablar largo y tendido más tarde. Ahora, entremos. Me muero por ver mi hogar y al tío Alfonso. ¿Sigue con nosotros, Sofía?

—Sí, nunca creyó que estabais muertos. —Sofía se cogió del brazo de Justin y se preparó para subir los escalones de entrada al castillo. Se detuvo cuando una emoción extraña recorrió la multitud.

—¡Está aquí! ¡Está aquí! —gritó una mujer, extasiada—. ¡La Reina del Cielo ha vuelto!

Más voces se sumaron a la primera.

—¡La Reina del Cielo ha vuelto! ¡Ha vuelto!

—Los hombres de Baudin robaron la imagen sagrada de la iglesia —explicó Sofía al tiempo que subía dos escalones para poder ver mejor lo que sucedía—. ¡Sí, sí, sí! ¡Traen la imagen en un carromato!

Se internó de nuevo en la multitud. La gente se postraba de rodillas y se santiguaba a medida que la antigua y venerada talla se acercaba. Y, para sorpresa de Sofía, el carromato lo llevaban Jean-Marie y otro hombre, que lucía lo que parecía un uniforme francés, aunque se había quitado la inconfundible casaca azul.

Justin la siguió de cerca. Cuando el carromato se detuvo, dijo:

—¡Me alegro de verte, Jean-Marie! ¿Cómo has encontrado la imagen?

—Ha sido un milagro —contestó el francés mientras tanto él como su acompañante se apeaban, tras lo cual dejaron la talla en el suelo con mucho cuidado.

—Un milagro, desde luego —repuso Sofía con fervor a la vez que se santiguaba. Varias personas se acercaron a la imagen para tocarla, asombradas.

Tallada en madera y de varios siglos de antigüedad, la imagen de la Santa Madre, con casi metro ochenta de altura, lucía una expresión serena, de amor y de compasión. Le habían robado la corona de oro y piedras preciosas, pero salvo por ese detalle no había sufrido daños. La corona podrían reemplazarla.

Interesado en detalles más mundanos, Justin preguntó:

—¿Cómo habéis encontrado la imagen? ¡Es imposible que los hombres de Baudin atravesaran España con ella dos veces!

—Fui al lugar de la batalla para hacer de intérprete para los heridos y ayudar en todo lo que pudiera —explicó Jean-Marie—. Uno de los prisioneros era mi amigo Claude Fontaine, que estaba inconsciente, pero no herido de gravedad. —Señaló al otro muchacho, que hizo una profunda reverencia.

—Alteza real, señor —saludó Claude con nerviosismo—. Formé parte del ejército de Baudin que invadió su país el año pasado. Robaron la virgen por las joyas, pero a medio camino entre las montañas el general dijo que pesaba demasiado, que se quedaría con las joyas y quemaría la talla.

Cuando Sofía jadeó, espantada, Claude continuó.

—Soy un buen católico y pensé lo mismo, alteza. ¡Quemar a Nuestra Señora habría sido un sacrilegio! De modo que, con la ayuda de otro hombre, la escondí en una cueva no muy lejos del camino. Desde entonces me ha atormentado saber que estaba allí sola, lejos de quienes la veneraban. Así que, cuando vi a Jean-Marie, le hablé de la virgen y le supliqué que la rescatara para que pudiera volver a casa.

Jean-Marie prosiguió con la historia.

—Fui en busca del capitán Oliviera y le pedí permiso para liberar a Claude a fin de que me condujera a la cueva donde estaba Nuestra Señora. Accedió, e incluso nos proporcionó un carro para traerla de vuelta.

—Le has prestado un gran servicio a San Gabriel, Jean-Marie —le dijo Sofía, agradecida.

Jean-Marie miró a su amigo.

—A Claude le gustaría pedirle el mismo santuario que me ofreció a mí, alteza.

Claude asintió con la cabeza varias veces.

—Su país es muy bonito, y creo que Nuestra Señora me ha traído de vuelta.

Sofía sonrió.

—En ese caso, te doy la bienvenida a tu nuevo hogar, Claude Fontaine. —Se cogió del brazo de Justin, convencida de que era un día para los milagros.

Mientras seguían a su padre, a su hermano y al coronel Duval al interior del castillo, Justin le preguntó entre dientes:

—¿Soy tu prometido?

Preocupada de repente, Sofía replicó:

—¿No lo eres? Hemos hablado de matrimonio. ¿Ya no deseas casarte conmigo?

—¡Pues claro que lo deseo! —Justin sonrió—. Pero creo que debemos ponernos de acuerdo en la versión que vamos a contar antes de que tu padre me interrogue. Espero que considere que una alianza con el imperio naviero de los Ballard sea digna de su única hija.

—Lo considerará —repuso Sofía, convencida—. Ya has visto el interés que ha puesto cuando has dicho que has encontrado una ruta para exportar nuestros vinos. San Gabriel debe relacionarse más con el mundo que hay al otro lado de nuestras fronteras. —Frunció el ceño—. Dado que creía que el matrimonio era imposible, no he pensado en cómo íbamos a vivir. Ni dónde. ¿Qué me espera? —Tiró de Justin hasta entrar en la hornacina que había bajo la escalinata que conducía a la planta de la familia a fin de hablar en privado—. Deseo ver más mundo, pero..., pero no me imagino dejar San Gabriel para siempre.

—No tendrás que hacerlo —le aseguró Justin—. Viajaremos a menudo. A Edimburgo, para que conozcas a mi familia. Tendrás casa en Londres y en Oporto. Y volveremos aquí, porque habrá motivos empresariales de peso, así como familiares. ¿Crees que te gustará esa vida? ¡Ojalá que sí!

Sofía esbozó una sonrisa deslumbrante mientras se imaginaba el futuro.

—¡Me encantará esa vida! Sobre todo porque tú estarás a mi lado.

—¡Querida mía! —le dijo Justin en español antes de estrecharla entre sus brazos, levantándola del suelo, y de besarla con pasión.

Ella le devolvió el beso y, por primera vez, demostró todo el amor que albergaba en su interior. Cuando dejaron de besarse, los dos jadeaban.

—Será mejor que subamos —sugirió Justin—. ¡O nos arriesgamos a que se nos vaya de las manos!

—¡Será mejor que nos casemos pronto! —convino Sofía al mismo tiempo que se cogía de su brazo. A medio camino, añadió en voz baja—:

Me había hecho a la idea de que subiría al trono el año que viene. Ahora, la situación ha cambiado. Pero habría servido bien a mi país, ¿verdad?

—Sí —se apresuró a contestar Justin—. Te habrían recordado como Sofía la Grande, la reina Sabia. Pero servirás a tu país de todas formas, querida mía. —Se llevó una mano a los labios para besarle los dedos—. Los dos serviremos a San Gabriel, juntos.

35

—¿Qué sientes al estar de nuevo en Inglaterra? —le preguntó Will.

Atenea era incapaz de despegarse de la ventanilla del carruaje en el que viajaban camino de Londres, después de haber desembarcado a primera hora de la mañana.

—Es maravilloso. Pero un poco raro. ¡Todo es verde!

Él se echó a reír.

—Sí, desde luego. Es nuestra recompensa por el clima lluvioso.

Atenea se acomodó de nuevo en el asiento y le cogió la mano. La vida había cambiado mucho durante esas últimas semanas, entre otras cosas porque tanto Sofía como ella eran mujeres casadas. Después de interrogar a Justin Ballard sobre su familia, su fortuna y sus proyectos empresariales, el rey Carlos había autorizado el matrimonio de su hija. La boda se había celebrado pronto, porque Atenea y Will se marcharían en cuanto él se encontrara lo bastante fuerte para viajar y Sofía había asegurado que le resultaba impensable casarse sin que ella estuviera a su lado.

Una boda real era justo lo que San Gabriel necesitaba para celebrar el final de la guerra y el regreso del rey y del heredero, así que había sido un acontecimiento de gran relevancia. Sofía y Justin rebosaban felicidad por los cuatro costados.

Durante los festejos posteriores, el rey Carlos llamó a Atenea para que se acercara a la cabecera de la mesa real y la proclamó condesa y heroína de San Gabriel, además de entregarle una Patente Real y una insignia con incrustaciones de piedras preciosas, engarzada en un collar de oro. Podía ponérsela para las grandes ocasiones.

Carlos había hecho la proclamación entre risas, pero le había agradecido con sinceridad los servicios que le había prestado a su reino. Había añadido que el título podría heredarse tanto por línea femenina como por línea masculina. Atenea sospechaba que detrás de ese detalle estaba la mano de Sofía.

Cuando volvió a su silla, Will sonrió y le dijo:

—Siempre he deseado besar a una condesa. —Y, acto seguido, lo hizo para deleite del resto de comensales, que estallaron en vítores.

La boda de Tom Murphy y María Cristina Oliviera había sido más modesta, pero igual de alegre. Tom había comprado una preciosa villa emplazada en las afueras de la ciudad y había traspasado el umbral con su novia en brazos, entre aplausos y carcajadas.

Ambas fueron unas bodas preciosas, pero Atenea le dijo a Will esa misma noche que ninguna podía compararse con el drama de casarse con un hombre en su lecho de muerte, tras lo cual Will la llevó a la cama y le demostró lo bien que se había recuperado.

El recuerdo hizo que Atenea se sonrojara, de manera que volvió la cabeza de nuevo hacia la ventanilla. Aunque había descubierto que todavía no estaba embarazada, su intuición femenina le decía que no tardaría mucho en estarlo.

Jamás había sido tan feliz. Con Will había conocido la pasión, la confianza y una intimidad especial que solo compartían ellos dos. Con él a su lado, podía enfrentarse a cualquier cosa.

—¿A qué hora crees que llegaremos a casa de tu hermano?

—Espero que para la hora del almuerzo —contestó él con alegría—. Llegar justo a la hora de la comida es una broma que viene de lejos entre nosotros.

Atenea captó la ternura que asomaba a sus ojos y le dio un apretón en la mano.

—Te va a encantar estar en el mismo país que tu hermano, ¿verdad?

—Muchísimo. Y él se alegrará de no tener que preocuparse tanto por mí. —Le echó un brazo por los hombros. Nos quedan horas de viaje. ¿Por qué no te echas una siestecita aquí a mi lado?

—La idea no debería agradarme después de haber pasado juntos varios días en un camarote diminuto; pero, por extraño que parezca, me apetece mucho. —Estiró las piernas y apoyó la cabeza en su hombro, tras lo cual le pasó un brazo por la cintura—. Aunque, si te aburres, hay una cosa que siempre he deseado hacer en un carruaje.

Will soltó una carcajada.

—Ahora que me he recuperado de mis heridas, estás desarrollando una imaginación de lo más perversa. —La besó en la sien—. Perversa en el buen sentido.

Ella se quedó dormida con una sonrisa en los labios. Tenía motivos de peso para temer a la sociedad londinense, pero confiaba en Will por encima de todo.

—Ya casi hemos llegado —anunció Will, que señaló el grandioso edificio situado a la derecha—. Eso es Damian's. El club está más concurrido por las noches, pero algunos miembros se pasan la madrugada apostando, y muchos vienen a mediodía para almorzar y jugar unas partidas de cartas.

—¡Impresionante! Tendrás que enseñarme el interior mientras estemos en la ciudad. —Lo miró de reojo—. ¿O es una de esas cosas que no pueden hacer las mujeres?

—Mac estará encantado de hacerte una visita guiada. Damian's se enorgullece de ser un lugar seguro y respetable que las damas pueden visitar. Un poco atrevido, pero ha creado sensación. La mujer de Mac tiene una pequeña perfumería para los clientes y le va muy bien, la verdad.

—¿Es perfumera?

—Sí, es una tradición entre las mujeres de su familia desde hace generaciones. —El carruaje se detuvo traqueteando sobre los adoquines delante de la casa contigua al club—. Esa es la casa de Mac. Espero que estén en la ciudad. Si no se han trasladado a su casa solariega, seguramente esté en Damian's.

El lacayo abrió la portezuela y desplegó los escalones. Will se apeó y le ofreció la mano a Atenea para ayudarla a bajar. Aunque ella no necesitaba ayuda alguna para hacerlo, le encantaban esos pequeños gestos tan caballerosos. Además, era una oportunidad para tocar a su marido, y jamás se cansaría de hacerlo.

Entrelazó el brazo con el de Will y juntos caminaban hacia la entrada de la casa cuando vieron salir de Damian's a un hombre mayor corpulento, ataviado muy a la moda, que a todas luces iba borracho. Echó un vistazo a su alrededor como si quisiera ubicarse.

Sus ojos se clavaron en Atenea.

—¡Lady Ramera! —gritó entusiasmado mientras se acercaba tambaleante a ella—. ¡Qué alegría que haya vuelto a Londres! Me llegaron rumores de que había muerto, pero ¡que me aspen si no me alegro de verla otra vez!

Atenea se quedó como si le hubieran echado un cubo de agua helada por la cabeza. Apenas acababa de poner un pie en una calle de Londres y sus peores temores se habían hecho realidad. Deseó poder salir corriendo. O esconderse. O vomitar.

Mientras se esforzaba por seguir respirando, Will exclamó:

—¡Caballero! —Lo hizo con una voz que habría aterrado al más curtido de los soldados. Le colocó a Atenea una mano en la base de la espalda con un gesto protector y siguió—: Comete usted un error. Mi esposa es la condesa de Alcántara y quiero pensar que no tenía usted intención de insultarla. ¿Verdad? —le preguntó al hombre con un tono de voz que prometía que cualquier insulto conllevaría unas consecuencias dolorosas e instantáneas.

El borracho abrió los ojos de par en par y balbuceó:

—¡No, no, claro que no! —Tragó saliva con fuerza y se vio claramente cómo le subía y le bajaba la nuez—. Un error, ha sido un error, milady. Condesa... —Hizo una reverencia tan exagerada que estuvo a punto de caerse de bruces al suelo—. Es que se parece usted muchísimo a una antigua conocida, que me parta un rayo si no se parece. —Se enderezó y la miró, parpadeando varias veces—. Pero es usted mucho más joven, claro, y ahora veo que sus facciones no son las mismas. Claro que la altura y ese porte tan elegante... —Su expresión se tornó melancólica por los recuerdos—. Siento mucho haberla molestado, pero me ha encantado verla. Verla a ella. ¡Desear que usted lo fuera, mejor dicho! La mujer más hermosa que he conocido en la vida, y la más simpática. —Se alejó, hablando consigo mismo.

Will le pasó un brazo por los hombros a Atenea.

—Por favor, no te desmayes aquí. Será mucho más cómodo si lo haces en el interior.

Temblorosa y agradecida por el apoyo de Will, Atenea le rodeó la cintura con un brazo y juntos siguieron caminando hacia la entrada de la casa de su hermano.

—No sé si este incidente debo interpretarlo como el aviso de que debo abandonar Londres para siempre —dijo con voz trémula—. O si significa que lo peor ya ha pasado.

—Lo segundo —replicó él con voz segura—. Ese tipo ha sido una pésima bienvenida a tu país. Pero recuerda que estaba encantado y que ha alabado la belleza y la simpatía de tu madre, así que no ha sido tan malo.

—Qué bien se te da ver la parte positiva de las cosas —comentó ella con sequedad mientras subían los escalones y Will llamaba a la puerta usando la pesada aldaba. Tras recuperar un poco la compostura, añadió—: Intentaré tomarme sus palabras como un halago.

Un criado de aspecto rudo abrió la puerta. Nada más verlos, anunció con voz estentórea y un entusiasmo muy poco profesional:

—¡Lord Masterson! ¡Bienvenido a casa! —Se apartó e hizo una floritura para invitarlos a entrar.

El vestíbulo era una estancia de buenas proporciones, amueblado con elegancia, aunque la estatua masculina con cabeza de elefante le otorgaba un toque exótico. Antes de que Atenea pudiera examinar con más atención la escultura de piedra, la puerta situada en el otro extremo del vestíbulo se abrió y apareció un hombre que exclamó:

—¡Will, ya era hora!

Era tan alto y corpulento como Will, al que abrazó con un entusiasmo muy poco inglés. Tenía el pelo algo más claro que su hermano y cada ojo de un color, pero saltaba a la vista que eran hermanos. Atenea no necesitó oír nada más para reconocer el vínculo existente entre ellos, y para comprender que se habían salvado el uno al otro.

—¡Tranquilo, Mac, tranquilo! —Will soltó una carcajada mientras le devolvía el abrazo a su hermano—. Hace unas semanas que salí de mi lecho de muerte, así que ¡un poco de respeto por estos huesos envejecidos!

—¡Lo siento! —Mackenzie se apartó, alarmado—. ¿Tu lecho de muerte?

—Podría haber sido peor. Te lo explicaré después. —Will cogió a Atenea del brazo y la acercó á él—. Atenea, supongo que habrás adivinado que este granuja es mi hermano, sir Damian Mackenzie. Mac, te presento a Atenea, condesa de Alcántara y lady Masterson.

Atenea se preparó para ver el asombro pintado en su cara y tal vez incluso la desaprobación, pero Mackenzie sonrió de oreja a oreja, genuinamente encantado.

—¡Qué placer tan grande conocer a mi nueva cuñada! Justin Ballard ya me dijo por carta que Will podía regresar con una mujer magnífica del brazo. Me alegro de que consiguieras llevarla al altar antes de que te conociera lo bastante como para salir corriendo, Will.

Atenea le tendió la mano entre carcajadas.

—El placer es mío, sir Damian. Will intentó describirme a su hermano pequeño, pero sus palabras no le hacen justicia.

—Llámame Mac o Mackenzie. —Su cuñado le aferró la mano con afecto entre las suyas—. Will ha intentado describirme durante años, pero es una tarea imposible.

Atenea se percató del grueso sello de oro que llevaba Mackenzie. Lo examinó con atención.

—Se parece al de Will, pero ¿con una banda negra cruzada?

—La señal de la bastardía, una banda negra cruzada —le explicó Mackenzie—. Will me lo regaló en uno de mis cumpleaños. Es una especie de broma personal entre nosotros.

Atenea replicó con deje reflexivo:

—Will, podrías encargar que me hagan uno.

Su marido rio entre dientes.

—¿No tienes bastante con la alianza que te regalé una vez que me recuperé?

—Sí. —Se sonrieron de una manera que se le antojó tan emotiva que seguro que resultaba ridícula.

—¡Will, hermano, has regresado intacto del campo de batalla! —exclamó una voz femenina con un acento musical que pertenecía a una mujer morena y espectacular que atravesó la estancia a la carrera para abrazar a Will.

—¡Kiri, estás espléndida! —Tras devolverle el abrazo, Will le colocó las manos en los hombros y la observó con atención—. Está claro que el bebé ha nacido. ¿Tengo un ahijado o una ahijada?

—Es una niña preciosa. Damian está embobado con ella y dice que se parece a mí. Mi hermano Adam le da la razón y dice que será una polvorilla. Luego conocerás a nuestra pequeña Caroline, ahora mismo está durmiendo. ¡Preséntame a tu afortunada esposa si no te importa!

—Atenea, te presento a lady Kiri, mi cuñada, la perfumera —dijo Will—. No te he hablado mucho de ella porque las palabras no le hacen justicia.

Kiri se echó a reír.

—Adulador. Lady Masterson, ¿puedo llamarla Atenea, ya que ahora somos cuñadas?

—Por supuesto —Atenea le tendió la mano, y Kiri la aceptó y le dio un apretón.

Atenea cayó en la cuenta de lo poco que Will le había hablado de su cuñada, salvo para decirle que era aventurera y que tenía unas ideas de lo más interesantes. Aunque no tanto como ella, Kiri era alta, preciosa, exótica y muy poco inglesa, con un lustroso pelo negro y unos asombrosos ojos verdes.

—¿Prefiere Kiri o lady Kiri?

—Kiri, por favor. Es mejor que nos tuteemos. Mi padre era el duque de Ashton y mi madre, una dama india, de ahí que tenga este aspecto tan poco inglés —le explicó con una sonrisa—. Pero vamos, estábamos a puntos de sentarnos para almorzar. Una vez que os hayáis aseado un poco, podéis acompañarnos.

—Veo que sigo siendo tan oportuno como siempre —comentó Will con una carcajada.

Atenea observó con atención a Kiri. Así que la hija de un duque se había casado con un bastardo. Ninguna mujer se lo recriminaría, Mac era casi tan atractivo como Will, pero eso explicaba por qué veía su ilegitimidad como algo tan natural.

Mientras Kiri los guiaba escaleras arriba en dirección a los aposentos que normalmente ocupaba Will, Atenea agradeció que hubiera acertado al decir que su familia la recibiría con los brazos abiertos. Sin embargo, no pudo evitar preguntarse hasta qué punto la recibiría bien el resto de sus amistades.

Mientras disfrutaban de un suculento almuerzo, Mackenzie dijo:

—Will, varios de tus antiguos compañeros de la Academia Westerfield y sus esposas están en la ciudad. ¿Quieres que organice una cena informal y que los invite para que te saluden y conozcan a Atenea? Todos querrán ver con sus propios ojos que has sobrevivido intacto a la guerra.

Will miró a Atenea.

—¿Te apetece? Me encantaría ver a mis amigos, y todos querrán conocerte. Creo que todos temían que me convirtiera en un solterón antipático. —Al verla dudar, añadió—: Piensa que así superarás pronto lo peor de Londres.

—Entiendo que quieras ver a tus amigos, pero no tengo nada apropiado para ponerme —señaló, contenta de poder recurrir a una excusa—. Aunque llegue el resto de nuestro equipaje, no tengo nada que no sea viejo y pasado de moda.

Kiri se inclinó hacia delante con un brillo alegre en los ojos.

—Atenea, soy famosa por hacer que mis amigas luzcan lo más hermosas posibles en poco tiempo. ¿Me permitirás ponerte a la moda? Aunque eres más alta que yo, nuestras figuras son similares, y tengo un vestido que te sentará muy bien si le hacemos unas pequeñas modificaciones. ¿Por favor?

—No exagera —terció Mac—. Dale unas cuantas horas a Kiri y estarás preparada para codearte con la flor y nata londinense.

Atenea titubeó, porque se sentía incómoda y fuera de lugar. ¿Conocer a todos esos aristócratas amigos de Will con tan poco tiempo para prepararse mentalmente? Tras recordarse que con él a su lado podía enfrentarse a cualquier cosa, dijo:

—Kiri, me pondré en tus manos. ¡Será interesante ver lo que puedes conseguir con una materia prima tan poco prometedora!

36

Cinco horas después, Atenea se miraba al espejo de cuerpo entero, estupefacta.

—Kiri, tu talento se desperdicia como hija de un duque. Podrías ser la modista más solicitada de todo Londres si quisieras.

La aludida se echó a reír.

—Prefiero trabajar con amigas. Son menos críticas que las clientas de pago. ¡Pero tú promocionas mis habilidades a la perfección!

Atenea asintió con la cabeza mientras admiraba el brocado de seda color vino tinto de su vestido, que resaltaba el brillo cobrizo de su pelo. Nadie adivinaría que el magnífico festón bordado a mano con hilo de oro que Kiri había añadido al bajo del vestido no formaba parte del diseño original. El elegante recogido alto de Atenea la hacía más alta si cabía, pero no demasiado alta para Will.

—¡Gracias, Kiri! Ahora tengo la confianza para hacer cualquier cosa.

—El toque final. —Kiri le ofreció un frasquito con filigrana dorada—. Es uno de mis perfumes. Úsalo si te gusta.

Atenea abrió el frasquito y lo olió, tras lo cual sonrió.

—¡Me encanta! Me hace pensar en la tierra y en el sol.

—Te prepararé un perfume personalizado cuando te conozca mejor, pero creo que esto te servirá de momento.

—Con razón tu perfumería en Damian's tiene tanto éxito. —Atenea se puso un poco de perfume en las muñecas y detrás de las orejas—. ¿Quién va a venir esta noche?

—Casi todos los compañeros de clase de Will. Mi hermano Adam, que es el actual duque de Ashton, y su esposa, Mariah. Lord y lady Kirkland. Los dos son unos virtuosos del piano e intentaré convencerlos de que toquen. Los Randall. Además de ser compañero de clase de Will, Randall también ha servido durante años en el mismo regimiento. —Kiri ladeó la cabeza mientras pensaba—. Creo que ya está, pero Will y Damian salieron juntos esta tarde, así que no tengo ni idea de con quién regresarán. Tal vez darán con otro invitado, o con cinco más.

Atenea se echó a reír.

—No parece preocuparte en lo más mínimo.

—Como ya dije, es una cena informal entre amigos. Lo que importa es la compañía. —Kiri soltó una risilla—. Aunque ayuda mucho tener a un cocinero estupendo, por supuesto.

Atenea estaba a punto de preguntar si ya era hora de bajar cuando llamaron a la puerta, tras lo cual Will preguntó:

—¿Estás lista para que te admiren?

—Ciertamente —contestó Kiri.

La puerta se abrió y Will entró en el vestidor. Atenea se quedó boquiabierta al ver lo guapísimo y elegante que estaba su marido con su traje de gala oscuro y de confección impecable.

—¡Dijiste que tu ayuda de cámara te aseguró que un hombre de tu corpulencia jamás podría ser elegante! Has demostrado que se equivoca.

—Ayuda usar la ropa de Mac —repuso Will—. Es mucho más elegante que yo, y el efecto se contagia. Pero ¡mírate, cariño! ¡Una lechuza con sus mejores plumas!

Atenea se ruborizó. Sabía que le gustaría a Will con cualquier cosa, y que le gustaba más todavía sin ropa, pero la admiración de sus ojos era prueba de que nunca se avergonzaría de que la vieran de su brazo.

Will se le acercó y le dio un rápido beso antes de sacar una caja forrada de terciopelo.

—Hemos pasado por una joyería porque Kiri me ordenó que te comprara granates. Ojalá que te gusten. Irán muy bien con ese vestido.

Atenea abrió la caja y jadeó al ver el esplendor del costoso collar y los pendientes.

—¡Son preciosos!

Nadie le había regalado joyas en la vida. Levantó la cara y le dio a Will un beso que no tenía un pelo de rápido.

—Eres el mejor marido del mundo. ¿Me abrochas el collar?

—Será un placer. —Se colocó tras ella y le abrochó al collar mientras ella se quitaba los aretes de oro de las orejas para ponerse los preciosos pendientes de granates. Tras deslizarle las manos hasta los hombros, Will miró el espejo mientras ella se admiraba—. Mis amigos se quedarán de piedra por mi buena suerte.

—Me conformo con que no se queden de piedra por tu mal juicio —replicó Atenea con sorna—. Y, ahora, ¡a la batalla, camaradas!

Entre carcajadas, Kiri los condujo escaleras abajo, donde MacKenzie estaba recibiendo a sus invitados. Hicieron las presentaciones con copas de jerez, y los amigos de Will la acogieron con tanta calidez como él había prometido. Atenea sabía que no todo el mundo aprobaría sus orígenes, pero con unos amigos tan buenos como esos le bastaba.

Todos agradecían enormemente que Will hubiera vuelto a casa sano y salvo, y recibieron a Atenea con entusiasmo. El hermano de Kiri, Ashton, compartía la belleza que les confería su exótica sangre mestiza; pero su esposa, Mariah, era una agradable y encantadora rubia muy inglesa. Lord Kirkland era adusto y contenido, pero resultaba evidente que estaba encantado de saludar a Will, y su esposa, también rubia, irradiaba una serena calidez que hacía que Atenea tuviera ganas de ponerse a ronronear como un gato.

Los últimos en llegar fueron los Randall. Él era un rubio muy alto con el mismo porte militar de Will, mientras que su esposa era una morena bajita que le recordó a Sofía, aunque era mayor e irradiaba serenidad en vez del cálido encanto de la princesa. A la pareja lo acompañaba un apuesto hombre de pelo oscuro que parecía ser el hermano de la señora Randall.

Mackenzie acompañó a los recién llegados hasta ellos. Randall estrechó la mano de Will con fuerza mientras decía:

—¡Hubo momentos en los que creía que ninguno saldríamos de la península Ibérica con vida!

—Yo pensé lo mismo —repuso Will con una carcajada—. ¡Y hace bien poco lo pensé de nuevo!

Cuando los dos se alejaron para hablar en privado, Mackenzie añadió:

—Atenea, te presento a lady Julia Randall y a su hermano.

Otra dama de alcurnia, y una que la miraba con una intensidad enervante. Tal vez no todos los amigos de Will la miraran con buenos ojos...

—Perdóneme, lady Masterson —dijo lady Julia con palpable tensión—, pero ¿su padre era el duque de Castleton?

Atenea retrocedió con el rostro demudado por el espanto. ¿Cómo era posible que esa mujer supiera...?

De repente, vio la luz. Tanto lady Julia como su hermano se parecían a ella. Las facciones, el color de pelo y de ojos, eran reflejo de lo que Atenea veía todos los días en el espejo. Tragó saliva con dificultad antes de asentir con la cabeza, entumecida.

—Se suponía que jamás de los jamases debía hablarle a nadie del parentesco.

—¡Típico de él! —exclamó lady Julia, exasperada, al tiempo que estiraba el brazo para cogerle a Atenea una mano—. Me alegro muchísimo de conocerla. Siempre he querido tener una hermana y, a juzgar por lo que Will nos contó por carta sobre usted, ha llevado una vida fascinante.

A Atenea se le llenaron los ojos de lágrimas.

—¿No me desprecian? —susurró.

—¿Por qué diantres íbamos a hacerlo? —replicó su hermano al mismo tiempo que le tendía la mano—. Es más probable que usted quiera negarnos el saludo. Mi padre murió hace unos meses y fue el hombre más difícil del mundo. Ahora yo soy Castleton. Me enteré de la existencia de mi hermanastra al reunirme con los abogados de mi padre. —El nuevo duque meneó la cabeza—. ¡La trató de forma horrenda! Ojalá que no nos haga pagar a Julia y a mí su comportamiento.

Aturdida, Atenea repuso:

—Perdonaré los pecados de su padre si ustedes perdonan los pecados de mi madre. Estoy convencida de que no fue una víctima inocente en todo esto.

—En ese caso, podemos ser amigos. —La miró con una cálida sonrisa que se parecía muchísimo a la de su hermana—. Le tengo mucho cariño a la hermana que conozco, así que me encantará tener a otra.

—Nunca he tenido hermanos, pero ¡parece que estoy haciéndome de varios a la vez, excelencia! —Señaló con la cabeza a Mackenzie, que observaba la escena con satisfacción.

—Por favor, llámame Anthony —le pidió su hermano, tuteándola—. Somos familia.

—¡Sois muy amables! —Atenea perdió la batalla con las lágrimas y aceptó, agradecida, el pañuelo que le ofreció Mackenzie.

—Eso es porque nos parecemos a nuestra madre, que era una mujer muy bondadosa —dijo Julia con una carcajada—. Tú también debes de parecerte a tu madre, porque Will nunca se habría casado con una mujer con un genio como el de mi difunto padre. —Le dio un apretón a Atenea en la mano—. Tengo que hablar con Kiri, porque quiero ver al bebé, pero ¿podemos volver Anthony y yo mañana? ¡Tenemos tantas cosas que aprender de ti!

—Esperaré ansiosa vuestra visita —susurró Atenea—. Ojalá que no os decepcione cuando me conozcáis mejor.

—No lo harás —le aseguró Anthony antes de seguir a su hermana y reunirse con su cuñado al otro lado de la estancia.

Will apareció a su lado y le rodeó la cintura con un brazo.

—¿Se me permite decir «Te lo dije» con respecto a la acogida de mis amigos?

Se echó a reír al oírlo.

—Se te permite. ¡Jamás me habría imaginado que los hijos legítimos de mi padre me recibirían con los brazos abiertos! ¿Cómo lo has conseguido?

—Justin se percató del parecido y, a juzgar por lo que sabíamos del difunto Castleton, la historia cuadraba —contestó Will—. Le escribí una carta a Randall y le pedí que hablara de tu posible parentesco con Julia. Su hermano y ella ya habían averiguado que tenían una hermanastra, así que fue una alegría para ellos localizarte. Ninguno tiene motivos para echar de menos a su padre, y me he dado cuenta de que los padres difíciles hacen que los hijos se unan más.

—Qué sabio eres. —Apoyó la cabeza en él, convencida de que sus amigos pasarían por alto la indiscreción, dado que eran recién casados—. Sabio, amable, guapo y ¡muy, pero que muy paciente! ¿Te he dicho últimamente lo mucho que te quiero?

Will se quedó sin aliento.

—No, creo que no lo has hecho.

Sorprendida, lo miró a los ojos y se dio cuenta de que, debido al miedo y a su necesidad de protegerse, nunca le había dicho que lo quería.

—Siento haber tardado tanto en encontrar las palabras, cariño —susurró—. Te quiero en cuerpo y alma, ahora y para siempre, hasta que la muerte nos separe. ¡Y que no llegue hasta por lo menos dentro de cincuenta años!

Will la miró con una sonrisa que la dejó sin aliento.

—Bienvenida a casa, mi preciosa lechucilla. Por fin estás en el lugar que te pertenece.

Y, haciendo gala de una flagrante indecencia, la besó.

Nota de la autora

Hace varios años realicé un crucero por el río Duero, en el norte de Portugal, partiendo desde Oporto hasta la frontera con España, además de visitar Salamanca, la gran ciudad universitaria. Vi los viñedos dispuestos en bancales que bajaban por las empinadas colinas junto al río y me abrumaron los olores concentrados del oporto cuando visitamos una bodega en Gaia, en la orilla del Duero contraria a Oporto.

Esa parte del país sufrió duramente la guerra en la península Ibérica, con batallas entre las tropas francesas, portuguesas, británicas y españolas. Me enteré del desastre del puente de barcos cuando los franceses invadieron Oporto y deambulé por las pintorescas ruinas de Castelo Rodrigo, una fortaleza medieval situada sobre una colina que habían restaurado y que habían convertido en un mercadillo artesanal. La guía del crucero sabía que yo era escritora de ficción histórica, de modo que me señaló la colina y me dijo: «Ese edificio es un convento. Wellington lo usó de hospital para sus hombres tras la batalla». ¿Es de extrañar que quisiera usar esta parte del mundo para una historia?

El héroe tenía que ser Will Masterson, que aparecía en mi anterior serie desde el principio, pero, dado que era un oficial en activo en la península Ibérica, solía recibir menciones y solo hizo aparición en *En las redes del olvido* y en el libro sobre su hermanastro, *Un romance indecente*.

Sin embargo, en abril de 1814 Napoleón abdicó y la larga guerra llegó a su fin. (O eso creían todos. La fuga del emperador de la isla de Elba y sus cien días al mando de Francia, que culminaron en la batalla de Waterloo, estaban por llegar.) Will estaba preparado para volver a casa, y yo estaba preparada para complicarle muchísimo la vida.

El diminuto reino de San Gabriel es ficticio, y les he dado a su lengua y a sus costumbres características típicas de España y de Portugal a propósito. Como dato interesante, sí hubo un diminuto estado real llamado Coto Mixto en la frontera entre estos dos países, que pervivió hasta el Tratado de Lindes de Lisboa, firmado en 1864, por el que el territorio se dividió entre España y Portugal.

No podía usar Coto Mixto porque tenía su propia historia, y también porque se ubicaba en la frontera norte de Portugal, mientras que yo lo necesitaba en la frontera oriental. Pero sí tomé prestada la leyenda de ese país de la princesa embarazada fugitiva Ilduara Eriz, también conocida como santa Aldara de Celanova, que encontró refugio en Coto Mixto y dio a luz a san Rosendo de Celanova. ¡Qué historia tan increíble para darle autenticidad a mi San Gabriel ficticio!

Ni uno solo de los sucesos descritos en *Érase una vez un soldado* sucedió en la realidad. Pero tal vez podrían haber sucedido.

ECOSISTEMA DIGITAL

NUESTRO PUNTO DE ENCUENTRO

www.edicionesurano.com

2 AMABOOK
Disfruta de tu rincón de lectura
y accede a todas nuestras **novedades**
en modo compra.
www.amabook.com

3 SUSCRIBOOKS
El límite lo pones tú,
lectura sin freno,
en modo suscripción.
www.suscribooks.com

DISFRUTA DE 1 MES
DE LECTURA GRATIS

1 REDES SOCIALES:
Amplio abanico
de redes para que
participes activamente.

4 APPS Y DESCARGAS
Apps que te
permitirán leer e
interactuar con
otros lectores.